Über dieses Buch Liebenswert-charmant, wenn's drauf ankommt auch sexy und temperamentvoll, ist die Heldin dieses Romanes, den Annemarie Selinko 1940 vor ihrem Welterfolg ›Desirée‹ veröffentlicht hat.
Thesi, Wienerin und geschiedene Frau eines angesehenen dänischen Architekten, schlägt sich in den Wochen vor Ausbruch des zweiten Weltkrieges in Kopenhagen als Modezeichnerin durch. Ausgerechnet beim Zahnarzt, der sie mit dem Bohrer piesackt, erfährt sie, daß Sven Poulsen, ihr »Ehemaliger« wieder heiraten will. Grund genug für Thesi nachzudenken, obwohl sie sonst nicht viel vom Nachdenken hält, sondern lieber spontanen Eingebungen folgt. Was dabei herauskommt, ist der Auftritt von drei ungebetenen Gästen auf Svens Verlobungsparty, die der Familie von Thesis Nachfolgerin hinterlistige Ratschläge geben, es sind aber auch Überraschungen und Enttäuschungen für Thesi, die sich in ein amouröses Abenteuer stürzt, bis sie erkennt, daß man gelegentlich auch zweimal heiraten soll – aber nur denselben Mann.

Die Autorin Annemarie Selinko, in Wien geboren, war mit einem dänischen Diplomaten verheiratet. Sie starb 1986 in Kopenhagen.
Als Fischer Taschenbuch erschien: ›Ich war ein häßliches Mädchen‹ (Bd. 1689).

Annemarie Selinko

Heut heiratet mein Mann

Roman

Fischer
Taschenbuch
Verlag

19.–21. Tausend: Dezember 1986

Ungekürzte Ausgabe
Veröffentlicht im Fischer Taschenbuch Verlag GmbH,
Frankfurt am Main, Oktober 1982

Lizenzausgabe mit freundlicher Genehmigung des
Verlages Kiepenheuer & Witsch, Köln

Druck und Bindung: Clausen & Bosse, Leck
Umschlaggestaltung: Rambow, Lienemeyer, van de Sand
unter Verwendung eines Plakats von Leyendecker
Printed in Germany
780-ISBN-3-596-28039-7

I

Zahnärzte sind wie Petroleumsucher; sie setzen den Bohrer an und wühlen unbarmherzig und verbissen. Der Zahnarzt Doktor Aagaard kurbelt den Marterstuhl in seinem Ordinationszimmer hoch hinauf, beugt sein Gesicht ganz tief über Thesis Gesicht und arbeitet in ihrem Mund herum. Der Bohrer surrt. Daneben steht ein Fräulein im weißen Kittel, ihr Pferdegesicht glotzt teilnahmslos in Thesis aufgerissenen Mund. Sie hält ein Glas warmes Wasser in der Hand; wenn alles vorbei ist, darf Thesi den Mund ausspülen. Aber noch gar nichts ist vorbei, dieser Doktor Aagaard bohrt und bohrt.

Da versucht Thesi mit letzter Kraft in seine Hand zu beißen.

Doktor Aagaard zieht seine Hand aus ihrem Mund und sieht sie fragend an.

»Ich wollte nur fragen – suchen Sie etwas Bestimmtes in meinem Mund?« fragt Thesi matt.

»Wa-ba?« macht der Doktor und läßt sekundenlang den Bohrer sinken.

›Wa-ba‹ sagt er, weil er ein Däne ist. Es heißt, ›Wie beliebt?‹ auf dänisch und klingt nur für Ausländer so komisch, weil Dänisch überhaupt komisch klingt. Thesi ist keine richtige Dänin, manchmal vergißt sie noch, daß sie in Kopenhagen ist. Jetzt zum Beispiel, im Ordinationszimmer vom Zahnarzt. Zahnarztstühle schauen auf der ganzen Welt gleich aus. Thesi hat die ganze Zeit die Augen fest zugepreßt und ein paar Minuten lang geglaubt, daß der Doktor Aagaard gar nicht der Doktor Aagaard ist, sondern der nette, alte Doktor Neumann. Aus Wien. Von früher. »Sie bohren so tief, suchen Sie etwas? Muß – muß das sein...?« jammert Thesi.

»Mund ausspülen!« sagt Doktor Aagaard nur; die Assistentin, die seit Jahren im Schein der grellen Zahnarztlampe verblüht, drängt Thesi das Glas mit dem lauwarmen Wasser auf. Auf lauwarmes Wasser kriegt jeder Mensch Brechreiz. Thesi spült und spült – sie weiß, je länger sie gurgelt, um so kürzer wird Doktor Aagaard nachher weiterbohren, im Wartezimmer sitzt doch noch ein Haufen Patienten. Das Glas wird schließlich leer, sie legt geduldig den Kopf zurück, der Bohrer surrt weiter.

Und jetzt beginnt Doktor Aagaard auch noch zu plaudern. Alle Ärzte plaudern mit ihren Patienten, wenn sie gerade im Begriff sind, ihnen besonders weh zu tun.

»Eine interessante Verlobung steht uns bevor –«, plaudert mechanisch dieser Doktor Aagaard und konzentriert sich auf Thesis Weisheitszahn, links unten. »Sven Poulsen, Sie kennen doch den Namen, der große Architekt – übrigens ein reizender Mensch, langjähriger Patient von mir...«, renommiert Doktor Aagaard und bohrt stillvergnügt. »Ja, Poulsen wird wieder heiraten – nicht zucken, es tut ja nicht so weh, so – schön den Mund offen halten, brav – er wird sich mit Fräulein Karen Nielsen verloben, Tochter von Nielsens Söhne, die große Schiffsreederei – bitte, etwas Guttapercha, wir machen eine Füllung –.« Das eckige Fräulein reicht ihm irgend etwas, Thesi liegt noch immer mit geschlossenen Augen da und hält mechanisch den Mund offen, Doktor Aagaard plaudert...

»...Fräulein Nielsen ist erst neunzehn. Aber was spielt das für eine Rolle bei einem Kerl wie Poulsen! Übrigens, seine neue Villa... Den Mund schön offen halten, jetzt kommt die Füllung – haben Sie noch nicht von der neuen Villa gehört, die sich Poulsen in Klampenborg gebaut hat? Bezaubernd, ich war neulich draußen. So – die Füllung hält, übermorgen kommen Sie wieder, sagen wir um –.« Thesi hebt den Kopf. Das Fräulein hält ihr wieder das lauwarme Wasser unter die Nase. Thesi steht erschöpft auf, tritt vor den Spiegel über dem Waschtisch und setzt den Hut auf. Der Hut sieht sehr mitgenommen aus. Thesi hat ihn die ganze Zeit zwischen den Händen gehalten, und wenn der Doktor fest bohrte, dann hat sie den Hut genau so fest verbogen.

»Also, übermorgen um halb elf?« bestimmt Doktor Aagaard. Er steht beim Schreibtisch und studiert seinen Stundenplan, will ein Zeichen machen, hält inne. – »Verzeihen Sie – ich habe so ein schlechtes Namengedächtnis. Zähne merke ich mir genau, jede Plombe von Ihnen weiß ich auswendig, aber Namen – Ihr werter Name?«

Thesi lächelt

»Poulsen, Herr Doktor, Frau Poulsen«, sagt sie freundlich und schüttelt dem Doktor die Hand. »Mit Ihrem berühmten Patienten da – mit diesem Sven Poulsen war ich neulich verheiratet. Wiedersehen, Herr Doktor – Mittwoch um halb elf!«

Draußen ist sie.

Doktor Aagaard bemüht sich um ein würdiges Gesicht.

»Es ist mir peinlich, Fräulein Sorensen«, sagt er zu dem Pferd beim Marterstuhl. Das Pferd hantiert beim Spuckbecken herum.

»Die geschiedene Frau Poulsen, Herr Doktor – und ich habe Sie die ganze Zeit angeblinzelt«, sagt Fräulein Sorensen vorwurfsvoll.

»Zum Teufel Sie sind so kurzsichtig, Sie blinzeln einen ja immer an«, knurrt Doktor Aagaard und wäscht sich wütend die Hände.

»Also – den nächsten Patienten!«

Thesi ist nachmittags um halb drei vom Zahnarzt gekommen. Jetzt ist drei und sie liegt in der Badewanne. Morgens oder abends badet man schnell und gewohnheitsmäßig. Aber nachmittags, wenn Sonne ins Badezimmer fällt – viel Sonne ist es leider nicht, Badezimmer haben schmale Fenster in den Hof hinaus – nachmittags ist es herrlich in der Badewanne. Neben der Badewanne steht ein Stuhl, auf dem Stuhl liegt die Aschenschale. Thesi zündet sich eine Zigarette an und liegt ganz still im Wasser. Heiß, herrlich heiß. Sie raucht einen tiefen Zug – dieses Biest von einem Zahndoktor bohrt und bohrt – gut geht es einem in der Badewanne, man kann nachdenken und –

Und deshalb – also deshalb liegt sie jetzt in der Wanne, Montag drei Uhr nachmittags, während andere Leute im Büro sitzen oder spazierengehen oder Kaffee trinken.

Thesi denkt nicht gern nach. Höchstens manchmal in der Badewanne. Komische Mission erfüllen diese Zahnärzte, überlegt sie. Zahnärzte sind das letzte Bindeglied zwischen geschiedenen Eheleuten. Dieser Doktor da – wie das Biest gebohrt hat! – also dieser Doktor ist seit urdenklichen Zeiten der Zahnarzt von Herrn Poulsen. Dann hat Herr Poulsen die Wienerin geheiratet, die Thesi. Und als Thesi einen Zahnarzt brauchte, schickte er sie natürlich zu seinem Doktor Aagaard. So – Thesi ist vor zwei Jahren von Herrn Poulsen fortgegangen, Scheidung, Schluß mit Herrn Poulsen, seine Freunde grüßen sie kaum noch, und ihre Freunde, die neuen, jetzigen kennen ihn überhaupt nicht. Man läßt sich scheiden, das machen viele Leute; irgendwann bekommt man auch einen neuen Mann. Aber – wer wechselt freiwillig den Zahnarzt? Kein Mensch, überlegt Thesi, ich bleibe doch auch bei Doktor Aagaard. Bis der Tod uns scheidet...

Karen Nielsen ... Thesi dreht den Wasserhahn auf und läßt heißes Wasser nachfließen, sie drückt das letzte Stückchen Zigarette aus, jetzt kann auch die rechte Hand ins Wasser kriechen. Thesi rutscht tief in die Wanne hinein, gar nichts denken, das heiße Wasser und der Dunst löschen alles aus, alles – nur nicht den Namen: Karen Nielsen.

Sie ist natürlich blond, denkt Thesi, eine Karen Nielsen muß blond sein. Wie angenehm, wenn man Karen heißen kann. Hier heißen fast alle Frauen Karen. Ein paar noch Ingrid oder Mette. ›Thesi – was ist Thesi für ein Name‹ – fragt jeder, der sie hier kennenlernt. Thesi seufzt auf: Karen, glückliche Karen ...

Das heiße Wasser wird kühl. Thesi ist zu faul, um wieder den Wasserhahn aufzudrehen. Da liegt sie also und fröstelt. Dieser Sven hat eine neue Villa in Klampenborg und eine neue Braut. Sven und Thesi haben einmal in einer schönen altmodischen Wohnung in der Bredgade gewohnt. Sven baut die modernsten Häuser von Kopenhagen und sammelt heimlich alte Kommoden und Renaissancestühle. Vor zwei Jahren hat Thesi die Wohnungstür in der Bredgade wütend und endgültig hinter sich zugeknallt. Seitdem hat er sich eine Villa in Klampenborg gebaut. Zwei Jahre ... In Dänemark muß man zuerst eineinhalb Jahre getrennt wohnen, dann gibt das Gericht die Scheidung. Das dänische Scheidungsgesetz ist sehr vernünftig, sagen die Juristen. In eineinhalb Jahren überlegt man sich viel. Thesi und Sven hatten sich nichts zu überlegen. Eineinhalb Jahre – in dieser Zeit wurde Thesi eine gute Modezeichnerin. Die großen Warenhäuser kaufen ihre Modelle und schreiben ›Original Wiener Modelle‹ auf die Kleider, die nach Thesis Entwürfen geschneidert werden. Thesi ist früher in Wien in die Kunstgewerbeschule gegangen und hat ein bißchen Modezeichnen gelernt. Das war alles. Hier kauft man ihre Zeichnungen. Thesi hat eine energische Art, sie den Direktoren der Modellabteilungen einzureden, Thesi – selbst ein Original Wiener Modell. Nach eineinhalb Jahren schrieb sie Herrn Poulsen einen höflichen Brief: ›Danke, ich verzichte auf Deine weitere Unterstützung, ich will von Dir nichts als die Scheidung‹. Vor einem halben Jahr sind wir richtig geschieden worden, rechnet Thesi aus. Der Briefträger schiebt Thesis Post immer durch den Briefspalt an ihrer Wohnungstür, er läutet nie an, Thesi ist so unregelmäßig zu Hause. Vor einem halben Jahr findet Thesi auf dem kleinen Teppich vor der Tür einen unsympathisch seriösen Briefumschlag. Reißt ihn auf: die Scheidungsurkunde. Damals ist Thesi eine volle Stunde lang in der Badewanne gelegen.

So – und jetzt ist das Wasser wirklich saukalt. Thesi plätschert herum, man könnte sich auch waschen und fest mit dem Waschlappen abreiben, überlegt Thesi, aber sie ist zu faul, kein Mensch wäscht sich um halb vier Uhr nachmittags, also – heraus! Thesi huschelt sich in einen riesigen Bademantel, grell geblümt, schleppend. Nimmt einen kleinen Handspiegel und eine Pinzette und legt sich auf die Wiese. Wiese ist eine breite, wiesengrüne Couch mit bunten Polstern und nimmt den ganzen Raum ihres winzigen Schlafzimmers ein. Diese Wiese ist auch Thesis Arbeitstisch, sie liegt dann auf dem Bauch und zeichnet.

Jetzt wird nicht gezeichnet, jetzt wird gezupft. Thesi hockt auf einem der großen Polster, hält den Spiegel vor ihr Gesicht und beginnt Augenbrauenzupfen. Es tut weh, natürlich, aber es muß sein. Thesis Augenbrauen sind ganz schmal, wie gemalt. Sie hat große, graue Augen und lange Wimpern – die hat sie von Mama. Und braune Locken, widerspenstig, immer zerrauft – auch von Mama. Den großen Mund hat sie angeblich von Papa. Und das ist eigentlich alles, was Thesi von den Eltern geerbt hat. Richtig – noch die Couch! Auch von Papa. Die Couch wurde als Bett geboren und später modernisiert. Thesi zupft ernsthaft die paar kleinen Augenbrauenhaare fort, die außerhalb der schmalen dunklen Linie stehen. Um sechs wird Direktor Andersen heraufläuten, und unten wird sein großes dunkelblaues Auto stehen und sie wird mit Direktor Andersen, Chef der Modellabteilung des größten Kopenhagener Warenhauses, nachtmahlen gehen. Und er wird, Einsame, kleine Frau – erzählen Sie mir Ihre Geschichte' zu ihr sagen. Sie war zwar noch nie mit Direktor Andersen nachtmahlen, heute ist Premiere, aber das sagen alle Herren, wenn sie mit einer jungen geschiedenen Frau nachtmahlen. Und dann lassen sie die Frau gar nicht erst ausreden, sondern reden fortwährend von ihren eigenen Enttäuschungen und wie einsam sie sind, so im Grund ihres Herzens, und dabei schenken sie fortwährend Wein ein und Kognak und wollen, daß man beschwipst wird. Nacher, beim Nachhausebringen, muß man schrecklich geschickt und taktvoll sein, damit so ein Herr Direktor nicht beleidigt ist, weil man nicht mehr mit ihm in seiner Junggesellenwohnung Kaffee trinken will. Den Direktor Andersen darf man überhaupt nicht kränken, schließlich steht die Sommerkollektion bevor.

Direktor Andersen hat zwar kein Haar auf dem Kopf, er ist nur halb so groß, wie ein Mann sein soll, und doppelt so breit, wie ein Mann sein darf – macht nichts, es wird ein reizender Abend werden, sie wird nachher sehr taktvoll sein, und er wird denken – nächstes Mal klappt es bestimmt!

Thesi geht in ihr Wohnzimmer, es schaut riesengroß aus, weil Thesi so wenig Möbel hat. Durchs Fenster sieht man eine weite Rasenfläche, eigentlich ist es nur der Hof eines großen Mietshauses, aber junger, gelbgrüner Rasen ist doch beinahe ein Garten. Thesi hat diese Aussicht lieb. Gras ist nichts Fremdes, dachte sie, als sie die kleine Wohnung nahm, ich will nicht immer in eine fremde Straße schauen. Thesi nimmt die winzige Espressomaschine, stellt sie auf den Tisch und braut Mokka. Sie ist müde vom heißen Bad und sie will doch gut ausschauen, wenn sie mit Direktor Andersen ausgeht. Darauf hat ein Herr das Recht, wenn er mit einer Dame speist und für das Essen mindestens – Thesi rechnet, mindestens den Wert von sieben Paar feinen Seidenstrümpfen bezahlt. Denn Thesi rechnet nicht in Dänenkronen, sondern in Seidenstrümpfen.

Karen Nielsen zerbricht sich sicherlich nie den Kopf, ob sie sich die hauchdünnen Seidenstrümpfe bei Illum kaufen kann oder nicht. Acht Kronen das Paar. Die Tochter von Nielsens Söhne, Schiffsreederei. Karen ist neunzehn. Als ich neunzehn war – Thesi gibt sich einen Ruck: Blödsinn. Sven heiratet, vor einem Jahr hat ihr jemand erzählt, daß Sven mit einer kleinen Schauspielerin befreundet ist. Ob Sven befreundet ist oder heiratet, ist doch ganz egal, es ist – Der Mokka ist fertig. Sie trinkt ganz schnell eine Tasse leer. Es ist gar nicht egal. Heiraten ist so etwas Endgültiges. So feierlich. Alle Leute gratulieren ... Schluß, es wird nicht mehr darüber nachgedacht. Direktor Andersen muß mit mir zu Nimb gehen, beschließt Thesi. Ich muß mir vorher überlegen, was ich essen werde, es sieht nicht fein aus, wenn man stundenlang auf der Speisekarte herumstudiert – ich werde zuerst einen Hummer-Cocktail haben und dann –

Sicherlich ladet Sven die ganze Familie Nielsen in die neue Villa ein, und es gibt herrlich zu essen und Karen spielt schon die Hausfrau; sie kann mit allen Gästen reden, erstens kann sie Dänisch, zweitens kennt sie alle, drittens – Thesi trinkt noch eine Tasse Mokka und beschließt: Nach dem Hummer-Cocktail frage ich, ob ich ein richtiges Wiener Schnitzel haben kann. Und

Andersen muß noch diesen Monat Zeichnungen von mir kaufen, sonst krieg ich die Miete nicht zusammen. Dabei fällt ihr ein – Radiorate! Sie schaut auf die Uhr: halb sechs. Schnell anziehen, in einer halben Stunde kommt Direktor Andersen, halb sechs – um halb sechs ist Sven noch im Atelier. Central 2124 ist die Telephonnummer, merkwürdig, man merkt sich oft die gleichgültigsten Telephonnummern. Jetzt rufen ihn sicher viele Leute an, um zu gratulieren. Ob das Atelier noch die alte Nummer hat...?

Ja, das Atelier hat noch die alte Nummer.

»Bitte – bitte, kann ich Herrn Sven Poulsen sprechen?«

Eine unbekannte Damenstimme: »Wen darf ich melden?«

Sven hat also eine andere Sekretärin. »Frau Poulsen.«

»Einen Augenblick, ich werde nachsehen, ob der Herr Architekt noch da ist.«

Natürlich ist er noch da, denkt Thesi, um halb sechs ist er immer noch im Atelier, der Schuft – wenn er sich vor mir verleugnen läßt...

Aber Sven Poulsen läßt sich gar nicht verleugnen.

»Hallo? –?« »Ja – hier Thesi, ich wollte nur –« »Thesi! Wie geht es immer? Wir haben uns endlos lang nicht gesprochen –«

»Danke, es geht mir gut«, sagt Thesi und wundert sich, weil sie auf einmal blödsinnig Herzklopfen hat; das Herz klopft so komisch im Hals, man soll nur nichts an der Stimme merken – o Gott, jetzt ist so eine lange Gesprächspause, sie muß doch sagen, warum sie angerufen hat –

»Ich wollte nur sagen – ich war nämlich heute beim Zahnarzt –«, sie schluckt und – schrecklich peinlich – wieder eine Pause.

Da lacht Sven los: »Und das wolltest du mir sagen? Hat es dir weh getan, kleine Dame?«

Jetzt lacht Thesi auch. Sie ist sehr dankbar, weil Sven deutsch mit ihr spricht. So wie früher. Beim Anwalt, wo sie ihn zuletzt gesehen hat, wurde dänisch unterhandelt. Sie ist überhaupt nicht mehr verlegen, lächerlich, sie wird doch noch mit Sven telephonieren können. »Du kennst doch den Doktor Aagaard«, sagt sie, »diesen Sadisten, dieses Scheusal – es ist links unten, weißt du, der Weisheitszahn –«

»Du Armes«, sagt Sven.

Wieder eine Pause. Thesi nimmt sich zusammen. »Aber deshalb rufe ich dich nicht an, sondern – der Doktor Aagaard hat mir erzählt, daß du – ja also, daß du –« Es ist todpeinlich, daß sie stottert.

»– daß du dich verlobt hast oder verloben wirst oder so –« Pause.

»Und da wollte ich dir gern gratulieren, wirklich, ich wünsche dir von Herzen alles Gute.«

Erleichtert atmet sie auf. Sie hat ihr Sprüchlein aufgesagt, jetzt muß er etwas sagen, also Sven – red schon!

»Es ist wirklich sehr lieb von dir, daß du deshalb angerufen hast«, sagt Sven, »ich bin ganz gerührt, ich weiß gar nicht –«

»Und deiner Braut wünsche ich unbekannterweise auch alles Gute«, kräht Thesi ganz schnell dazwischen.

»Ich danke dir sehr, auch im Namen meiner Braut. Sie – ja, sie würde sich bestimmt sehr freuen, dich einmal kennenzulernen«, fügt er noch hinzu. Pure Verlegenheit, konstatiert Thesi, warum soll sich dieses Fräulein Nielsen freuen?

»Kann man ja mal machen«, sagt sie möglichst vergnügt. »Der Doktor Aagaard hat mir auch von deinem neuen Haus erzählt«, beginnt sie und weiß genau, was jetzt kommen wird. Richtig –

»Ich würde mich riesig freuen, wenn du dir das neue Haus einmal ansehen kämest«, sagt Sven begeistert. Das meint er ehrlich, denkt Thesi, er ist auf alle Häuser stolz, die er gebaut hat. Und er angelt sicherlich nach Leuten, die seine eigene Villa bewundern sollen. »Schön. Wenn ich einmal in der Nähe bin – wo ist eigentlich deine Villa?«

»Klampenborg, du fährst mit der S-Bahn, es ist gar nicht weit von der Station, frag nur bei der Station –.« Sven ist wirklich sehr eifrig geworden.

»Hoffentlich bin ich zu Hause, wenn du kommst, ich muß dir vor allem die Halle und das Bibliothekszimmer zeigen, es wird dir großartig gefallen, ich hab unsern alten Kamin aus der Bredgade im Bibliothekszimmer einbauen lassen.«

»Warum nicht in der Halle?«

»Du wirst schon sehen, also – komm bald, ja? Und ich danke dir noch schön für den Anruf. – Leb wohl!«

Das Gespräch ist zu Ende. Absolut. Aber –

»Du – Sven?«

Er ist noch am Apparat. Sehr erstaunt: »Ja? Noch etwas?«

»Sven – ist sie blond?«

Pause. Thesi schämt sich. Jetzt hat sie sich ihr damenhaftes Gespräch verpatzt. »Pardon –«, sagt sie ungeschickt.

»Natürlich ist sie blond«, sagt Sven, »ich war immer für blond. Mit einer Ausnahme –«

Thesi mit den dunklen Haaren weiß nichts zu sagen. Sven ist ungeduldig: »Noch etwas? Also – dann leb wohl!«

Kleiner Direktor Andersen hat ein großartiges neues Auto mit blinkendem Kühler und blitzenden Scharnieren und alles nagelneu, wie es sich für einen kleinen dicken Direktor gehört. Kleiner dicker Direktor mit großem Auto fährt pünktlich um sechs vor Thesis Haus vor. Springt flott – das heißt, er denkt, es sieht flott aus – heraus und drückt beim Haustor auf den Klingelknopf neben dem Schild: Thesi Poulsen. Oben wird eine Wohnungstür aufgerissen und Thesi schreit durchs Stiegenhaus: »In einer Minute bin ich unten.«

Direktor Andersen lächelt zufrieden. Hat keine Ahnung, daß Thesi in einer rosa Kombination an der Tür gestanden ist, daß sie sich erst noch das Kleid anziehen muß, dann frisieren, dann Lippen malen, dann Nase pudern, dann Hutaufsetzen, dann Handschuhe suchen. Direktor Andersen hat keine Ahnung davon und geht pfeifend vor seinem Auto auf und ab. Es soll ein reizender Abend werden mit dieser Kleinen – wie heißt sie nur? Ja, Thesi Poulsen, mit dieser reizenden kleinen Wienerin und ihrem scheußlich schlechten Dänisch. Fünf Minuten geht er auf und ab, zehn Minuten, eine Viertelstunde ...

Thesi steht vor dem großen Spiegel im Vorzimmer und pfeift den Deutschmeistermarsch. Seit ihrem zehnten Lebensjahr kann sie pfeifen, seit ihrem zehnten Lebensjahr pfeift sie in guten Lebenslagen den Deutschmeistermarsch.

»Wir sind vom k. und k. Infanterieregiment,
Hoch und Deutschmeister Nummer 4, aber stier ...«

Thesi steckt zwei weiße Gardenien an ihr schwarzes Kleid –

»Nummer vier, aber stier ...«

Sie rückt einen lächerlich kleinen Hut in die Stirn – »... vom k. und k. Infanterieregiment ...«

Sie legt einen kleinen schwarzen Schleier über die Augen.

»Hoch- und Deutschmeister Nummer –«

Wo sind die Handschuhe?

Thesi schießt durch die Wohnung. Auf der grünen Couch sind sie nicht, vielleicht im Badezimmer? Auch nicht. Auf dem Radio –? Ja, das ist eine Idee. Nein, auch nicht auf dem Radio. Auf keinem der gewohnten Plätze. In der Küche – natürlich, aber wo? Küchentisch leer, Gasherd auch leer. Thesi pfeift sehr leise und nachdenklich.

Im Eiskasten! Sie reißt den Eiskasten auf – na also, Gott sei Dank.

Direktor Andersen ist unterdessen ärgerlich geworden. Kleine dicke Menschen werden besonders schnell bös, wenn man sie warten läßt. Da geht das Haustor auf – und Direktor Andersen beginnt freundlich zu grinsen. Thesi kommt: schwarzes Kleid mit weißen Gardenien, kleiner Hut, kleiner Schleier, weiße Handschuhe. Silberfuchscape achtlos über den Arm geworfen – Dame, von oben bis unten große Dame. Thesi steigt ins Auto, der kleine Dicke schaltet aufgeregt herum und schnauft dazwischen: »Wo wollen Sie speisen, Frau Poulsen?«

Eigentlich wollte er irgendwohin ins Grüne fahren. Dyrhavsbakken oder so etwas. Dort gibt's kleine versteckte Restaurants, auf der Nachhausefahrt kann man dann von der großen Allee abzweigen und mit dem Wagen halten – na ja, und so ein bißchen – es sollte doch ein gemütlicher Abend für den Direktor werden. Aber jetzt? Thesi Poulsen, große Dame? So hat er sie nicht in Erinnerung gehabt, sie kam neulich zu ihm ins Büro und wollte Zeichnungen anbringen. Eine kleine Zeichnerin mit einem aparten Gesichterl – weiter nichts.

»Was halten Sie von Nimb?« fragt Thesi freundlich. »Daran habe ich auch gedacht«, sagt der Dicke.

Nimb ist das teuerste Restaurant der Stadt, und Thesi sieht heute so teuer aus.

Thesi schaut jetzt still in den hellen Maiabend, die Sonne geht irgendwo in der Ferne unter, die grünen Kupferdächer von Kopenhagen flammen rot und violett. Komisches Land – denkt Thesi wieder einmal, bei uns in Wien hat die Karlskirche ein Kupferdach und die Peterskirche und – ja, auch die Technische Hochschule. Schluß. Mächtig stolz sind wir immer auf diese drei Dächer gewesen, nicht einmal im Krieg und nachher, als es in Wien so dreckig ging, haben wir die Kupferdächer abgekratzt. Aber nah daran war man, sehr nah. Und in diesem Kopenhagen hat jeder Telephonautomat und jedes Toilettenhäuserl sein Kupferdach. Glückliche dicke Leute hier, gut, daß ich dageblieben bin, sehr gut... Dieser Abend verläuft genau so, wie Thesi erwartet hat. Sie sitzen bei Nimb auf der Terrasse, es dämmert, die kleinen gelben Lampen auf den einzelnen Tischen werden angeknipst, alles verschwindet in silbergrauer Dämmerung, man kann die vielen Gesichter rund herum nicht unterscheiden und sie sind auch nicht wichtig. Die Kapelle spielt den Einzugsmarsch aus »Aïda«, wie es sich für eine Restaurantkapelle gehört. Thesi löffelt Hummer-Cocktail und Direktor Andersen startet die Unterhaltung, wie zu erwarten, mit – »Thesi – was ist Thesi für ein Name?«

Thesi löffelt hingegeben und antwortet mechanisch: »Ein Wiener Name, eine Abkürzung, eigentlich heiße ich Maria Theresia.«

Direktor Andersen sucht nach neuem Gesprächsstoff. Er weiß nichts von Maria Theresia, von der wirklichen Maria Theresia nämlich, nach der Thesi genannt ist. Jeder Wiener würde lächeln, wenn er diese Thesi da, schmal, klein und smart, ansehen und dabei erfahren würde, daß sie Maria Theresia heißt. Wie die dicke österreichische Kaiserin vom Denkmal auf der Ringstraße, mit der man bis zum Überdruß in den Wiener Schulen gequält wird und von der man sich zuletzt doch nur merkt, daß sie sehr tüchtig und sehr ernsthaft war, ihr Reich vergrößerte und sich rapid schnell vermehrte, jedes Jahr ein Baby. Thesis Papa war Offizier und suchte für Thesi einen österreichischen Namen, und Mama fand den Namen vornehm und Thesi war doch noch ein Baby und konnte sich nicht dagegen wehren. Die Eltern sind gestorben und Thesi hat dann bei der Großmama gelebt, Großmama ist in Wien, und Wien ist weit, Österreich liegt in unwahrscheinlich süßer ferner Vergangenheit und existiert außerdem gar nicht mehr. Versunken, eine reizende Erinnerung für die Fremden, die in Tirol Ski gelaufen und im Wörther See geschwommen sind und auf dem Großglockner der Ewigkeit gegenüberstanden. Und für die Österreicher selbst eine brennend offene Wunde im Herzen. Nicht daran rühren, Herr Direktor Andersen, fragen Sie jetzt um Gottes willen nicht, warum Thesi als geschiedene Frau in der Fremde herumläuft, statt wieder zu Hause bei Großmama zu leben, fragen Sie nicht, Herr Direktor – Krach. Er fragt schon.

»Und – Sie sind gern in Kopenhagen, kleine Frau? Sie – äh – Sie sind geschieden, sagten Sie neulich – und sind trotzdem hiergeblieben? Also gern hier, was? Roten oder weißen Wein, kleine Frau?«

»Weißen, Herr Direktor. Und nicht zu süß, ja?«

Der Einzugsmarsch aus »Aïda« ist zu Ende, ebenso dröhnend setzt ein Wiener Liederpotpourri ein, Gott sei Dank – der Wein. Schnell trinkt Thesi ein paar Schluck.

»So küßt man nur in Wien
Mit einer Wienerin –
Nur, wer im Mai in Wien geküßt –«

spielt die Kapelle, und jetzt kommt leider Gottes Direktor Andersen in Schwung und sieht Thesi tief in die Augen.

»Kleine einsame Frau – erzählen Sie mir Ihre Geschichte«, sagt er programmgemäß. Wartet natürlich gar nicht ab, bis Thesi den Mund aufmacht, sondern fängt gleich von sich zu erzählen an. Äußere Erfolge, ja, die hat er, aber im Herzen ist er natürlich einsam... Thesi trinkt Wein und sieht ihn freundlich an. Schließlich ist sie nicht zu ihrem Vergnügen mitgekommen, sondern zu seinem.

»Suchen Sie jemanden, kleine Frau?« fragt plötzlich Andersen.

Thesis Blick geht nämlich zwischen den Tischreihen auf und ab, sie kneift die Augen etwas zusammen, um besser die Gesichter im Dämmerlicht zu unterscheiden. Direktor Andersen muß zweimal fragen, ihr Lächeln deutet zwar an, daß sie ihm gespannt zuhört. Aber er muß doch zweimal fragen, sie hat überhaupt nicht aufgepaßt. Beim zweitenmal zuckte sie zusammen und neigt ihr Gesicht zu ihm und sieht ihn bittend an:

»Verzeihen Sie, ich hab nur ein bissel herumgeschaut – nein, ich suche niemand Bestimmten. Heut ist ein so schöner Abend, ganz Kopenhagen ißt hier Nachtmahl.«

Ihr liebes Lächeln versöhnt ihn. Und er plaudert weiter, jetzt hält er bei seiner Gymnasialmatura und imitiert Professoren. Männer über Vierzig erzählen entweder Militär- oder Gymnasialerinnerungen, denkt Thesi gelangweilt und läßt ihre Augen herumwandern. Hier nachtmahlen also die reichen Bürger. In Dänemark gibt es überhaupt nur Bürger, reiche und weniger reiche. Also – die reichen Bürger sind heute hier. Mit Frau und Schwiegermutter. Mit der offiziellen Freundin (mit der inoffiziellen geht man nicht zu Nimb). Mit Braut und Mama von der Braut und Papa von der Braut. Thesis Blicke suchen, sie hat schon zuviel getrunken, jetzt bestellt der kleine Direktor neuen Wein, das Nachhausebringen wird scheußlich werden, ein Kellner schenkt ein.

»Es muß ein Stück vom Himmel sein.
Wien und der Wein, Wien und der Wein –«

spielt die Kapelle. Das einzige, was übrigbleibt, sind Wiener Lieder, denkt Thesi. »Prost!« macht Direktor Andersen, »Prost!« lächelt Thesi. Da grüßt Direktor Andersen sehr höflich nach rechts.

Thesi folgt seinem Blick und schaut nach rechts. Sie lächelt und grüßt ebenfalls.

Rechts, zwei Tische weiter, nehmen drei Damen und ein Herr Platz. Die kleine Gesellschaft starrt neugierig zum kleinen Direktor hinüber. Thesi wendet ihr Gesicht ab und sitzt aufrecht da: die drei Damen haben jetzt ein Gesprächsthema.

»Ach – Sie kennen Nielsens«, sagt Direktor Andersen neugierig. »Frau Elsbeth Nielsen und ihre Tochter, Fräulein Karen. Die andere Dame kenne ich nicht, es wird wahrscheinlich – Fräulein Karen ist sicherlich eine Bekannte von Ihnen?«

»Nein«, sagt Thesi, »ich kenne Nielsens überhaupt nicht. Ich habe nur den Gruß des Herrn erwidert, er ist ein Bekannter von mir.«

Andersen läßt nicht los. Die ganze Zeit schon wollte er Thesi nach ihren Kopenhagener Bekannten fragen, möchte sie so gern irgendwo einreihen können. Er will nur wissen, wer ihr geschiedener Mann war, dann kennt er sich gleich aus. In Kopenhagen weiß jeder über jeden Bescheid. Es ist ein Rätsel, es gibt tausende Hansen und tausende Jensen und tausende Nielsen. Der Rest heißt Andersen, Sorensen oder Poulsen. Trotzdem kennen sich die Leute aus, man muß nur wissen, welcher Jensen und welcher Sorensen . . . Andersen leidet Höllenqualen, weil er über Thesi so schlecht Bescheid weiß.

»Der Herr muß Sven Poulsen sein, der Architekt –«, tippt Andersen. »Fräulein Karen ist mit ihm verlobt. Ihre Mutter hat es gestern erzählt, Frau Nielsen kauft nur bei uns in der Modellabteilung. Interessant, Sie kennen also Herrn Sven Poulsen –«

»Ja«, sagte Thesi schlicht und trinkt Wein.

»Vielleicht – ist er vielleicht mit der Familie Ihres früheren Mannes verwandt?« spekuliert Andersen weiter. Thesi gibt keine Antwort und zündet sich eine Zigarette an.

»Herr Poulsen ist ein Freund von Ihnen, schau – schau! Ja, er hat Glück bei den Frauen«, sagt der kleine Dicke neckisch.

»Gar nicht, schau – schau'«, sagt Thesi. »Herr Poulsen ist kein Freund von mir. Ich habe ihn seit Monaten nicht gesehen.«

»Er hat so plötzlich Karriere gemacht«, beginnt Andersen und jetzt geht es wie am Schnürchen, alles weiß er über diesen Sven Poulsen, den er gar nicht persönlich kennt. Daß Sven ein verrückter Kerl ist, daß er ein Niemand war, bis ihn irgendein närrischer amerikanischer Millionär kennenlernte. Sven redete dem ein, ein richtiges Haus muß vorn aus Glas sein, damit man beinahe im Garten wohnt, und flach muß es sein, damit man auf dem Dach in der Sonne liegen kann, und dies muß es können und jenes muß es können. Und zuletzt nahm ihn der Amerikaner hinüber und Sven baute ihm in Florida ein Haus. Vorn Glas und hinten weiß der Teufel was; das Haus kam in alle Zeitungen, Sven fuhr später nach Dänemark zurück und jetzt läßt sich jeder, der auf sich hält, von Sven ein Haus bauen und wohnt hinter Glas. Die Leute sind ganz verrückt mit Sven und die Frauen sind besonders verrückt und er, kleiner dicker Andersen, wundert sich, daß die Nielsen ihre Karen einem Mann geben, der erst vor ein paar Monaten geschieden worden ist. Wer seine Frau war, weiß kein Mensch, Sven hat sie selten in Gesellschaft mitgenommen aber –«

»Stopp ... Erzählen Sie mir, wie hat Poulsen Fräulein Nielsen kennengelernt und warum heiratet er sie?« verlangt Thesi.

»Die beiden haben einander bei Jensen getroffen, bei Kai Jensen, Jensen & Co., die Bank-Jensen. Sie hat das hellblaue Samtmodell von uns angehabt, eines unserer besten Modelle. Und Poulsen ist doch schon über vierzig, da hat ihm eben das neunzehnjährige Mädchen gefallen, Sie verstehen? Und sie ist sehr gebildet, sie studiert Geschichte, wahrscheinlich interessiert sie sich auch für Architektur, Sie verstehen? Und dann, in Norwegen – Sie verstehen ...?«

»Ich bin kein Trottel«, sagt Thesi, »ich verstehe.«

Andersen läßt sich nicht stören: »Die beiden waren Skilaufen und –«

»Skilaufen?« fragt Thesi, als ob das etwas Besonderes wäre.

»Ja – Skilaufen«, nickt Direktor Andersen, »die Nielsen haben nicht gewußt, daß Karen nur nach Norwegen fuhr, weil Poulsen hingefahren war. Sie war mit einer Freundin. Und dann sind sie zurückgekommen und – mehr weiß ich nicht«, entschuldigt sich Andersen und erzählt und erzählt weiter von irgendwelchen Leuten, die mit Nielsens verwandt sind. Thesi hört nicht zu, die ganze Zeit schon nicht, seit dem Wort ›Skilaufen‹ ... Kitzbühel in Tirol, vor fünf Jahren. In der kleinen Bar im Grand-Hotel sitzen ein paar Ausländer mit Thesi und ihren Wiener Freunden, ein paar kleinen Grafen ohne Existenz und ein paar Komtessen, die reiche Ausländer heiraten wollen. Alle sind müde, sie sind dreimal vom Hahnenkamm abgefahren, jetzt haben sie die Bretteln abgeschnallt und trinken Schnaps, richtigen Bauernschnaps. Man redet Blödsinn und die Ausländer finden, daß diese Österreicher reizende Leute sind, so sorglos, so amüsant. Thesi fand es damals sehr langweilig, über nichts zu verfügen als über einen alten Wiener Namen. Wenn die Österreicher von Zukunft reden, sprechen sie immer von ihrer glanzvollen Vergangenheit. Aber hier in Kitzbühel hat man keine Sorgen, es gibt Musik und Schnaps und Berge im Schnee. Gewiß, man sollte irgendwann ins Ausland heiraten, aber es hat Zeit, es ist lustig zuzuschauen, wie alle Mädchen hinter einem dänischen Herrn her sind. Der Herr hieß Sven Poulsen und sah in Skihosen herrlich aus und riß Kristiania wie ein Gott; er hatte graumelierte Schläfen und besonders helle Augen und versuchte immer zu zeigen, daß ihm die ganze Gesellschaft nicht gefiel. Nichts war ihm demokratisch genug, alle Leute hatten zu alte Namen und zu alte Vorurteile. Dabei wollte kein Mensch Vorurteile haben und in ihrer Vorurteilslosigkeit tranken alle zuviel und die Frauen preßten sich an Sven ...

... und die Musik bei Nimb in Kopenhagen spielt jetzt etwas so Lautes, daß Andersens Stimme ganz übertönt wird. Es ist herrlich angenehm, es gibt nur laute Musik und kleine Lämpchen, man hat so viel Wein getrunken und fünf Jahre sinken zurück, damals in Kitzbühel – es war sehr komisch ...

»Ich mache Sie aufmerksam, lieber Graf – ich bin Demokrat«, stellte Sven pathetisch fest und war gerade über irgend etwas schrecklich wütend.

»Macht nichts, lieber Hamlet«, krähte Thesi in die peinliche Stille und blinzelte, weil sie schon sehr viel Schnaps getrunken hatte. Damals sah Sven Thesi zum ersten Male an. Sie hatte sich in den Lederfauteuil zurückgelehnt und streckte die Beine vor und hatte schwarze Knickerbocker an. Ihre Beine in den weißen Wollstrümpfen sahen sehr kindlich aus.

»Hamlet ...«, grinste Thesi.

»Ich heiße Poulsen«, fuhr Sven sie an.

»Lassen Sie – ich merke es mir nicht, ich nenne Sie Hamlet, weil

Sie ein Däne sind und Hamlet das einzige ist, was ich von Dänemark weiß. Sie passen zu mir, Sie Prinz von Dänemark, ich heiße Maria Theresia und war früher eine dicke Kaiserin mit vielen Kindern. Bestellen Sie mir noch einen Schnaps, Sie Hamlet!«

Die anderen lachten und quatschten durcheinander, und Sven hörte nicht auf, Thesi anzustarren.

Dann stand er jeden Tag neben ihr in der Seilbahn, und auf dem Weg zur Seilbahn schleppte er ihre Skier. Thesi tat, als kümmerte sie sich nicht um ihn, es war ein sehr einfacher Trick. Eine Woche später war Ball im Hotel, Thesi hatte bald genug davon, und Sven brachte sie zu ihrer kleinen Pension. Alle Leute waren noch beim Ball, die Straße von Kitzbühel war totenstill und leer, alles war verzaubert, es gab nur Sterne, Mond und Schnee. Es war die schönste Nacht in Thesis Leben. Sie stapften durch die Stille, unvermittelt fragte Sven: »Maria Theresia – wollen wir heiraten?«

»Rasend gern, Hamlet, aber bitte nennen Sie mich Thesi . . .!«

Die Musik bei Nimb machte eine Pause, die Nacht in Kitzbühel ist seit mehr als fünf Jahren vorüber.

»Übermorgen abend ist das große Verlobungsfest in Poulsens Villa«, sagt Andersen, »wir machen für Fräulein Karen ein reizendes Kleid, weiß mit bunten Blumensträußchen darauf, was halten Sie davon?« Thesi verlangt Mokka und sagt, daß Fräulein Karen sicherlich reizend aussehen wird, wenn das Kleid von Andersens Firma kommt.

»Wollen wir nicht noch irgendwohin tanzen gehen, kleine Frau?« fragt Direktor Andersen.

Wenn er nicht immer ›kleine Frau‹ sagen würde, wäre er nur halb so widerlich, denkt Thesi und schüttelt den Kopf: »Heut nicht, Direktor, nächstens. Ich bin sehr müde.«

Direktor Andersen verlangt die Rechnung und Thesi schaut unterdessen über die Terrasse hinweg in den Park. Man hört laute Jazzmusik und sieht tausend bunte Lampen und spürt, daß irgendwo in der Nähe auch Beete mit Blumen sind.

Jetzt hat Direktor Andersen fertig bezahlt. Thesi klappt ihr Täschchen auf und beginnt, sich die Nase zu pudern. Sieht dann auf und konstatiert, daß man am Tisch von Sven und den drei weiblichen Nielsen vorbei muß, wenn man zum Ausgang will. Da nimmt sie auch noch den Lippenstift und malt die Lippen an, recht viel Rot legt sie auf; diese Nielsen schauen so brav aus, justament, recht viel Rouge. Der kleine dicke Andersen schiebt sich vor ihr an den Tischen vorbei und bahnt mit seinem runden Bäuchlein eine Gasse für Thesi. Sie geht hinter ihm, schaut nicht rechts und nicht links, ihr Gesicht sieht gleichgültig und hochmütig aus. Vor dem Nielsentisch dienert Andersen liebenswürdig. »Guten Abend, Herr Direktor«, sagt eine sehr helle, sehr junge Stimme. Das muß Karen Nielsen sein. Die drei Frauen starren Thesi an, sie muß hinter dem Stuhl von Frau Elsbeth Nielsen vorbei, Frau Elsbeth Nielsen dreht sich neugierig nach ihr um. Thesi tut, als ob sie erst in dieser Sekunde Sven wieder bemerken würde. Überraschtes Lächeln, dann nickt sie kameradschaftlich in seine Richtung: »'n Abend, Sven!«

Sie ist vorüber und spürt die Blicke der drei Frauen im Rücken. Schade – ich konnte diese Karen nicht genau sehen, denkt sie. Und: Sven hat ein gelangweiltes Gesicht gemacht, die Nielsen-Mama und die Dame neben ihr scheinen bittere Angelegenheiten zu sein.

»Eine gut angezogene Frau – wer war das?« fragt in diesem Augenblick Karen Nielsen.

»Zu stark geschminkt«, sagt ihre Mutter, »Sven – wer war die Person?«

Die dritte Frau ist Karens Tante Ottilie, eine langweilige Ziege, sechzig Jahre alt, sie ist Fräulein und wird es ewig bleiben. Jetzt reckt sie ihr Ziegengesicht, sie will lustig sein und droht Sven mit dem Zeigefinger: »Nun, Sven – wer war denn die auffallende Person?«

»Diese Person, liebe Tante Ottilie, ist meine frühere Frau«, antwortet Sven und freut sich, weil die Ziege sprachlos ist. »Oh –« stößt Karen hervor und dreht sich schnell um. Aber Thesi ist schon verschwunden. Thesi sitzt neben Direktor Andersen im Auto, der kleine Direktor schaltet ungeschickt herum und hantiert wütend mit sämtlichen Hebeln zugleich, chauffieren ist seine schwache Seite. »Wohin fahren wir?« fragt der Direktor.

»Nach Haus, bringen Sie mich nach Hause«, sagt Thesi sehr bittend und versucht ihn zu rühren, damit er keine Geschichten macht und sie wirklich nach Hause bringt.

»Woher kennen Sie Sven Poulsen?« beginnt Andersen schon wieder.

»Wie, bitte? Ach so – woher ich Sven Poulsen kenne? Es ist eine alte Geschichte, wir waren einmal verheiratet.«

Das ist eine Sensation für Direktor Andersen, und diese Sensation kostet beinahe zwei Radfahrern das Leben, weil Andersen Thesi anschaut und nicht die Straße. Die Radfahrer fluchen, und Thesi meint: »Es ist Selbstmord, Ihnen Neuigkeiten im Auto zu sagen.«

Der Zahn, an dem Doktor Aagaard mittags herumgebohrt hat, beginnt wieder scheußlich weh zu tun. Aber trotz Zahnweh und Sommerkollektion und Miete und Radiorate lächelt Thesi. Sven hat sich mit seinen drei Damen so gelangweilt. Mama Elsbeth. Und diese Ziege neben ihr. Ein teuflischer Plan entsteht in Thesi. Wart nur, Sven! Sie preßt die Lippen zusammen, um nicht loszulachen.

Ein Ruck. Andersen stoppt den Wagen, es ist immer ein Zufall, wenn das Auto das macht, was der kleine Dicke gerade will. »Wir sind da –«, verkündet er. Thesi steigt schnell aus und sperrt das Haustor auf. »Gute Nacht, Direktor – es war ein netter Abend. Morgen bringe ich Ihnen neue Zeichnungen ins Büro, und« – blinzelt Andersen vertraulich an – »und dann erzähle ich Ihnen ganz genau, warum ich von Herrn Poulsen geschieden bin.«

Sie rutscht ins Haustor.

Der kleine Dicke schiebt sich schnell nach, er klammert sich an die Klinke.

»Kleine Frau, sagen Sie mir nur eines –«

»Nein«, sagt Thesi, »ich hab jetzt Zahnweh.«

Schluß für heute. Erinnerungen, Radiorate, Sommerkollektion – alles egal. Wenn man Zahnweh hat, ist nichts mehr wichtig. Doktor Aagaard, dieser Sadist. Vielleicht hilft Pyramidon.

Im Einschlafen fällt Thesi ein, daß sie ein schrecklich unanständiges Kleid braucht. Dann fliegen alle Gedanken davon, der vorletzte Zahn tut weh, links unten.

Und dann tut es links unten auch nicht mehr weh und Thesi schläft.

II

»Ulla – haben Sie ein unanständiges Kleid, so ein richtig unanständiges Kleid?«

»Ja, natürlich«, antwortete Ulla, »soll ich es Ihnen borgen, Frau Poulsen?«

Thesi nickt: »Ich wäre Ihnen sehr dankbar, wirklich, ich –«

Da kommt die Sekretärin aus Direktor Andersens Bürozimmer dazwischen: »Bitte, Frau Poulsen, der Herr Direktor erwartet Sie!«

Thesi geht durch den leeren Vorführsaal des großen Modehauses, Thesi kommt durch ein Zimmer mit klappernden Schreibmaschinenfräuleins, Thesi steht dann im Bürozimmer vom allgewaltigen kleinen Direktor. Es kommt ihr unwahrscheinlich vor, daß sie mit diesem wildfremden kugeligen Menschen hinter dem lächerlich großen Schreibtisch gestern abend gegessen haben soll.

»Bitte – Frau Poulsen«, macht der wildfremde kleine Herr und zeigt auf den Stuhl neben dem Schreibtisch. Thesi setzt sich zeremoniell auf die Sesselkante und hält eine Riesenmappe auf den Knien. Kleine Frau, hat er gestern immerfort gesagt, fällt ihr ein. Unglaublich, daß das die Frau von gestern abend ist, denkt der Direktor und sieht an Thesi vorbei. Thesi hat ein graues Kostüm an, einen kindlich aufgebogenen Filzhut: eine junge, unbedeutende Zeichnerin. Es geht um die Miete und die Radiorate, überlegt Thesi noch, dann legt sie energisch die große Mappe auf den Schreibtisch, dem Herrn Direktor unter die Nase.

»Hier – meine Entwürfe«, sagt sie und versucht, ein geschäftliches Gesicht zu machen.

Unsere Damen werden schauen, wenn ich ihnen sage, daß Sven Poulsens erste Frau für uns Abendkleider zeichnet, denkt der kleine Dicke, blättert in Thesis Skizzen, greift wahllos fünf heraus.

»Diese fünf. Vierzig Kronen für jede, zufrieden?«

Macht zweihundert im ganzen, Miete und Radiorate gerettet, denkt Thesi, sagt aber auf jeden Fall: »Es ist zu wenig, Herr Direktor!«

Sie macht großen bittenden Augenaufschlag. Das bewirkt leider nur, daß der Direktor wieder ›kleine Frau‹ sagt.

»Kleine Frau – mehr kann ich nicht bezahlen. Zigarette?«

Thesi nimmt eine Zigarette aus seinem Etui, schlägt die Beine übereinander – jetzt beginnt also der private Teil der Unterredung. Sie denkt an Ulla und das unanständige Kleid, sie möchte schon wieder aus dem Zimmer sein, deshalb plappert sie geschwind los:

»Ich wollte Ihnen erzählen, lieber Direktor, warum wir geschieden sind. Wissen Sie – Sven Poulsen ist so ein Familienmensch. Und ich bin ganz anders, ich finde, Familie ist zwar eine

Schicksalsfügung, aber man muß sich doch nicht jeder Schicksalsfügung unterwerfen, nicht wahr?«

Der Direktor blickt teilnahmsvoll in Thesis Gesicht, und Thesi macht eine Pause, damit es nicht aussieht, als ob sie eine auswendig gelernte Lektion aufsagte, nein, nein – sie schüttet doch dem lieben Direktor ihr Herz aus, also –

»Schon in Wien bekam Sven nicht genug von meinen Tanten. Mit alten, uninteressanten Tanten kann er stundenlang plaudern. Und hier – jede Woche hat er Verwandte eingeladen und sie reizend gefunden, seine alten Onkel. Er hat mir immer vorgeworfen, daß ich keinen Sinn für die gute alte Zeit habe, aber – ich habe es nicht ausgehalten, Herr Direktor, ich bin auf und davon. Ich weiß, Sie verstehen mich ...« Stopp, die tätschelnde Hand ist in der Nähe, natürlich, er versteht die kleine Frau ...

»Außerdem wollte er, daß ich immer um ihn bin. Sogar im Atelier sollte ich sitzen und zuschauen, wie er zeichnet. Herr Direktor – wer hält denn das aus – immer dasitzen und zuschauen und abends alte Tanten einladen! Herr Direktor, ich bin auf und davon! Herr Direktor, nicht wahr – Sie erzählen meine Geschichte nicht weiter, aber es tut so wohl, wenn man sich aussprechen darf ... So, und jetzt halte ich Sie nicht länger auf!«

Thesi angelt nach ihrer Mappe und steht energisch auf.

»Aber Sie halten mich doch gar nicht auf, kleine Frau – liebe kleine Frau ...«

»Herr Direktor, Sie sind so gut zu mir ...«

Er hat mir noch nicht die Anweisung auf die zweihundert Kronen ausgestellt, er wird noch daran vergessen vor lauter Mitleid. Und morgen weiß ganz Kopenhagen meine blödsinnige Geschichte, es ist eigentlich gemein von mir, schießt es Thesi durch den Kopf.

»Ja, die Anweisung – beinahe hätten wir sie beide vergessen«, lächelt Direktor Andersen und beugt sich über den Schreibtisch. »Hier – bitte!«

Achtlos schiebt Thesi die Anweisung ins Täschchen. »Wiedersehen, lieber Direktor!«

»Wann soupieren wir wieder miteinander, kleine Frau?« ruft er ihr noch nach. Thesi tut, als ob sie es nicht mehr gehört hätte, und drückt schnell die Tür hinter sich zu.

Steht dann wieder bei Ulla im Vorführsaal. Ulla ist eine verpatzte Greta Garbo, sie hat rotblonde Haare, ein sehr weißes

Gesicht und einen tragischen Mund. Dabei ist sie überhaupt nicht tragisch. Ulla ist große Mode in Kopenhagen, alle Herren, die etwas auf sich halten, kennen Ulla... Ulla ist das schönste Probierfräulein zwischen Warnemünde und dem Nordpol. Diese Ulla mit dem Greta-Garbo-Gesicht und der süßen rundlichen Gestalt fragt kameradschaftlich: »Etwas angebracht?«

Thesi nickt: »Drei Abendkleider, ein Nachmittagskleid, ein Nachthemd.«

»Sehr ordentlich. Passen Sie auf, Sie holen mich nachmittags um fünf hier ab und fahren mit mir nach Haus. Dort probieren Sie dann das Kleid, ich garantiere Ihnen, Sie haben noch nie so etwas Unanständiges angehabt!«

»Danke, Ulla. Also – um fünf!«

Um fünf hat Ulla es sehr eilig. »Wir nehmen ein Taxi«, drängt sie und Thesi wundert sich, warum Ulla eigentlich kein Auto hat.

»Sie sollten eigentlich ein Auto haben«, meint Thesi.

»Kostet zuviel. Ich meine – die Erhaltung. Meine Bekannten haben Autos, ich kann autofahren soviel ich will. Und in der Früh fahre ich lieber mit der Tram ins Geschäft, ich bin das seit Jahren gewohnt.« Thesi sieht Ulla von der Seite an. Ein großer schwarzer Strohhut beschattet das helle Gesicht, und wenn sie davon spricht, daß die Erhaltung eines Autos zuviel kostet, dann wird der tragische Mund noch tragischer. Komisch – sie ist sparsam, diese verpatzte Greta Garbo, denkt Thesi, es paßt nicht zu ihrem Stil. Oder doch – es paßt zu ihr, vielleicht paßt nur ihr Stil nicht zu ihr.

Sie fahren durch Vorstadtstraßen mit grauen Zinshäusern, dann kommen einfache kleine Einfamilienhäuser mit winzigen Vorgärten, rechts zweigt eine Villenstraße ab, das Taxi hält. Thesi will den Chauffeur bezahlen, Ulla will auch bezahlen, beide kramen in ihren Täschchen, Ulla läßt sich sichtlich Zeit dabei und Thesi bezahlt.

Ulla schiebt Thesi schnell ins Haus hinein. »Wir müssen uns beeilen, ich habe einen Gast zum Nachtmahl eingeladen, einen älteren Herrn, und ältere Herren sind schrecklich pünktlich.«

Ullas Schlafzimmer sieht wie aus dem Film aus, nirgends liegt etwas herum, und alles steht genau so, wie es der Architekt seinerzeit hingestellt hat. Auf dem Toilettetisch eine rote Glaskugel, in der Glaskugel drei blühende Zweige, wahrscheinlich hat der Architekt gesagt, in diese Glaskugel gehören drei Blütenzweige. Alles ist sehr neu und wunderschön und schrecklich unpersönlich. Nur die Photographie – Ulla reißt einen eingebauten Kasten auf, und Thesi benützt die Gelegenheit, um die verblaßte Photographie über dem Toilettetisch anzusehen. Eine dicke blonde Frau in einem komischen Rüschenkleid. Daneben ein Mann mit Schnurrbart und einem Anzug, wie ihn Arbeiter am Sonntag tragen. Beide haben verstört und krampfhaft in den Photographenapparat gelächelt.

Ulla dreht sich um und sieht Thesi vor dem Bild.

»Meine Eltern«, erklärt sie.

Thesi denkt angestrengt nach, um Ulla etwas Nettes über die Photographie zu sagen.

»Ich bin vom Land«, fügt Ulla hinzu und hält in der ausgestreckten Hand ein gespenstisches weißes Etwas. Es stellt sich heraus, daß Ulla über ihre Kleider weiße Überzüge hängt, damit die Motten nicht dazu können oder damit sie nicht zerdrückt werden oder weiß Gott, warum.

Das mondäne Privatleben der Kopenhagener hat etwas verteufelt Spießbürgerliches, weiße Überzüge und Mottenpulver beschützen die Unanständigkeit. Es kommt Thesi wahnsinnig komisch vor, daß die Tochter dieser ehrsamen Leute auf der Photographie ihr das unanständigste Kleid borgen wird, das sie jemals gesehen hat.

»Also – ziehen Sie sich aus und schlüpfen Sie hinein«, verlangt Ulla.

Thesi steht in der kleinen seidenen Kombination da. »Auch die Kombination«, sagt Ulla.

Thesi zieht sich gehorsam aus. »Höschen können Sie anlassen«, lacht Ulla, »so dekolletiert ist es denn doch nicht!«

Thesi nimmt das Kleid. Schwarze, sehr schwere Seide. Ein tiefer Ausschnitt. Das wird rückwärts sein, überlegt Thesi, wahrscheinlich tiefes Rückendekolleté.

»Verkehrt!« schreit Ulla.

Thesi schlüpft wieder aus dem Kleid und zieht es andersherum an. Der tiefe Ausschnitt ist vorn. Aufmerksam schaut sie sich im großen Spiegel an. Ein teuflisches Kleid. Glänzende schwarze Seide, rückwärts ganz hoch geschlossen, vorn ein schmaler, tiefer – schrecklich tiefer Ausschnitt. Lange Ärmel.

»Es ist Ihnen zu weit, Sie sind so mager, ich werde es enger machen –«, sagt Ulla und zieht mit einem geschickten Griff das Kleid an den Seiten zusammen. »Das Raffinierte an dem Kleid ist –

es ist rückwärts ganz geschlossen, kein bissel Rücken sieht man, und vorn –« psychoanalysiert Thesi das Kleid. »Ein Pariser Modell, der spitze tiefe Ausschnitt vorn soll ahnen lassen...«, sagt Ulla unwillkürlich im geschäftlichen Ton. So redet sie Kundinnen ein Kleid ein.

»Aber gehen Sie, was soll man denn ahnen, man sieht ja –«, sagt Thesi. Und mit plötzlichem Entschluß: »Verzeihen Sie, Ulla, aber so kann ich nicht gehen, nein – ich trau mich nicht!«

»Ich weiß ja nicht, wohin Sie mit dem Kleid wollen, bei Hof können Sie damit nicht erscheinen«, murmelt Ulla und steckt an den Seiten das Kleid ab, damit es noch straffer sitzt. »So – jetzt schlüpfen Sie heraus, ich hefte das Kleid, damit es sitzt.«

Thesi schält sich aus dem Kleid und sieht dann Ulla zu, die mit ein paar Stichen das Kleid enger macht. »Viel essen dürfen Sie nicht, sonst platzt es, ich mache es richtig eng, sonst geht die Linie verloren.«

Thesi nickt gehorsam. »Wenn ich in dem Kleid daherkomme, gibt mir sowieso kein Mensch etwas zu essen.«

»Gehen Sie zu einer großen Gesellschaft?« fragt Ulla, ohne von der Arbeit aufzusehen.

»Ich glaube schon. Es werden viele Leute dort sein. Aber ich bin überhaupt nicht eingeladen. Ich komme sozusagen – als Überraschung«, sagt Thesi.

Sie schaut nachdenklich auf die Photographie von Ullas braven stocksteifen Eltern, und ihr Plan kommt ihr absurd vor. Dann sieht sie Ulla an – Ulla im lichtblauen Kleid, rote Blumen am Ausschnitt, klappernde Armbänder –, es ist nicht mehr absurd, es ist ganz einfach, es wird ein Riesenspaß.

»Morgen abend schaue ich mir die Villa von Sven Poulsen an«, sagt Thesi wie nebenbei.

Ulla beißt den Faden ab, das Kleid ist fertig, mit einem Ruck wendet sie sich zu Thesi: »Sagen Sie – Sie waren doch einmal mit Sven verheiratet, natürlich, und –«

Ulla stößt einen langen diskreten Pfiff aus: »Ich kapiere. Die kleine Nielsen bekommt von uns für morgen ein weißes Kleid mit kleinen Blümchen. Eine Tante war mit ihr und hat es ausgesucht, eine wandelnde Pest, diese Tante – für morgen hat Sven alle Nielsen eingeladen. Und – oh, ich kapiere!«

Ulla nimmt das Kleid, hält es vor sich hin, schaut das Kleid an, schaut Thesi an, denkt an die wandelnde Pest von Tante.

»Es wird ein Riesenspaß«, sagt Ulla und nickt anerkennend. »Sie haben Humor. Aber – warum tun Sie das?«

Thesi lacht: »Weil es ein Riesenspaß wird. Sven hat mich eingeladen, die neue Villa anzuschauen. Irgendwann, wenn ich gerade in der Nähe bin. Morgen abend werde ich in der Nähe sein, und da platzte ich hinein – in die Gesellschaft mit allen Nielsens, es wird schrecklich komisch werden ...«

»Geben Sie auf das Kleid acht«, mahnt Ulla und beginnt das Kleid einzupacken, pedantisch und zeremoniell, erst wieder den weißen Überzug und dann Seidenpapier.

»Hören Sie, Ulla, sagen Sie keinem Menschen von der Sache«, bittet Thesi, »sonst ist mein Spaß futsch.«

»Was?«

»Futsch. Ein Wiener Ausdruck für – tschari. Tschari – ein Wiener Ausdruck für weg, total weg. Mein Spaß geht sonst kaputt.«

»Kaufen Sie sich noch einen ganz dunklen Lippenstift, es wird Ihnen gut stehen. Die Haare nicht so herumhängen lassen, sondern auffrisieren, wie es jetzt modern ist. Rückwärts hinauf, ja?«

»Ja, und danke vielmals, Ulla. Schade, daß Sie nicht dabeisein werden«, sagt Thesi im Vorzimmer. »Ich werde schon alle Einzelheiten über die Geschichte erfahren, keine Angst. Also – viel Glück! Ich muß mich jetzt beeilen, mein Gast kommt gleich – Wiedersehen!«

»Ulla – Sie sind ein Engel, Sie brauchen wirklich kein Auto. Eines Tages wachsen Ihnen Flügel und Sie fliegen morgens ins Geschäft. Wiedersehen!«

Thesi geht durch den kleinen Vorgarten, zauberhafte Hyazinthen blühen vor dem Haus, rosa und lilablaue. Thesi schaut auf die Hyazinthen und nicht auf den Weg. Vor der Gartentür rennt sie gegen den Bauch eines älteren Herrn. »Oh, Pardon –«, sagt Thesi und sieht erschrocken auf. »Pardon«, sagt auch der Herr, und Thesi konstatiert, daß er ein Zirkusdirektor ist. Vielleicht ist er auch keiner, aber er schaut so aus. Silbergrauer Anzug, silbergrauer steifer Hut und blitzendweiße Gamaschen über den Schuhen. Der Zirkusdirektor ist etwas verstört und zieht schnell den Hut und lächelt dann forsch – eben wie ein Zirkusdirektor, der Hohe Schule reiten soll und gegen beginnende Verkalkung anzukämpfen hat. Dann tänzelt Ullas Nachtmahlgast auf die Haustür zu – Hohe Schule eines älteren Herrn.

Thesi dreht sich noch einmal um, um Ullas kleines Haus anzuschauen. Und jetzt pfeift Thesi durch die Zähne. Aber nicht diskret wie vorhin Ulla, sondern laut und ungezogen. »Schau mal an! Schau mal einer an: wohnt diese Ulla hinter Glas! Vorn nichts als Glas, Dach ganz flach, damit man drauf in der Sonne liegen kann. Ulla, wer baut denn so verrückte Häuser?«

Thesi wandert mit ihrem Paket die Villenstraße entlang. Sie ist sehr gut aufgelegt. Das Leben ist so komisch. Deshalb – natürlich, deshalb hat Ulla einfach ›Sven‹ gesagt. Sie waren doch einmal mit Sven verheiratet, hat Ulla hingeschmissen.

Man müßte irgend jemand haben, mit dem man richtig tratschen kann, denkt Thesi. Jemanden, dem man alles erzählt und mit dem man sich dann schieflacht. Die Leute halten einen ja für einen Kretin, wenn man allein daherkommt und vor sich hingrinst. Thesi wartet bei der Straßenbahnstation auf den Fünfzehner und beschließt, noch nicht nach Hause zu fahren. An diesem Maiabend kann man nicht allein zu Hause sitzen. Überhaupt nicht im Mai, sonst muß man an Wien denken und daß auf dem Heldenplatz der Flieder blüht und daß man nach Hause möchte und doch kein wirkliches Zuhause mehr hat. Im Fünfzehner überlegt Thesi, daß sie bis zum Rathausplatz fahren wird. Dann wird sie den Strög entlang gehen, die Kärntner Straße von Kopenhagen, die Old Bondstreet von Kopenhagen, Auslagen anschauen und nachdenken, was man kaufen würde, wenn man Geld hätte. Also, den Strög entlang bis zum Hôtel d'Angleterre. Vor dem Hôtel d'Angleterre sind viele kleine Kaffeehaustischchen, Thesi wird dort einen Mokka trinken und Leute anschauen.

Schade – sie hat niemanden, mit dem sie lachen kann. Thesi geht den Strög entlang und trägt ihr weißes Paket behutsam im Arm. Wie ein Baby trägt sie das Kleid, ihr erstes wirklich unanständiges Kleid. Fünfzehn Minuten später gibt es einen neuen Mann in Thesis Leben.

Der Mann sitzt mit einer großen Gesellschaft vor dem d'Angleterre, zwei Tische wurden aneinandergeschoben, die Leute an den beiden Tischen lachen sehr laut. Thesi kommt vorbeigeschlendert und sucht für sich ein Platzerl zum Mokkatrinken, unwillkürlich schaut sie in die Richtung dieser lauten Bande, schaut hin –

Sieht einen Mann mit braungebranntem Gesicht, rosa Hemd, er hat helle Haare, der Mann lacht wie die anderen, lacht –

Da sieht er Thesi. Hört zu lachen auf, klappt den Mund zu und starrt Thesi an. Thesi bleibt stehen, nur eine Sekunde, es schickt sich nicht, aber sie hat gar keine Zeit nachzudenken, ob sich etwas schickt oder nicht, sie findet diesen wildfremden Mann reizend und schaut ihn auch an.

Es zuckt um Thesis Mund und sie muß lächeln.

Eine unmögliche Situation.

In unmöglichen Situationen hat Thesi meistens einen Schutzengel. Dieser Schutzengel hat heute eine grelle amerikanische Frauenstimme und benimmt sich, wie sich eben amerikanische Schutzengel benehmen.

Amerikanische Schutzengel rufen zuerst einmal: »Hello –!«

Alle Leute vor dem d'Angleterre hören diesen grellen Ruf, jetzt kommt sogar »Hello, Thesi-Darling!« und alle schauen Thesi an und Thesi findet es sehr peinlich. Man erregt nicht gern Aufsehen, wenn man das alte graue Kostüm anhat und den aufgeschlagenen Hut, sie hat seit Stunden ihre Nase nicht frisch gepudert und hält im Arm dieses lächerliche Seidenpapierpaket. Thesi wird rot und steuert schnell auf ihren amerikanischen Schutzengel zu. Der Schutzengel heißt Betsy und ist die Tochter eines Herrn von der amerikanischen Gesandtschaft, Thesi hat sie ein paarmal bei Bekannten getroffen. Aber das ist ganz egal. Wichtig ist nur, daß Betsy neben dem Mann mit dem sympathischen Gesicht sitzt.

Großes Händeschütteln. »That is Thesi«, verkündet Betsy, »Excuse me, Thesi-Darling – ich weiß Ihren zweiten Namen nicht!« Betsy spricht Englisch, Dänisch und Deutsch durcheinander, alle Sprachen klingen gleich, wenn Betsy sie ausspricht.

»Thesi-Darling, setzen Sie sich zwischen diese zwei fremden Herren und seien Sie nett zu ihnen, die Herren kommen aus dem Krieg – so, und jetzt soll Mister Jensen weitererzählen Thesi – Mister Jensen erzählt gerade, wie er mit dem König zusammengestoßen ist...«

Mister Jensen erzählt eine lange Geschichte, von seinem Auto und vom Auto des Königs. Thesi sitzt steif zwischen dem neuen Mann in ihrem Leben und einem anderen Herrn, den sie noch nicht einmal angesehen hat. Sie hält ihr Paket auf den Knien, weil keine Möglichkeit ist, es irgendwo anders hinzulegen. Und sie ärgert sich wütend, weil sie so verlegen ist. Aber es ist eine komische Situation: man lächelt einen wildfremden Herrn an, und in der nächsten Sekunde ist alles formell und gesellschaftlich, man sitzt neben ihm und es ist gar nichts dabei. Thesi spürt, daß der

Mann sie von der Seite anschaut, sie spürt es mit ihrem ganzen Körper, er soll schon irgend etwas reden, er soll –.

»Geben Sie mir das Paket, wir werden es irgendwo hinlegen«, sagt der Mann auf deutsch und greift nach dem Paket.

»Oh – es stört mich nicht«, sagt Thesi. Aber der Mann nimmt einfach das Paket von ihren Knien und winkt einem Kellner.

»Geben Sie es in die Garderobe!«

»Bitte nicht, es darf nicht verlorengehen –«, wendet Thesi ängstlich ein. Aber der Kellner ist schon mit dem Paket verschwunden.

»Was haben Sie denn für Kostbarkeiten in Ihrem Paket?« fragt der Mann.

»Ein Kleid.«

Der Mann lächelt, und Thesi findet, daß er riesig sympathisch lächelt. Außerdem schaut er sie an, als ob sie schon ein nettes Geheimnis miteinander hätten. Nein – es ist noch viel aufregender, er schaut sie an, als ob sie bald ein nettes Geheimnis miteinander haben würden.

»Ein schönes Kleid?« fragt er weiter.

Thesi kann überhaupt keine vernünftige Antwort überlegen, sie sagt mechanisch die Wahrheit:

»Ein unanständiges Kleid.«

Herr Jensen erzählt noch immer an seiner Geschichte. Thesi überlegt, daß es sonderbar ist, daß der sympathische Mann deutsch mit ihr spricht. Er ist doch Amerikaner, man hört es an der Aussprache.

»Warum sprechen Sie deutsch mit mir?«

»Betsy hat mir erzählt, daß Sie aus Wien sind.«

»Wann hat Betsy über mich gesprochen?«

Sein Gesicht ist nah, er flüstert, um Herrn Jensen nicht zu stören: »Vorhin – als Sie vorbeikamen. Und stehengeblieben sind, weil« – Thesi wird sehr rot.

»Weil Sie Betsy erkannt haben. Betsy hat Sie auch sofort bemerkt und ›das ist die kleine Wienerin‹ gesagt und ›Hello‹ gerufen.«

Thesi nickt. Sie sprechen eine ganze Weile nichts miteinander, aber Thesi hat dieses sonderbar süße Gefühl in der Herzgegend, das immer kommt, wenn ihr ein Mann schrecklich gut gefällt und irgend etwas Neues beginnt. Thesi hat das Gefühl so lang nicht gehabt …

Um Gottes willen: die Nase! Sicherlich glänzt die Nase, sie ist seit Stunden nicht gepudert worden. Da steht Betsy auf und sagt »Einen Augenblick«. Thesi läuft ihr nach ins Hotel und sie stehen dann gemeinsam vor dem großen Spiegel im Vorraum von ›Für Damen‹.

Thesi reißt den Hut ab und kämmt die ungeordneten Haare, dann wischt sie mit der Puderquaste übers Gesicht. »Betsy, es war sehr lieb von Ihnen, daß Sie mich an den Tisch gerufen haben!«, sagt sie.

Betsy gibt keine Antwort und malt aufmerksam ihre Lippen an.

»Wer ist der hübsche Amerikaner – ich meine, der mit dem rosa Hemd, neben dem ich sitze?«

»John Craven«, antwortet Betsy und preßt die bemalte Oberlippe auf die unbemalte Unterlippe, damit die Unterlippe von der Oberlippe abfärbt; man muß das tun, wenn man sich kunstgerecht die Lippen bemalt.

»Danke – es war besonders lieb von Ihnen«, sagt Thesi noch einmal und schraubt auch an ihrem Lippenstift herum.

»Danken Sie nicht fortwährend, es ist nichts zu danken«, fährt Betsy wütend los. Thesi schaut sie erstaunt an. Bös?

»Sie haben doch das Ganze so nett arrangiert«, sagt Thesi, »Sie haben mich gerufen und neben ihn gesetzt.«

»Hören Sie einmal, Sie Baby –« platzt Betsy los, »ich habe gar nichts arrangiert. John hat alles arrangiert. John hat Sie gesehen und – und ich habe gesehen, daß John Sie anstarrt. Da hab ich gesagt: ›John, es ist eine kleine Wienerin, ich kenn sie, sie ist sehr langweilig‹, – ja, das habe ich gesagt, und Sie sollen nicht fortwährend danken. ›Ruf sie her‹, hat John gesagt. Ich habe mich nicht gerührt. ›So ruf schon‹, hat John gesagt. Da hab ich ›Hello!‹ gerufen ...«

»Es ist direkt peinlich, wie aufrichtig Sie sind«, meint Thesi freundlich.

»Ich kenne John fünf Jahre lang, immer kommt mir etwas dazwischen –« sagt Betsy kläglich, »rauchen wir eine Zigarette miteinander!«

Sie sitzen auf einem kleinen Diwan, und Thesi sagt: »Hier ist es richtig gemütlich, es erinnert an die Schulzeit.«

»Wieso?« fragt Betsy.

»Wir haben immer im Vorraum vom Klo getratscht«, erzählt Thesi.

»Wir auch«, nickte Betsy, »aber hier ist es nobler. Sie werden mir langsam sympathisch, Sie haben auch Klo-Erinnerungen. Also hören Sie zu, Darling: John Craven ist ein berühmter amerikanischer Journalist, vor fünf Jahren hab ich ihn zum erstenmal in Paris getroffen. Aber wie gesagt – immer kommt etwas dazwischen, jetzt Sie...«

»Betsy, ich hab doch nicht –«, versucht Thesi irgend etwas zu entschuldigen.

»Sie werden, Thesi-Darling, Sie werden... Und der andere neben Ihnen – Thesi, ich glaube, Sie haben ihn noch gar nicht bemerkt, also der andere ist ein richtiger Lord. John hat ihn in Spanien aufgefischt und hierher gebracht. Kennen Sie sich jetzt aus?«

»Nein. Die zwei kommen aus Spanien. Wieso eigentlich? Dort war doch jetzt Krieg, man fährt doch nicht nach Spanien –«

»Darling, John war als Kriegsberichterstatter dort. Der Krieg in Spanien ist aus und John hat Ferien. Bis zum nächsten Krieg, sagt er; und will sich ausruhen er ist direkt vom Abessinischen Krieg nach China in den Chinesisch-Japanischen Krieg geflogen und direkt von China nach Spanien. Er ist überanstrengt, er ruht sich aus.«

»Und wieso hat er in Spanien einen Lord gefunden? In Spanien nennt man so etwas Grande, spanischen Grande, nicht?«

»Thesi, stellen Sie sich auf Romantik ein. Der Lord ist ein englischer Lord und ist nach Spanien gefahren, um dort zu kämpfen. Er ist achtundzwanzig Jahre alt und schon ein Veteran. Der Lord war in der Internationalen Brigade, und John sagt, er ist ein Held und wir müssen alle sehr nett zu ihm sein, er ist maßlos unglücklich, er hat doch den Krieg verloren...«

»Ja –«, sagte Thesi nur, »ich verstehe.«

»Sie verstehen gar nichts«, sagt Betsy und wird wieder bös, »Sie kümmern sich nicht um Politik, und außerdem sind Sie deutsch und wahrscheinlich für Franco, kommen Sie, gehen wir!«

Thesi steht gehorsam auf. Sie wirft die Zigarette ins Waschbekken, läßt Wasser drauf fließen, um sie zu töten, und spricht, ohne Betsy anzusehen:

»Einen besonders netten Mann hab ich mir verscherzt. Meine Heimat hab ich verloren. Ich bin nicht deutsch, sondern österreichisch. Und ich weiß, wie das ist, wenn man verliert. Gehen wir!«

Bevor sie zum Tisch zurückkommen, murmelt Betsy: »Sorry, Thesi!«

Thesi nickt ihr zu: »Thank you – partner!«

»Haben Sie vielleicht für mich die Lippen so stark gefärbt?« erkundigt sich John Craven, als Thesi wieder neben ihm sitzt.

»Wieso steht ein Glas Vermouth da? Haben Sie das für mich bestellt? Herr Craven, Sie sind ein sehr netter Mensch. Ja, die Lippen habe ich mir für Sie angemalt und –«

Thesi wendet sich zu ihrem rechten Nachbarn und lächelt ihn an: »Für Sie, Herr Craven, und für unseren Veteranen.«

Der Herr rechts bleibt unbeweglich. Ruhige, dunkle Augen schauen auf Thesi, aber es ist, als ob er sie gar nicht sehen würde.

»Sie denken, ich bin taktlos, weil ich Veteran sage. Aber ich möchte gern, daß Sie mit uns lustig sind. Wissen Sie –«

Thesi schaut hilflos aufs Tischtuch, hebt dann schnell den Blick zu ihm: »Ich – bin nämlich aus Wien. Und ich verstehe, daß Sie traurig sind. Betsy hat mir nämlich gesagt, daß Sie aus Spanien kommen. Ich möchte so gern, daß Sie wenigstens heute abend –« Sie bricht verwirrt ab. Der Engländer sieht sie ernsthaft an.

»Betsy weiß doch nicht, woher ich komme. Ich komme nämlich aus der Hölle, gnädige Frau.«

Er sagt das sanft, tonlos, als ob es ganz Alltägliches wäre. Er ist übergeschnappt, denkt Thesi. Oder er ist sehr unglücklich.

»Trinken Sie schnell den Vermouth aus, wir gehen fort«, sagt John zu ihr.

Thesi trinkt schnell den Vermouth aus und fragt dabei: »Wohin gehen wir?«

»Ich weiß noch nicht, irgendwohin, wo nicht so viele Leute sind und wo man den hellen Himmel anschauen kann. Gary – wohin gehen wir mit dieser jungen Dame?«

Der Veteran sagt, daß ihm alles egal ist.

»Wir drei gehen zu mir, ich koche Mokka«, schlägt Thesi vor.

»Aber was ist mit dem hellen Himmel? Fahren wir lieber zu uns nach Klampenborg hinaus«, meint John. »Ins Strandhotel? Dort ist doch auch viel Trubel auf der Terrasse«, sagt Thesi.

»Nein, wir wohnen nicht im Hotel, wir wohnen bei Leuten, die – wie heißen die Leute, bei denen wir wohnen, Gary?«

»Ich weiß es nicht«, sagt der Veteran, »es sind doch deine Freunde.«

John zieht ein Notizbuch aus der Tasche, blättert, blättert –

»Lindbergh heißen meine Freunde, sie haben ein nettes Haus und einen schönen Garten. Kommen Sie, wir gehen zu Lindberghs, sie sind für ein paar Tage nach Schweden gefahren, wir werden einen herrlichen Abend bei ihnen haben, wir drei!«

»Nein«, sagt Thesi, »ich komme morgen zu Ihnen. Morgen abend. Es ist für mich sogar sehr wichtig, daß ich morgen abend zu Ihnen nach Klampenborg kann. Jetzt gehen wir zu mir und Sie setzen sich ans Fenster und schauen den Himmel an, und der Veteran kocht mit mir Mokka.«

Die drei verabschiedeten sich, und mit einem Rest von Anstandsgefühl sagt Thesi: »Wollen Sie nicht mitkommen, Betsy, wir trinken irgendwo Mokka?« Betsy ist ein anständiger Kerl und will nicht mitkommen. Sie sind schon beim Taxistand, da fällt Thesi ein: »Mein Paket!«

John geht ins Hotel zurück und kommt mit dem Paket und einer Flasche zurück. Die Flasche hat ihm der Barkeeper verkauft. Und dann sitzen sie zu dritt im Taxi, Thesi und John im Fond, der Veteran mit steinernem Gesicht auf dem Notsitz. Thesi hält wieder das Paket auf den Knien, sie sieht John von der Seite an: helle Augen, helle Haare, die Augenbrauen schauen fast weiß aus auf der braungebrannten Haut. In Spanien war jeden Tag Krieg und jeden Tag Sonnenschein.

Es ist eine Schande – Thesi macht sich Vorwürfe –, ich hätte beinahe das Paket vergessen. Nur, weil ein neuer Mann aufgetaucht ist. Ich hätte auch beinahe auf alles übrige vergessen, schade – nur beinahe.

Zu Hause fällt Thesi ein, daß sie kein Nachtmahl gehabt hat. Es fällt ihr ein und sie bekommt natürlich sofort Hunger.

»Habt ihr schon gegessen?« fragt sie die beiden Gäste. John und der Veteran haben schon gegessen.

Thesi macht Licht im großen Zimmer, und John dreht es sofort wieder ab, setzt sich aufs Fensterbrett und will den Himmel ansehen. Wie blaßgrüne Seide liegt der Himmel über dem weiten Hof und dem dunklen Rasen ausgespannt, man sieht zwar nur ein Stück Himmel, aber man hat trotzdem das Gefühl von Unendlichkeit.

»Kümmern Sie sich nicht um mich, essen Sie etwas, Seine Lordschaft soll Ihnen Spiegeleier kochen«, ruft John ins dunkle Zimmer.

Der Veteran redet noch immer kein Wort, aber kocht glänzend Spiegeleier. Thesi steht mit ihm in der kleinen Küche und sieht zu, wie er drei Eier aufbricht und sie in die Pfanne ausleert und die leeren Eierschalen mit einem kühnen Schwung in die Abwasch schmeißt.

»Zwei Eier essen Sie, eins ich –«, befiehlt sie.

»Eins ich, zwei Sie«, antwortet er, fischt die Spiegeleier mit einem breiten Messer aus der Pfanne, legt sie auf einen Teller, nimmt den Teller und stellt ihn auf den kleinen Küchentisch. Thesi bringt zwei Eßteller, Gabeln, Brot, sie hätte gern mit Seiner Lordschaft geredet, aber Seine Lordschaft setzt sich auf den Küchentisch – es ist nur ein Schemel da, und auf dem hockt schon Thesi –, nimmt seinen Teller, beginnt zu essen und kümmert sich nicht weiter um sie. Nachher gehen sie ins große Zimmer zurück, John sitzt noch immer unbeweglich auf dem Fensterbrett und schaut in den lichten Seidenhimmel.

»Darf ich jetzt Licht machen?« erkundigt sich Thesi. »Nicht mehr als wir zum Kaffeekochen brauchen«, ordnet John an.

Thesi knipst die Stehlampe an, dann flackert noch die Spiritusflamme unter der Espresso-Maschine.

»Warum reden Sie nicht?« fragt sie den Lord der unbeweglich im Fauteuil sitzt und in die Spiritusflamme schaut.

»Bei Perpignan kamen wir heraus –«, sagt der Lord, »wir haben dort in der Nähe die Flüchtlingslager gesehen, John wollte darüber schreiben. Tag und Nacht bläst der Wind dort an der Grenze, Sand fliegt, Sand in die Augen, Sand klebt an Verbänden, alles dreckig. Es stinkt. Es stinkt zum Himmel, junge Dame –«

Es ist unheimlich, wie er das alles tonlos vor sich hin sagt.

»Ich habe Kinder auf Straßen verhungern gesehen. Sie haben vor Hunger erbrochen. Wir sind vorbeimarschiert und marschiert, und die Kinder haben sich ein Stück hinter uns hergeschleppt, sie haben geglaubt, wir könnten ihnen zu essen geben. Kinder... Fetzenbündel, dreckig, verwanzt, verwaist und doch noch Kinder...«

»Mylord sind heute besonders gräßlich«, sagt John, verläßt das Fensterbrett und tritt in den rötlichen Schein der Lampe. »Hören Sie ihm nicht zu, schöne Frau!«

»John – sag mal, kannst du denn das alles vergessen?« schreit ihn Gary an. Thesi blickt von der Espresso-Maschine auf und schaut in das Gesicht des Veteranen. Mein Gott, ein so junges Gesicht. Mager, blaß unter der braunen Sonnenfarbe, die dunklen Augen weit aufgerissen, als könnten sie irgend etwas nicht fassen, das sie immerfort sehen und sehen –

»Ich vergesse gar nichts. Ich erinnere mich nur nicht fortwährend daran«, antwortet John.

Er legt seine breite Hand beruhigend auf Garys Schulter. Thesi denkt, daß es wunderbar sein muß, von John umarmt zu werden. Nicht so umarmt, wie sie vorhin im Taxi dachte. Sondern richtig – er legt beide Arme um einen und hält einen fest, und man erinnert sich an gar nichts mehr.

»Ist der Kaffee fertig?« fragt John.

Sie trinken aus kleinen blauweißen Mokkaschalen. »Meißen?« sagt der Lord und schaut die kleinen Tassen an.

Thesi nickt: »Von meiner Oma, aus Wien...«

Jahrelang hat sie das Wort ›Oma‹ nicht ausgesprochen, wem soll sie von Oma erzählen? Oma ist sehr weit, sie gehört in die Zeit, in der man sich noch nicht allein durchgewurstelt hat.

Sie füllt Mokka in die Schalen nach, und John macht die Flasche, die er dem Barkeeper entrissen hat, auf. Aquavit, dänischer Schnaps.

»Hier sagen sie, daß man etwas dazu essen muß. Es gehört sich nicht, Schnaps allein zu trinken«, sagt Thesi anstandshalber und bringt Gläser. Horuck! erstes Glas ist leer. John schenkt wieder ein, er will irgendeinen netten Toast sagen, es fällt ihm nichts ein, er sieht Thesi in die Augen, schaut dann Gary an – horuck! zweites Glas ist leer.

»Mir wird sehr angenehm«, murmelt Thesi und kriecht tief in den großen Fauteuil, zieht die Beine hinauf und hockt als kleines Bündel da. »Warum sind Sie gerade nach Dänemark gekommen?« fragt sie John.

»Ich soll meinen Urlaub in Europa verbringen. Da ist mir eingefallen, daß ich vor zwei Jahren nette Leute getroffen habe – ich weiß gar nicht mehr wo, und die sprachen von ihrem großen Haus in Kopenhagen und einem Garten, und daß ich ihr Gast sein soll. Die Leute haben sich kaum mehr an mich erinnert, als ich jetzt mit Gary ankam. Aber sie waren trotzdem nett. Sie haben nur bedauert, daß sie verreisen mußten. Wir haben es gut in ihrem schönen Garten, was, alter Gary?«

Gary raucht Pfeife und John hat für Thesi amerikanische Zigaretten. Sie macht die Augen zu, es geht ihr gut. John kommt zu ihrem Fauteuil, setzt sich auf die Armlehne und streichelt ihre Haare. Thesi spürt sein Streicheln, jetzt ist es wieder so wie vorhin im Taxi, sie spürt ihn und klappt die Augen zu ihm auf.

»Ja« – sagt sie leise. Es bedeutet: Ja, es geht mir sehr gut. »Woran denkst du?« fragt John.

Thesi gibt keine Antwort.

Dann trinken sie wieder Schnaps, und Thesi sagt: »Pardon! – Sie haben vorhin gefragt, worüber ich nachdenke. Ich bin vielleicht taktlos – aber ich möchte gern wissen, warum ein englischer Lord in Spanien für die Freiheit kämpft. Englische Lords sind doch sonst nicht so, Pardon! – bin ich taktlos?«

»Ja, du bist wirklich taktlos«, sagt John und streichelt weiter Thesis Haar.

»Ich bin wegen Nelson nach Spanien gegangen«, kommt es aus der Tiefe des anderen Fauteuils.

Er ist wahrscheinlich doch verrückt, denkt Thesi, sieht zu John auf und flüstert: »Meint er den toten Admiral?«

»Er meint seinen Diener«, flüstert John zurück.

»Robert D. Nelson, mein Butler. Ich habe ihn von meinem Großvater geerbt, gleichzeitig mit dem Titel. Ich denke oft, es ist symbolisch, daß ich gleichzeitig mit dem Titel den Nelson bekam. Vielleicht wäre der Titel allein eine Weltanschauung geworden, aber ich hatte ja Nelson. Warum bekomme ich keinen Schnaps mehr?«

Sie trinken wieder, und Thesi bekommt ein angenehmes Gefühl von Besoffensein, so eine Müdigkeit im Körper, sie legt ihre Wange an Johns Hand. Liebe breite Hand, zwar fremd, aber trotzdem lieb, sie hört Gary zu und sieht alles ganz deutlich vor sich, wie im Kino, sie ist klar und besoffen zugleich –

»Ich werde niemals wieder einen Freund wie Nelson haben. Mit Nelson besprach ich meine Krawatten und Nelson machte mich aufmerksam, wenn ich neue Unterhosen brauchte, und es gibt keinen Menschen, mit dem man intimer ist als mit seinem Diener. Nelson borgte mir auch Bücher, er war viel älter als ich und viel gebildeter, aber er zeichnete mich trotzdem mit seiner Freundschaft aus. Vor zwei Jahren kommt Nelson zu mir und sagt: ›Ich muß kündigen, ich verreise.‹ – ›Wohin?‹ will ich natürlich wissen. – ›Ich will in Spanien für das spanische Volk kämpfen, ich gehe zur Internationalen Brigade‹, sagt Nelson. Ich hatte zwar die ›Times‹ abonniert, aber ich dachte, kein Mensch kennt sich aus, worum es in Spanien geht. Ich fand es sonderbar, daß mein Freund Nelson in einen Krieg wollte. ›Packen Sie meine Koffer, ich gehe mit Ihnen, Nelson‹, sagte ich. – ›Ein Suite-case genügt, aber Euer Lordschaft sind crazy‹, sagt er. Crazy, verrückt. Daraufhin hätte ich ihn entlassen müssen, aber ich wollte doch keinen anderen Butler. Da packte er mein Suite-case und ...«

Pause. »Und?« fragt Thesi.

»Schluß. Wir gingen zusammen nach Spanien«, sagt Gary und schenkt sich wieder ein.

Da hebt Thesi den Kopf. »Dann war für Sie der ganze Spanische Krieg nichts als ein Abenteuer, eine Laune?« fragt sie, und ihre Stimme klingt spröde. Sie denkt an Wien, an Oma, sie denkt daran, daß sie in einer Märznacht im Vorjahr ihr Radio kaputt geschlagen hat, kaputt, kaputt, sie wollte nichts mehr hören. Jetzt kann sie Raten zahlen für den neuen Apparat. Dabei war damals in Wien gar kein Krieg. Nicht romantisch genug für englische Lords. Herrgott, was wissen denn die, was wissen die von uns –. »Nein –«, kommt Garys Stimme aus dem Dunkel, tonlos, gleichgültig: »Es war kein Abenteuer und keine Laune. Ich wußte, worum es ging.«

Johns Hand streichelt Thesis Wangen, sie legt sich auf ihre Augen, preßt sich auf die Augen. Aber Thesi weint trotzdem, sie heult in diese fremde Hand hinein, ein Amerikaner, was weiß denn er, nichts weiß er, nichts – sie schiebt seine Hand weg:

»Und was ist mit Ihrem Nelson?« fragt sie.

»Gefallen«, kommt es aus dem tiefen Fauteuil.

Ein Glas klirrt, Gary schenkt sich wieder ein.

Plötzlich wird es hell im Zimmer, die große Deckenlampe flammt auf, Thesi blinzelt verheult ins Grelle und Gary blinzelt und knurrt: »John – das ist eine Schweinerei!«

John hat das große Licht angedreht, John lächelt und sieht sich im Kreise um: »Jetzt kennen wir einander – ich meine, Gary und ich kennen Thesi jetzt« – er sieht auf die Armbanduhr – »genau zweieinhalb Stunden. Und jeder klebt in seiner Stimmung, als ob wir schon jahrelang befreundet wären. Das geht nicht, nach zweieinhalb Stunden Freundschaft ist man lustig. Thesi, wo ist dein Radio?« Thesi macht eine Kopfbewegung zum Radio hin. John ist fremd und amerikanisch, denkt sie. Dann sieht sie sein Gesicht an, die hellen guten Augen, und versteht ihn. John meint es gut mit ihr, mit Gary, mit sich selbst.

Eine Durcheinander-Swingmusik tobt durch den Raum. »Savoy-Hotel London, ich kenne die Band«, verkündet John stolz, als ob er Musik und Radio erfunden hätte.

»Jetzt erzählt uns Thesi die Geschichte vom unanständigen Kleid!« verlangt er.

Da fällt Thesi alles wieder ein. Morgen abend bei Sven...

»Los – was ist mit dem unanständigen Kleid? Wann ziehst du es an?« fragt John, sitzt schon wieder auf der Armlehne von Thesis Fauteuil und legt den Arm um ihre Schultern.

»Das Ganze soll ein Spaß werden – aber, ich weiß nicht, es kommt mir so lächerlich vor –, und ich schäme mich vor Gary. Gary wird sagen, daß ich den Ernst der Zeit nicht erfasse.«

In Garys Gesicht kommt Ausdruck. Er sieht Thesi an, seine Mundwinkel verziehen sich und es kommt zu einer Art Lächeln. Der lächelnde Gary schaut reizend aus. Thesi hat eine Idee, sie springt auf und läuft zu Gary hin:

»Gary – sind Sie ein waschechter Lord?« Gary nickt. »Mit allem, was dazugehört – mit Ahnen und einem endlos langen Namen und was weiß ich, was noch zu einem waschechten Lord gehört, also – haben Sie alles?« Gary nickt wieder.

Thesis Gesicht wird streng, sie fragt das Letzte und Wichtigste: »Gary – haben Sie einen Frack?«

»Wir müssen nachsehen, vielleicht ist er gestohlen worden.«

»Wo müssen wir nachsehen?«

»Kopenhagen, Zentralbahnhof, Bahnhofgarderobe«, gibt Gary an.

Es stellt sich heraus, daß John für Gary nach England geschrieben hat. Man soll Seiner Lordschaft etwas zum Anziehen schikken. Gary hat nämlich nichts bei sich als den Anzug, den er trägt. Diesen Anzug kaufte ihm John an der französischen Grenze, damals, als er Gary die Uniform auszog; gehen wir weiter, nicht darüber sprechen. John schrieb also nach England, und tatsächlich ist für Gary ein Koffer auf dem Zentralbahnhof Kopenhagen angekommen. Gary war dort, hat ihn gar nicht aufgemacht, sondern in die Bahnhofsgarderobe gestellt.

»Gary wird morgen hinschauen, er steht bestimmt noch dort. Und ein Frack ist drin?« fragt Thesi mißtrauisch.

Gary sagt: »Wahrscheinlich sogar zwei Fräcke. Was verlangen Sie von mir, Thesi?«

»Gebt mir einen Schnaps! So, jetzt sag ich es – also hört zu! Den Gary schickt mir der Himmel, Gary wird der Clou des Abends.

Morgen abend gibt nämlich ein Herr Sven Poulsen ein Fest. Dieser Herr Poulsen hat sich gerade verlobt, und es wird ein Nobelfest, weil seine Braut mit lauter widerlichen Bürgern verwandt ist. Tante Ottilie kommt auch, sie ist eine wandelnde Pest, sagt Ulla. Wir werden ja sehen... Plötzlich platze ich in die Gesellschaft. Wie zufällig. Ich habe mir für diesen Zweck ein rasend unanständiges Kleid ausgeborgt. Hinten ist es zu, das Kleid, aber vorn sieht man – noch und noch sieht man –. Ihr glaubt, ich bin beschwipst – schau, John, der Veteran kann sogar lachen! Also, ich platz hinein und mach einen möglichst schlechten Eindruck. Die Braut ist nämlich ein sehr braves Mädchen, und alle sind furchtbar steif und haben bestimmt Vorurteile –«

»Woher weißt du das?« erkundigt sich John todernst.

»Sie sehen so aus. Ich habe gestern die Mama und die Tante und die Braut gesehen, und alle drei schauen zum Kotzen aus...«

»Was ist das?« erkundigt sich Gary, seine Deutschkenntnisse sind beschränkt.

John erklärt das Wort mit einer Handbewegung.

»Thanks – ich verstehe, weiter!«

»Die sind bestimmt schreckliche Snobs. Ich will sie mit dem unanständigen Kleid ärgern. Aber jetzt habe ich noch etwas –«

Thesi macht eine Atempause und Gary will ihr wieder Schnaps einschenken. Aber John erlaubt es nicht mehr und drückt Thesi ein bißchen fester an sich.

»Koch noch Mokka, Gary! Erzähl weiter, Kleines!«

»Ich ziehe erstens das unanständige Kleid an und zweitens bring ich ihnen einen Lord mit. Die platzen. Daß eine Frau in so einem Kleid herumläuft und trotzdem von einem ganz feinen Lord begleitet wird – Gary, Sie müssen wirklich fein ausschauen, ja? Alle Vorurteile wanken und wir haben einen Riesenspaß und – ja, dann gehen wir wieder. Dann sagen wir, daß wir in der Nähe eingeladen sind und daß ich nur das Haus ansehen wollte, und wir gehen in eure Villa. Es wird herrlich!«

Sie seufzt auf, Gary reicht ihr eine Schale Mokka, und sie trinkt wie ein folgsames Kind sofort aus.

»Und was geschieht mit mir?« erkundigt sich John, »ich will auch mitgehen.«

Thesi stellt die Tasse hin und sagt dann: »Du kommst natürlich auch mit, du spielst einen reichen Amerikaner, Geld imponiert ihnen auch.«

»Ich spiele deinen Geliebten, das wird auch schockieren«, schlägt John vor. Thesi überlegt.

»Nein – es ist besser, daß Gary meinen Geliebten spielt, weil er doch der Lord ist. Aber ihr könnt auch beide meine Geliebten sein, das ist auch unanständig oder nicht!«

»Ja«, sagt John, »wir sind beide deine Geliebten. Du, Thesi, jetzt interessiert mich nur eines – warum machst du eigentlich das Ganze? Aus Spaß oder – interessiert dich jemand von der ganzen Gesellschaft?« »Ich mache es nur aus Spaß«, versicherte Thesi, »aus Spaß und – ja, und dann auch, weil ich mir die Braut von der Nähe anschauen will, sie heißt Karen und ist blond.«

»Warum interessiert dich die Braut?« will John noch wissen. Thesi wird ungeduldig und springt auf:

»Herrgott, John – das mußt du doch verstehen, es interessiert mich eben, wenn mein Mann heiratet und wie seine neue Familie ausschaut und –« dabei dreht sie am Radio herum, jetzt ist die Kapelle so laut, als ob man knapp vor ihrem Podium im Savoy in London sitzen würde. Es ist nicht zum Aushalten, sie spürt es selbst und dreht wieder zurück. Dann setzt sie sich brav in ihren Fauteuil und nimmt eine Zigarette.

»Ich bin geschieden«, verkündet sie. Aber es scheint weder John noch Gary zu interessieren. »Also – macht ihr mit?«

»Gern«, sagt Gary freundlich. »Wenn ich Ihnen mit meinem Frack einen Gefallen machen kann – sehr gern.«

Thesi sieht John an. John steht wieder am Fenster, die hellen Nächte in Kopenhagen sind berühmt, wahrscheinlich starrt er deshalb in die helle Nacht hinaus.

»Machst du auch mit, John?« ruft Thesi.

John wendet sich um: »Wie, bitte? Ach so, natürlich – wenn es dir Spaß macht. Gary, es ist spät, komm, wir gehen!«

Im Vorzimmer packt Thesi Gary am Arm und bittet: »Vergessen Sie nicht, holen Sie Ihren Frack vom Bahnhof, ja? John – sag mir noch die Adresse eurer Villa, ich hole euch ab!« – »Wann holst du uns ab?« Thesi denkt nach: »Die sind dort sicherlich schon zum Nachtmahl eingeladen, da setzen sie sich um sieben zu Tisch und fressen bis neun, dann gibt es schwarzen Kaffee – John, Gary, ich bin um drei Viertel neun bei euch, ja?«

III

Punkt drei Viertel neun steigt Thesi vor der Lindbergh-Villa in Klampenborg aus dem Taxi.

In der großen Halle warten schon John und Gary. Männer im Frack haben besonders viel Sex-Appeal, denkt Thesi. John trägt den Frack wie einer, der sehr oft Frack anzieht. Aber Gary! Gary schaut aus, als ob er überhaupt im Frack zur Welt gekommen wäre.

»Na – wie hab ich dir unseren Gary ausstaffiert?« lacht John und hebt Garys Hand in die Höhe. Gary trägt einen schweren Siegelring Onyx mit tief eingraviertem Wappen.

»Das ist also Ihr Wappen?« meint Thesi sehr zufrieden.

»Nein«, schreit John, »aber Gary könnte so einen Wappenring haben. Er trägt nur keinen, weil er Wappenringe nicht leiden kann. Diesen hier haben wir in der Vitrine von unseren braven verreisten Lindberghs gefunden«, verkündet John stolz. »So – und jetzt mach den Mantel auf – laß dich anschauen!«

Thesi schlägt schüchtern den Samtmantel auseinander, es ist sehr peinlich, aber bei Sven Poulsen wird es noch viel peinlicher sein.

»Allerhand«, meint John nur.

»Ich glaube – ich glaube, so kann sie nicht gehen«, bemerkt Gary, der mit dem Frack wieder seine vornehme Erziehung angezogen hat.

»Ich weiß – vorn gehört was drauf, eine Brillantbrosche oder so, dann rutscht das Kleid nicht so tief – aber ich habe keine Brillantbrosche«, erklärt Thesi betrübt.

John überlegt: »Im Speisezimmer von unseren braven Lindberghs stehen Nelken, passen dir rosa Nelken?«

Thesi meint, daß ihr rosa Nelken sehr gut passen. John zaubert eine riesige Sicherheitsnadel herbei und drei Nelken werden an Thesis Ausschnitt befestigt. Dann kriegt Gary noch eine Nelke ins Knopfloch.

»Du auch eine, John«, bittet Thesi.

Aber John sagt, daß er kein Lord ist und daß man jetzt losmarschieren soll.

Sie sind schon beim Ausgang, da fällt John ein: »Jeder kriegt noch ein Glas Schnaps!«

Gary nickt: »Gute Idee. Mir ist das Ganze eigentlich peinlich,

ich gehe sonst nicht in Häuser, in die ich nicht eingeladen worden bin, schließlich –«

»Schließlich bist du ein Lord«, sagt John und das bewirkt, daß Gary kein Wort mehr von Peinlichkeit hören läßt. Jeder kriegt noch ein Glas Schnaps. Dann gehen sie die stille Villenstraße entlang.

Thesi spürt jetzt, wie aufgeregt sie ist. Blödsinnig aufgeregt. Sven wird eiskalt höflich sein, so ist er immer, wenn er wütend wird und es nicht zeigen will. Aber vielleicht zeigt er auch seine Wut, o Gott... Sie marschiert zwischen ihren zwei Männern, die Schritte hallen in der Stille, sie gehen an Gartengittern entlang, es liegt viel Frühsommer in der Luft, der Himmel ist wieder silbergrün und alles ist zauberhaft.

»Ja – wie heißen Sie eigentlich, Gary?« fällt ihr ein. Wenn sie nicht richtig vorstellen kann, ist der ganze Triumph mit Gary verpatzt.

»Mounteroy.«

»Darf ich bekannt machen, Lord Mounteroy – Frau Elsbeth Nielsen...« übt Thesi. An diese dummen Gedanken kann man sich nicht ewig krampfhaft klammern, jetzt kommt eine lange niedrige Gartenmauer, das dürfte schon Svens Garten sein ... Thesi kriegt irrsinniges Herzklopfen und versucht zu pfeifen.

»Wir sind vom k. und k. Infanterieregiment...«

Sonderbar: es riecht nach Flieder. Süß und vertraut riecht es nach Flieder. Ich bin einmal mit Sven im Frühling über den Heldenplatz in Wien gegangen, der Flieder blühte, der Flieder in Wien... Sven hat Flieder im Garten.

»Hoch- und Deutschmeister, Numero vier –« brummt Thesi jetzt mit tiefer Stimme.

»Wir können noch umdrehen«, sagt John gleichmütig in ihr Gebrumme hinein.

»Warum?«

»Falls du es dir überlegst«, sagt John, und sieht Thesi von der Seite an.

»In einer halben Stunde ist alles vorbei und wir gehen zu euch trinken«, meint Thesi, »da ist das Tor – los, es muß sein!«

»Ja, wenn es sein muß«, seufzt Seine Lordschaft. Thesi geht voran. Blödsinniges Herzklopfen. Das Haus ist breit, niedrig, flach, Riesenfenster. Natürlich – Svens Haus.

Alle Fenster sind erleuchtet. O Gott, Thesi läutet. Wildes Hundegebell antwortet.

»Das ist Peter«, sagt Thesi zu ihren beiden Männern, die gelangweilt neben ihr warten.

»Peterle – so mach doch nicht solchen Lärm, ich bin's doch –« ruft Thesi, »mein Peterle ...!«

Das Tor geht auf.

Ein junger Mann steht da, in weißer Jacke. Sven hat sich einen Diener zugelegt.

»Guten Abend«, sagt Thesi auf dänisch und schiebt sich mit ihren zwei Begleitern an dem jungen Mann vorbei.

Peter ist ein großer goldbrauner Boxer. Mit wütendem Freudengekläff springt er an Thesi hinauf.

»Mein Peterle«, sagt sie hilflos, und beugt sich zu seinem geliebten Hundegesicht hinunter, und Peterle streichelt mit der Zunge ihre Wange.

»Schaut – wie er lacht«, sagt Thesi. Peterle hat zwar eine besorgte Faltenstirne wie alle Boxer, aber er lacht wirklich, Hunde können genau so lachen wie Menschen. Sein Schwanz ist in seinen Babytagen gestutzt worden, jetzt hat er nichts Richtiges zum Wedeln, er wedelt deshalb mit dem ganzen Hinterteil und kläfft.

Da kreischt eine Frauenstimme: »Mein Gott - die gnädige Frau!«

Eine dicke, dicke Frau mit weißer Schürze schaut durch eine Seitentür, was los ist. Sie heißt Marie, weil Köchinnen überall Marie heißen. Marie war schon bei Sven in der Bredgade, bevor Thesi dort ihren Einzug hielt. Also, da steht Marie und ist zu Tod erschrocken.

Der Diener glotzt ratlos die Marie an.

»Ich wollte mir einmal die Villa anschauen, Marie –« sagt Thesi und ist auf einmal nicht mehr so aufgeregt, es kann ihr nichts geschehen, Peterle ist da und die dicke Marie, alles ist vertraut, die Villa ist gar keine fremde Villa.

»Sind am Ende Gäste hier?« erkundigt sich Thesi harmlos und schaut auf die vielen Überkleider an der Wand.

»Aber, gnädige Frau –«, sagt Marie und tritt einen Schritt näher, »wir haben uns doch wieder verlobt. Wir feiern heute Verlobungsfest –«

Dabei blickt sie besorgt auf die große Glastür, man kann nicht durchschauen, ein heller Seidenvorhang ist über die Scheiben gespannt, hinter der hellen Seide Stimmengewirr.

»Peter sei doch still«, beschwört Marie angstvoll. Aber Peterle kläfft und kläfft vor Glück, es ist ohrenbetäubend, es ist nicht zum Aushalten.

Die Glastür wird auseinandergeschoben. Im grellen Lichtschein steht Sven Poulsen.

Thesi hockt gerade auf dem Boden und preßt ihr Gesicht an Peters goldbraunes Fell. Jetzt richtet sie sich auf und steht Sven gegenüber.

Sven: groß, schrecklich groß, hageres Gesicht und sehr dunkles Haar, das zurückgestrichen liegen soll und immer wieder in die Stirn fällt. Sven kneift die Augen zusammen, er macht das immer, wenn er etwas ganz genau sehen will. Seine Augen werden schmal, momentan kann er seinen Augen gar nicht trauen – Ja. Thesi. Wirklich und leibhaftig Thesi. Hinter Thesi zwei fremde Herren im Frack, Mantel über die Schultern gehängt. Links die Köchin Marie, hochrot vor Verzweiflung. Rechts der Diener Ole, blöd grinsend wie immer. Peter kläfft jubelnd. »Was ist hier eigentlich los?« fragt Sven langsam und sehr leise.

Seine Augen sind eiskalt, er ist schrecklich wütend, denkt Thesi. Und ihr Herz beginnt wieder zu pumpen, es klopft im Hals, sie muß etwas sagen.

»So ein lärmendes Tier gehört doch nicht in einen gepflegten Haushalt, Sven!« kommt von drinnen eine lamentierende Frauenstimme. Es wird die wandelnde Pest sein, denkt Thesi und gibt sich einen Ruck, sie muß doch endlich reden –

»Entschuldige, Sven – ich wußte nicht, daß du Gäste hast. Du hast mir gestern am Telephon gesagt, ich soll das Haus anschauen und – und wir sind in der Nähe eingeladen und da –«

Die Situation ist geradezu grotesk peinlich. Sven steht in der Tür, rührt sich nicht, schweigt und wartet, was Thesi weiterstottern wird.

»Es ist meine Schuld, Herr Poulsen«, kommt eine Stimme aus dem Hintergrund, eine gleichgültig hochmütige Stimme, Thesi wendet sich verblüfft um: Gary!

Gary lächelt herablassend: »Mrs. Poulsen sprach mir von Ihrem neuen Haus, ich wollte es gern sehen, Mrs. Poulsen war so liebenswürdig und wollte mir die Möglichkeit dazu geben. Ich bedaure, daß wir eine Störung verursachen –«

Garys Gesicht wird etwas liebenswürdiger, er verbeugt sich leicht und macht eine Bewegung zur Tür. »Lord Mounteroy beabsichtigt nämlich, sich ein neues Sommerhaus in England bauen zu lassen, daher sein Interesse –«, läßt sich jetzt John vernehmen.

Thesi ist vollkommen erstarrt. Die Szene klappt wie geprobt.

»Sven – was ist denn los?« fragt von drinnen eine junge Stimme. Karen, die Braut, zuckt es in Thesi. Sie wundert sich, daß ihr Herz dabei zuckt.

»Du mußt schon entschuldigen, Sven, Marie sagte uns eben, daß hier dein Verlobungsfest tobt, ich konnte es nicht wissen –«, sagt Thesi und lächelt freundlich.

»Aber bitte, du sollst dich gar nicht entschuldigen, ich freue mich sehr, dich hier zu begrüßen. Bitte – legen Sie doch ab, meine Herren! Thesi, gib den Mantel her, drinnen ist es sehr warm«, sagt Sven. Sein Erstaunen ist vorüber, seine Wut auch, natürlich – ein komischer Zufall, eine komische Situation. Während der Diener Gary behilflich ist, nimmt Sven Thesis Mantel und hängt ihn an die Wand. Steht dann wieder eine Sekunde erstarrt: das unanständige Kleid. Thesi spürt seinen Blick, sie nimmt sich zusammen, tritt vor den Spiegel, legt ganz dunkles Rot auf die Lippen. Wie weiß ihr Gesicht ist, macht nichts; die Haare haben seit heute nachmittag rötlichen Schimmer und sind aufgesteckt, es schaut gut aus. Sieht man nicht die scheußliche Sicherheitsnadel am Ausschnitt? Alles in Ordnung, los, der Einzug zum Verlobungsfest kann beginnen. Dieser Gary ist wirklich ein Schatz, Lord von oben bis unten, richtig – sie muß vorstellen:

»Sven, darf ich dich mit meinen Freunden bekannt machen? Lord Mounteroy und Mr. Craven –«

Händeschütteln, alle freuen sich höflich, Marie schüttelt den Kopf, der Diener Ole grinst blöd wie immer, Peter preßt sich an Thesi und tapst mit ihr in den Kreis der Familie Nielsen.

In der großen Halle – es wird Mokka getrunken, Thesi hat die Zeit richtig ausgerechnet – ist es totenstill geworden. Gebannt starren sämtliche Nielsens auf die Tür.

Thesi sieht ein blondes Mädchen in weißem Kleid, das ist natürlich Karen. Das Mädchen steht der Tür zugewandt, jetzt tritt Thesi ein, das Mädchen erkennt Thesi sofort – natürlich, das ist doch die Frau, die bei Nimb war –. Karen klappt den Mund vor Entsetzen auf. Nimmt sich dann zusammen und stellt nur mit hörbarem Klirren ihre Mokkatasse auf ein Tischchen.

Jetzt muß ich etwas sehr Liebenswürdiges sagen, denkt Thesi, es gelingt aber nicht, denn – nein, es ist kein Traum und kein

Gespenst, dort steht der Zirkusdirektor aus Ullas Garten, der Zirkusdirektor im Frack, wo sind denn die weißen Gamaschen? –

Thesi hört Svens Stimme: Liebe Mama – darf ich dir Frau Thesi vorstellen? Und das ist Lord Mounteroy – Mr. Craven – meine zukünftige Schwiegermutter Frau Nielsen ...«

Es geht sehr schnell. Thesi drückt viele Hände, hinter ihr sind Gary und John, Gary und John drücken nach ihr alle Hände, es geht prächtig, so – da ist Tante Ottilie, die wandelnde Pest, sie zückt ihr Lorgnon und fixiert Thesis grenzenloses Dekolleté, Cousine Ingeborg Jensen, Tante Gertrud Nielsen, Tante Karen Jensen, jetzt kommt der Zirkusdirektor –. »Mein zukünftiger Schwiegerpapa, Herr Direktor Viktor Nielsen!«

Feine Sachen machst du, alter Schwiegerpapa, denkt Thesi und reicht ihm mit unbewegtem Gesicht die Hand, feine Sachen, läufst zum Abendessen zur Ulla, hast vielleicht auch das Kleid bezahlt, das ich anhabe, mach kein so aufgeregtes Gesicht, ich sag doch nichts, du alter Schwiegerpapa von Sven –

Alles geht schnell und unbegreiflich wie in einem Traum. Thesi hält plötzlich eine Mokkatasse in der Hand und sitzt zwischen der zukünftigen Schwiegermutter und Tante Ottilie, der Pest. Auf der anderen Seite von Tante Ottilie ist Seine Lordschaft gelandet. Ole in der weißen Jacke schenkt Mokka ein, wo ist John? John redet am anderen Ende des Raumes mit Sven und Karen, John redet wie ein Wasserfall, was redet er nur? Thesi rührt mit ihrem Löffelchen im Mokka herum, rührt, rührt und lächelt freundlich.

»Es ist sehr liebenswürdig von Ihnen, gnädige Frau, Seiner Lordschaft das Haus meines lieben Schwiegersohnes zu zeigen«, sagt Frau Elsbeth und lächelt ebenfalls freundlich. Frau Elsbeth hat unter ihrem roten Spitzenkleid einen bombastischen Busen, sie hält sich sehr gerade in ihrem Fauteuil, aber man erwartet jede Sekunde, daß sie das Übergewicht kriegt und nach vorn fällt. Thesi trinkt schweigend Mokka und hört gespannt zu, was sich neben ihr abspielt. Tante Ottilie nämlich ist wie vom Teufel besessen – Tante Ottilie schwärmt für Adel und Hof, sie kann es noch nicht fassen, daß neben ihr ein richtiger Lord sitzt. Ist es möglich, daß ein Lord sich mit dieser unmöglich geschminkten Person in dem obszönen Kleid zeigt? Ist es möglich ...? Tante Ottilie kann es nicht glauben, sie unterzieht deshalb den Lord einer Prüfung, oh – sie wird schon alles herausbekommen ...

»Ihnen ist doch sicher der Name des Fräuleins von Zeelen geläufig, Mylord?« startet sie.

»Nein«, sagt Gary schlicht und zieht eine goldene Tabatiere mit Wappen heraus. Tante Ottilie beginnt zu schielen, so sehr starrt sie auf dieses Wappen. Thesi bemerkt, daß es ein anderes Wappen ist als das auf dem Ring aus Frau Lindberghs Antiquitätensammlung, es dürfte Garys eigenes Wappen sein.

»Das wundert mich«, meint Tante Ottilie spitz, »meine Freundin, Fräulein von Zeelen, war jahrelang Hofdame Ihrer Majestät...« »Welcher Majestät?« erkundigt sich Gary höflich und zündet sich eine Zigarette an.

»Unserer natürlich, Fräulein von Zeelen gehörte zum dänischen Hof. Und ich entsinne mich –«

Die lamentierende Stimme wird vor lauter Vornehmheit noch lamentierender, es macht einen ganz kribbelig.

»Ich entsinne mich, sie sprach oft zu mir von einer lieben englischen Bekannten, von Lady Evelyn Mounteroy...«

Erwartungsvolle Pause von Tante Ottilie.

Gary sagt: »So.«

Gott, hoffentlich blamiert mich Gary nicht, betet Thesi, sie sollen sehen, daß er wirklich ist, wer er ist, und sie sollen zerspringen, weil er mich begleitet. »Sie sind natürlich mit Lady Evelyn Mounteroy verwandt?« fordert Tante Ottilie.

»Ja«, sagt Gary, »sie war meine Großmutter. Aber sie ist doch schon gestorben.«

Stichwort für Tante Ottilie: »Eben. Und wo?«

Sie strahlt. Jetzt muß es sich herausstellen, ob Gary kein Hochstapler ist. Es stellt sich heraus. Denn Gary sagt: »Sie werden lachen, Großmama kam in Kanada bei einem Motorradunfall ums Leben.«

Tante Ottilie schaut Gary hingerissen an: der Enkel der Lady Mounteroy!

Thesi sagt: »Gary, man sagt das nicht, es ist doch nicht zum Lachen, wenn jemand stirbt.«

Gary nickt schuldbewußt und vergißt sekundenlang seine Vornehmheit: »Pardon! Thesi. Ich finde nur – wegen Großmama und Motorrad!«

Dann sieht er Tante Ottilies verzücktes Gesicht, heilloser Schreck packt ihn, er steht schnell auf und verzieht sich in die rückwärtige Ecke, wo John mit Sven Poulsen und Fräulein Karen steht.

So – jetzt sitzt Thesi also zwischen Mama Elsbeth und Tante Ottilie, Gary, ihre Stütze, ist weg.

»Wirklich, eine reizende Überraschung!« läßt sich Tante Ottilie vernehmen. »Ja, eine reizende Überraschung –«, sagt Thesi und blinzelt dabei ihrem Gegenüber zu. Ihr Gegenüber ist Papa Nielsen. Papa Nielsen rührt sich die ganze Zeit nicht von der Stelle, er schaut Thesi beschwörend an und wird nervös, wenn sie nur den Mund aufmacht. Man soll Leute nicht nervös machen, denkt Thesi und wendet den Blick von ihm, lehnt sich lässig zurück und raucht. Die beiden Damen schauen entsetzt auf ihre dunkelrot lackierten Fingernägel. Noch nie hat Thesi ihre Nägel so tiefrot angestrichen, aber heute –.

»Heute hat Sven einen gemütlichen Abend!« beginnt sie scheinheilig, »so viel liebe Familie in seinem Heim. Sven ist so ein Familienmensch!«

»Ja – ich weiß«, nickt Mama Elsbeth eifrig. (Natürlich weiß sie es, Direktor Andersen von der Modellabteilung hat es ihr erzählt. Seitdem bringen sie und Tante Ottilie Sven mit zärtlichen Fragen nach Gesundheit zur Raserei. »Ich hoffe, Sie kommen recht oft zu ihm heraus, er klagte früher über Einsamkeit . . .«, fährt Thesi fort.

»Wann klagte er?« erkundigte sich Tante Ottilie spitz. »Früher – als wir verheiratet waren, ich war nämlich auch einmal mit ihm verheiratet. Wirklich, das wissen Sie? Sven spricht ja nicht gern darüber, er sagt, ich bin eine unmögliche Person. Er ist ein schrecklich bürgerlicher Mensch, für die Ehe wie geschaffen! Am liebsten hätte er mich den ganzen Tag bei sich im Atelier gehabt, er sagt, es rege ihn an, ein liebes Wesen im selben Zimmer – wissen Sie . . .« Die beiden Damen hören aufmerksam zu. Man wird es sich merken. Man wird den lieben Sven nicht allein lassen. Wenn Karen ihre Besorgungen macht, und vor der Hochzeit hat das liebe Kind so viele Besorgungen, wird von nun an die Mama Sven im Atelier aufsuchen oder mit ihm ein bißchen spazierengehen. Blöd grinsender Ole serviert Kognak und Thesi trinkt ihr Glas auf einen Zug leer, herrlich warm wird ihr, noch ein Glas –

»Ich bin kein Familienmensch«, sagt sie, »deshalb bin ich auch davongelaufen. Ich habe Schuld an unserer unglücklichen Ehe«, fügt sie noch hinzu, lacht dabei, damit man sieht, was sie für eine leichtsinnige unmögliche Person ist.

Ihr Lachen bricht sehr plötzlich ab. Sie spürt einen ernsten, erstaunten Blick: Papa Nielsen.

Ich bin verrückt, denkt Thesi, ich werde diese Verlobung zerstören. Sie sind jetzt mehr denn je davon überzeugt, daß Sven ein herrlicher Ehemann sein wird. Wenn sie noch Zweifel wegen der Scheidung daran hatten, so habe ich ihnen diese Zweifel genommen. Sie werden an ihm kleben und sich um ihn bemühen, bis ihm das Kotzen kommt und er ihre Karen stehenläßt. Mir sollte es doch egal sein ... Sie hebt wieder ihr Glas, ja, es ist mir ganz egal. Der Kognak schmeckt gut und das Leben ist sehr nett. Die Nielsen sind komisch, sie passen nicht zu Sven, keine Familie paßt zu Sven, er haßt Verwandtschaft. Dort steht er bei den Bücherregalen und unterhält sich sehr angeregt mit John. Sven interessiert der amerikanische Journalist viel mehr als der kleine Lord, das gefällt Thesi an ihm, Sven – ja überhaupt Sven ...

»Ich glaube, Sven interessiert sich sehr für Musik?« fragt Mama Elsbeth.

Jetzt will sie bei mir lernen, wie sie Sven behandeln soll, überlegt Thesi. Sven ist verrückt auf Musik, nur Opern kann er überhaupt nicht ausstehen.

»Wie bitte? Ach ja – Musik! Er liebt vor allem Opern, Ihre Tochter soll oft mit ihm in die Oper gehen. Aber sie soll die Karten nehmen, ohne ihn zu fragen, er freut sich wie ein Kind über solche Überraschungen.«

Thesi steht auf. Das Zimmer dreht sich ein bißchen. Zuviel Kognak. Sie geht langsam zu der Gruppe bei den Bücherregalen, sie spürt, daß alle Nielsen sie anstarren und wiegt sich deshalb in den Hüften, jawohl liebe Nielsens, mit so einer gewöhnlichen Person war euer angebeteter Sven einmal verheiratet! »Wo ist Peterle?« fragt sie Sven.

»Mußte ihn hinausbringen, er macht Tante Ottilie nervös«, knurrt Sven, und Thesi spürt, daß er sich über Tante Ottilie ärgert.

»Schau – da ist ja mein Band Schnitzler-Novellen, ich hab ihn so gesucht –«, ruft Thesi und reißt ein Buch aus der Reihe. »Ich hätte mir denken können, daß ich ihn noch bei dir habe. Ich kann ihn mitnehmen, ja?«

Neben Sven steht Karen. Karen ist viel größer als Thesi, sie hat ein junges sportliches Gesicht und blonde kurze Haare, das weiße Blümchenkleid paßt nicht zu ihrer eckigen Gestalt. Thesi erschrickt über den feindseligen Ausdruck in Karens Gesicht. »Ich habe das Buch auch sehr gern«, meint Sven, »schade, daß du es mitnimmst.«

Jetzt steht er zwischen Karen und Thesi. Karen lehnt sich an ihn, sie will betonen, daß sie zu Sven gehört. Thesi steht etwas von Sven entfernt, aber Sven spürt trotzdem ihr Parfüm. Immer noch dasselbe Parfüm, ein bißchen bitter. Und doch süß und vertraut. Zu vertraut.

»Ich freue mich, daß du Mr. Craven in mein Haus gebracht hast«, sagt er schnell, »ich habe sein Spanienbuch gelesen und mir gewünscht, ihn einmal zu treffen.« Und beinahe schüchtern: »Ich würde gern einmal richtig mit Mr. Craven und seinem Freund zusammen sein, vielleicht können wir einen Abend miteinander verbringen, ja?«

John gibt keine Antwort, Gary sagt ruhig: »Vielleicht rufen Sie Thesi an, Thesi verfügt über unsere Zeit und kann etwas verabreden, ich würde mich auch freuen.«

John sagt noch immer nichts. Der blöd grinsende Ole steht vor ihnen und meldet: »Das Büfett ist angerichtet.«

»Darf ich bitten?« sagt Sven und lächelt Thesi zu. Thesi nickt erfreut. »Gibt's feine Sachen zum Essen, Sven?«

Aber Gary bewahrt Haltung und sagt: »Wir sind hier in der Nähe eingeladen, das war doch der Grund, weshalb wir gerade heute bei Ihnen eingebrochen sind. Ich glaube, Thesi, wir müssen gehen.« »Ja –«, sagt Thesi betrübt, »natürlich, wir müssen wieder gehen ...«

»Wie schade«, sagt Sven.

»Thesi kann schließlich nicht Ihr ganzes Verlobungsfest mit Ihnen feiern«, bemerkt John und es klingt fast unfreundlich. Thesi und ihre beiden neuen Männer verabschieden sich schnell von den verschiedenen Nielsens und Jensens. Der gute Papa Nielsen sitzt jetzt in einem etwas entfernten Fauteuil, er winkt John eifrig zu sich und beginnt mit ihm aufgeregt zu flüstern. Dann geht John weiter und Thesi steht vor dem Zirkusdirektor.

»Auf Wiedersehen, Herr Nielsen«, sagt sie.

Sie sieht sein gutes rötliches Gesicht und es tut ihr leid, daß dieser nette ältere Herr schlecht von ihr denken soll, weil sie seinen Damen solche Dummheiten erzählt hat. »Hab ich mich sehr schlecht aufgeführt, Herr Nielsen?«

»Das Kleid steht Ihnen ausgezeichnet«, sagt er statt einer Antwort.

»Wirklich? Es gehört nicht mir«, meint Thesi und sieht ihn an, »ich glaube, es ist ein sehr teures Kleid«, fügt sie ernsthaft hinzu.

»Möglich, ich erinnere mich nicht mehr, was es gekostet hat«, sagt Papa Nielsen und bleibt ebenfalls todernst.

»Auf Wiedersehen – Herr Nielsen!«

»Schade, daß Sie schon gehen, auf Wiedersehen, liebe Frau Poulsen!«

Die braven Lindbergh, von denen öfters die Rede ist und die nicht in Erscheinung treten können, weil sie gerade nach Schweden fahren mußten, besitzen nicht nur diesen Wappenring in der Vitrine, sondern auch Liegestühle im Gartenschuppen und eine Schüssel Erdbeeren in der Speisekammer. Gary, der Krieger, legt den Wappenring in die Vitrine zurück und bricht in die Speisekammer ein, John holt die Liegestühle und schleppt sie auf den Rasen hinter dem Haus.

Thesi und ihre beiden Männer liegen in Strecksesseln, schauen in den Himmel, lassen Erdbeeren auf der Zunge zergehen und trinken wieder Schnaps, alle drei aus einem gemeinsamen Wasserglas.

Gesprochen wird nicht.

Eine verrückt schöne Nacht. Endloser grüner Himmel mit Sternen, wie ein zauberhaftes Brokattuch über die Erde gespannt. Die Sterne sind nah, Grillen zirpen, Rasen duftet, alles ist gut, alles wird gut.

Gary spricht als erster in die schweigende Nacht: »Und diesen Himmel – diesen selben schweigenden Himmel habe ich vor ein paar Monaten in Spanien angestarrt und gebetet habe ich und – nichts, nichts ...!«

Er bricht ab. Die anderen antworten nicht. Mit weit aufgerissenen Augen schaut Thesi ins ewige Flimmern.

Plötzlich spricht sie, es klingt anders als sonst, so hell und kindlich: »Aber Gary! Im Krieg kann man doch nicht wirklich beten, wenn Krieg ist, schaut der liebe Gott weg. Denk dir, ich hab neulich ein Bild von unserer Stephanskirche in Wien gesehen. Sie haben auf dem Stephansturm die Hakenkreuzfahne gehißt, die flattert jetzt in den Himmel. Aber der liebe Gott ist weit weg, man kann den lieben Gott nicht zum Parteimitglied ernennen ...«

»Gott ... dein lieber Gott!« kommt es von Gary, es soll ein verächtliches Lachen werden und klingt wie Stöhnen. Dann ist es wieder still, Grillen zirpen, es ist unwahrscheinlich, daß es noch richtigen Rasen und Grillen gibt. John richtet sich auf und sieht Thesi an. Ihr Gesicht sieht weiß aus im Schein der Nacht, die

Lippen sind noch dunkel bemalt. Sie hat den Mantel geschlossen und hält ihn über der Brust fest zusammen, man sieht nichts mehr vom unanständigen Kleid. Die kunstvoll aufgesteckten Haare lösen sich, eine dunkle Haarsträhne hängt in ihr kleines Gesicht.

»Thesi – schläfst du?« fragt John leise.

»Nein, ich denke nach«, kommt die Antwort.

»Noch immer über den lieben Gott?« fragt John und lächelt freundlich wie einer, der schon lange nicht mehr über den lieben Gott nachdenkt.

»Nein – über den heutigen Abend«, sagt Thesi, »was hast du eigentlich mit dem Zirkusdirektor geflüstert, John?«

»Mit wem?«

»Mit Papa Nielsen.«

»Er hat mich etwas gefragt.«

»Was hat er gefragt?«

»In welches Land er sein Geld verschieben soll. Und wie der nächste Krieg ausschauen wird. Und welche Währung die sicherste ist und welche Aktien er kaufen soll...«

»Warum fragt er dich das alles?« erkundigt sich Thesi erstaunt.

»Weil das heute jeder jeden fragt, wir leben in einer verrückten Zeit, Thesi. Die Leute schieben ihr Geld von Europa nach Amerika und wieder zurück.«

»Kommt wieder Weltkrieg, John?« fragt Thesi.

»Weiß ich nicht. Gestern sah es so aus, heute wieder nicht, möglich ist alles.«

»Weltkrieg...«, sagt Thesi und schaut aufmerksam die Sterne an, »John, du weißt ja gar nicht, wie das ist.«

»Du vielleicht?« lacht John. »Du bist zu jung!«

»Aber ich bin aus Wien«, antwortet Thesi, »wir haben sehr gehungert, im Krieg und nachher. Nachher war es am schlimmsten – nach einem Krieg weiß kein Mensch mehr, warum und für wen er hungert.« »Was hat denn dein Vater für einen Beruf?« erkundigt sich John, dem plötzlich einfällt, wie wenig er von Thesi weiß. »Er ist ein Kriegsgefallener«, antwortet Thesi mechanisch. Das hat sie schon in der Schule auf diese Frage geantwortet, es steht in Thesis Dokumenten als Beruf des Vaters. »Ich schaue mir den nächsten Krieg nicht mehr an«, knurrt auf einmal John, »nein – ich nicht!«

»Warum? Du wirst doch ganz gut fürs Zuschauen bezahlt«, kommt es höhnisch von Gary, dem Veteranen.

»Schweig. Ich will nach Amerika zurück und meiner Zeitung kündigen. Ich werde mir eine Farm kaufen, irgendwo weit weg von allem – von allem, verstehst du? Ich werde Hühner züchten, es ist ein freundlicher Beruf, ich werde Kücken zählen, ich kann auch Liebesromane dichten, ich kann auch Thesi heiraten und mitnehmen und mit ihr Schach spielen. Spielst du Schach, Thesi?«

»Nein, aber ich kann es ja lernen«, sagt Thesi freundlich.

»Übrigens – es war verrückt von mir, daß ich euch zu dem Verlobungsfest mitgenommen habe.«

»Warum – der Hund Peter war doch ganz nett«, meint Gary.

»Und Sven?« fragt Thesi ohne ihn anzusehen.

»Ich habe Ihretwegen den Frack angezogen«, beginnt Gary feierlich, »jetzt werde ich auch höflich mit Ihnen Konversation machen, liebe Frau Poulsen. Also, Herr Sven Poulsen ist ein reizender Mensch, gnädige Frau. Sie sollten ihn heiraten, gnädige Frau. Ach – Sie waren schon mit ihm verheiratet! Warum ging Ihre Ehe eigentlich kaputt?« Gary lacht. Es gibt keine Weltgeschichte mehr und keine verlorenen Kriege, es gibt nur Wiese und Sterne und Thesis Vergangenheit.

Thesi spürt Johns aufmerksamen Blick auf ihrem Gesicht. Komisch, drei wildfremde Menschen sitzen auf einem wildfremden Fleck Wiese. Wir gehören nicht hierher, nichts gehört uns, nur die Sterne. Ich möchte noch einmal in Tirol sein und Sven kennenlernen und – dumme Gedanken, Gary hat vorhin etwas gefragt... Wie es kam, daß alles kaputt ging? »Es ist eine Schande«, sagt Thesi, »aber es war sehr einfach. Sehr alltäglich. ›Unüberwindliche Abneigung‹ fand der Scheidungsanwalt heraus. Er mußte doch einen Grund finden, es ist sein Geschäft. Damals kam mir alles sehr kompliziert vor, aber heut finde ich alles alltäglich und langweilig.«

Ein Streichholz flammt auf, Gary zündet sich seine Pfeife an. John sieht nicht mehr in Thesis Gesicht, das ist ihr angenehm.

»Vielleicht spielt Sven auch Schach, ich weiß es gar nicht, ich habe versäumt, ihn danach zu fragen. Vielleicht war das der ganze Fehler. Zuerst waren wir verliebt ineinander, wie es bei Sven war, weiß ich ja nicht, aber – ich war verliebt, blödsinnig, wie nie vorher und nie nachher. Als wir nicht mehr ineinander verliebt waren, waren wir verheiratete Leute. Das Verliebtsein war vorüber und wir hatten nichts, das uns beieinander festgehalten hätte.

Ich wollte so gern das große Leben kennenlernen, Reisen, Menschen – ich hab immer gedacht: das kann doch nicht alles sein, eine Wohnung und langweilige Gäste und Bridgespielen mit Leuten, denen Sven dann Häuser baut. Wir haben gestritten. Wegen Blödsinns natürlich. Und dann suchte ich mir einen Anwalt aus dem Telephonbuch heraus und lief zu ihm. Das ist eigentlich alles –«

Gary fragt: »Habt ihr während der Scheidung niemals darüber gesprochen? Warum es so kam?«

Thesi schüttelt den Kopf: »Vor der Scheidung ist es wie vor der Hochzeit: man kommt nicht dazu, über Gefühle zu reden. Vor der Hochzeit spricht man fortwährend von der Wohnungseinrichtung und welche Radiotype man haben soll und was für Steppdecken. Und bei der Scheidung dreht es sich darum – wem gehört das Radio und wer behält die Steppdecken? Bei der Scheidung kriegt man eine Wut, wenn man einander überhaupt nur sieht, man geht einander so auf die Nerven – es ist herrlich, wenn alles vorüber ist. Aber denkt euch, Sven hat mir nicht einmal vorgeworfen, daß ich ihn enttäuscht habe!«

»Hast du ihm vorgeworfen, daß er dich enttäuscht hat?« erkundigt sich Gary.

Thesi nickt bekümmert: »So oft. Erst bei der Scheidung lernt man einander richtig kennen.«

»Natürlich«, meint Gary, »Thesi – ich werde nie heiraten, ich kriege Angst.«

»Junger Mann«, sagt Thesi eifrig zu Gary, »es ist sehr nett, verheiratet zu sein. Man muß nur wissen, daß zwei Menschen niemals ein Herz und eine Seele haben können. Sie bleiben immer zwei Leute, zwei Herzen. Es kommt nur darauf an, angenehm nebeneinander zu leben und doch nie allein zu sein. Heiraten ist nett, Sven hat es auch herausgefunden, Sven wird wieder heiraten, aber ich –«

Ihr Gesicht wird ganz ernst: »Ich habe Angst vor einem neuen Mann.«

Johns Hand liegt auf Thesis gefalteten Händen. Sven ... zuckt es in ihr. Dabei lächelt sie John an: »John – vielleicht lerne ich wirklich Schach spielen.«

»Könnten Sie denn in Amerika leben, Thesi?« fragt Gary.

Thesi steht auf, eigentlich ist die Nacht gar nicht warm, eigentlich sind der Garten und dieser helle Himmel fremd.

»Amerika? Warum nicht? Meine Heimat hat man von der Landkarte gestrichen, jetzt ist es egal, wo ich wohne.«

Sie geht langsam den Kiesweg entlang.

»Man streicht nichts endgültig ab, aber man überlebt alles«, sagt John und legt den Arm um Thesi. Thesi wundert sich, daß auch der Mann neben ihr fremd ist. »Telephonier um ein Taxi, John, ich bin so müd!«

John telefoniert um ein Taxi und bringt dann Thesi nach Haus. Es ist ein langer Weg, das Auto holpert, und John beginnt Thesi zu küssen.

Warum küssen die Leute so gern im Taxi, es holpert doch so – überlegt Thesi. Ein Taxi ist bei Tag ein sehr ehrbares Fuhrwerk, aber nachts fühlen sich alle Männer verpflichtet, im Taxi zu küssen.

Thesi liegt klein und still in Johns Armen, es ist wirklich sehr angenehm.

»Woran denkst du, Thesi-Darling?«

»Ich denke, daß ich gleich gespürt hab, ich werde mich in dich verlieben. Gleich, schon gestern vor dem Hotel d'Angleterre.«

John, denkt Thesi, John, John, John.

Und fühlt dabei – Sven.

Es ist irrsinnig, es ist blödsinnig, es ist lächerlich und ganz sinnlos, Sven – ja Sven ...?

IV

Ein paar Tage vergehen, sie vergehen furchtbar schnell, die Sonne scheint und die vielen tausend Fahrräder auf den weißen Straßen in Kopenhagen glitzern. Die Zeitungen schreiben, daß der Weltkrieg in ein paar Wochen ausbrechen wird, zuerst muß noch die Ernte unter Dach sein und dann geht Europa unter. Betsy hat ein Segelboot und ladet Thesi, John und Gary zum Segeln ein. Blaues Wasser und blauer Himmel, die Männer können stundenlang mit Betsy darüber plaudern, wie Europa untergehen wird und Hitler und Mussolini und wieder Hitler ... Die Worte plätschern wie die silberblauen Wellen und Thesi rechnet unterdessen aus, wieviel Modellzeichnungen sie verkaufen muß, um die große Zahnarztrechnung zu bezahlen.

Im Spätsommer wird Sven heiraten. Thesi schiebt diesen

Gedanken fort. Sie wird in die Modellabteilung zu Andersen gehen und ihn fragen, ob er seine Herbstkollektion schon vollständig beisammen hat. Ein Biest, dieser Doktor Aagaard. Im Weisheitszahn links unten war zuerst nur ein winziges Loch und dann hat er so lange herumgebohrt, bis ein Riesenloch entstand. Und jetzt hat er viel Gold gebraucht, um dieses Riesenloch zuzustopfen und eine Goldgrube daraus zu machen. Man muß soviel Geld herzaubern, weil er soviel gebohrt hat ... Betsy hält politische Reden, sie spricht Gary aus der Seele. Er kriegt ganz rote Wangen, vielleicht kommt es auch von der Sonne. Betsy ist schrecklich amerikanisch – schwärmt gleichzeitig für Lords und Sozialismus. Sven wird mit Karen eine Hochzeitsreise machen. Sie werden den ganzen Vormittag im Bett liegen, man hat soviel Zeit auf einer Hochzeitsreise. Nein, nein – ich will das nicht denken, ich will nicht ... Sven schläft immer auf dem Bauch und hat das Gesicht im Kopfpolster vergraben, er sieht im Bett wie ein Junge aus und ist doch gar nicht mehr jung, an seinen Schläfen sind graue Haare und –

»Thesi, wo werden wir heute nachtmahlen?« ruft John. Er ruft einmal, zweimal, beim drittenmal brüllt er und Thesi fährt auf.

»Wir könnten im Strandhotel in Klampenborg essen und auf der Terrasse am Meer sitzen«, schlägt Betsy vor, sie ist ein wunderbares Mädchen und weiß immer ein nettes Programm.

»Ich gehe nach Hause«, sagt Thesi, »ich muß bissel zeichnen und komme erst um neun ins Strandhotel. Nein, John, nicht abholen, ich bin mit der S-Bahn in zehn Minuten draußen.«

Sie hat auf einmal solche Sehnsucht, allein zu sein und auf der breiten Couch zu liegen. Gary und John bringen sie nach Hause, Gary chauffiert ein lächerliches Auto, einen großen stark ramponierten Kasten, er entschuldigt sich höflich: »Verzeih, wir haben kein anderes Auto in der Garage von Lindberghs gefunden.«

Thesi zieht die langen grauen Hosen aus, die sie zum Segeln trägt, nimmt den alten geblümten Bademantel und rollt sich auf der Couch zusammen. Ich sollte meine Strümpfe stopfen, fällt ihr ein, ich sollte Zeichnungen machen, ich sollte nachdenken, ob ich John heiraten will, ich sollte – Das Telephon läutet.

Ulla.

Thesi bekommt sofort ein schrecklich schlechtes Gewissen: »Ulla – Sie müssen entschuldigen, ich bin noch nicht dazugekommen, Ihr Kleid zurückzubringen ... Es macht nichts? Sie sind ein

Schatz, Ulla! Wie bitte? Um sieben bei Ihnen zum Essen? Das geht schwer, ich soll nämlich um neun ... Jemand, der mich sprechen will? Wer? Nein, kann ich mir nicht denken ... Also gut, wenn Ihnen daran liegt, ich bringe dann gleich das Kleid mit. Geht in Ordnung, Ulla, auf Wiedersehen um sieben!«

Thesi sucht in der ganzen Wohnung nach einer Zigarette – wie kommt ihr Etui ins Badezimmer? – und zündet dann eine an, um besser zu überlegen. Ulla ladet sie zum Abendessen ein. Schön. Weil jemand sie unbedingt sprechen will. Als Thesi nach dem Jemand fragte, begann Ulla blöd zu kichern.

Es kann doch nur der alte Nielsen sein, denkt Thesi. Aber es ist doch irrsinnig, was will er denn von mir? Er kann mir Vorwürfe machen, weil ich das Verlobungsfest seiner Tochter gestört habe. Dabei wäre die Sache stinklangweilig ohne uns geworden, Gary, John und ich haben den Abend überhaupt gerettet. Übrigens soll dieser alte Zirkusdirektor froh sein, daß ich ihm gegenüber so anständig war. Ich habe doch Ulla nicht ein bisserl erwähnt, wie ein Grab hab ich geschwiegen, wie ein Massengrab ...

Also bitte – was will der Papa?

Thesi kommt pünktlich zu Ulla und Papa Nielsen ist schon da. Er ist wieder vom weißen Scheitel bis zu den weißen Gamaschen ein Zirkusdirektor, der den verfluchten Kerl spielen will. Seine Äuglein unter den buschigen Brauen blinzeln, er küßt Thesi galant die Hand. Thesi macht ein unnahbares Gesicht; es ist lächerlich und traurig zugleich, dieser alte Papa bei seiner verpatzten Greta-Garbo-Freundin.

Sie gibt Ulla schnell das Paket mit dem Kleid. »Es ist nichts daran passiert, ich habe sehr aufgepaßt«, sagt sie.

»Herr Nielsen hat mir erzählt, daß es ein besonders netter Abend war«, sagt Ulla freundlich. »Bitte – gehen wir zu Tisch!«

Es gibt ein ausgezeichnetes Essen, und Ulla hat alles selbst gekocht, Papa Nielsen lobt eifrig, Thesi sitzt steif und fremd zwischen den beiden. Aber zuletzt gibt es Erdbeeren mit Schlagobers, da geht ihr das Herz über. Sie nimmt dreimal, es ist ganz egal, was Papa Nielsen von ihr denkt. Wenn man Erdbeeren mit Schlagobers bekommt, wird man ein anderer Mensch. Nach dem Essen sagt Papa Nielsen: »Liebes Fräulein Ulla – würden Sie Frau Poulsen und mich einen Augenblick entschuldigen? Ich habe mit Frau Poulsen etwas zu besprechen.«

»Ich bringe Ihnen beiden den Kaffee auf die Veranda hinaus«, sagt Ulla, und Thesi sitzt dann mit Papa Nielsen auf einer kleinen Steinterrasse, man sieht auf ein rotes Tulpenbeet, es ist sehr hübsch, was will der Zirkusdirektor? Also schieß los, alter Herr...!

»Es handelt sich um meine Tochter Karen –«, beginnt Herr Nielsen, »eine Zigarette, gnädige Frau?« Thesi nimmt eine Zigarette und wartet.

Papa Nielsen beugt sich vor und sieht Thesi ins Gesicht: »Ich glaube – wir haben gemeinsame Interessen, Frau Thesi. Ich darf doch Frau Thesi zu Ihnen sagen, nicht wahr?«

Thesi rührt sich nicht.

»Sehen Sie – ich hänge an sehr wenig Menschen. Und ich liebe nur einen einzigen: mein Kind. Frau Thesi, sie sollen wissen, daß ich das Geschmacklose an unserer augenblicklichen Situation genau so empfinde wie Sie. Ich führe dieses Gespräch nur, weil ich mein Kind glücklich wissen will. Verstehen wir einander?«

Thesi weicht seinem Blick aus, sie sieht die roten Tulpen an und preßt die Lippen aufeinander, er soll nicht sehen, wie elend ihr wird. Sein Kind, sagt er. Karen hat einen Vater, Karen hat Sven, Karen hat alles. Thesi hat ihren Vater nicht gekannt, vielleicht würde ihr Vater ihr auch helfen, man muß doch einen Vater haben –

»Natürlich, ich verstehe Sie«, sagt sie leise.

»Beim Verlobungsfest meiner Tochter habe ich erkannt, daß wir gemeinsame Interessen haben, Frau Thesi. Sie sind gegen diese Verlobung und – ich bin auch dagegen!«

Mit einem Ruck fährt Thesis Gesicht ihm entgegen, eine Sekunde lang blickt Papa Nielsen in weit aufgerissene Augen.

»Was haben Sie eben gesagt?« flüstert Thesi erschrocken. Ich bin nicht gegen diese Verlobung, denkt sie verzweifelt, wie kommt er darauf, ich will nichts zerstören, wie kann er das sagen –

Der Zirkusdirektor wird sehr sachlich: »Ich habe gesagt, daß ich alles daransetze, um diese Verlobung zu zerstören. Und ich habe – zuerst überrascht, das muß ich gestehen – bemerkt, daß Sie dasselbe Ziel verfolgen. Natürlich viel geschickter als ich, der Abend neulich war glänzend inszeniert, und die Dinge, die Sie meinen beiden Damen über Sven gesagt haben – ausgezeichnet! Meine Frau besucht den Unglücklichen täglich in seinem Atelier, meine Tochter schleppt ihn zu schlechten Opernaufführungen, nur schlechten, denn das Königliche Theater ist jetzt im Sommer geschlossen. Frau Thesi, Sie sind meine große Verbündete! Wir wollen gemeinsam einen Schlachtplan entwerfen, ja?«

Thesi ist sehr blaß geworden.

»Warum wollen Sie nicht, daß Ihre Tochter Sven Poulsen heiratet? Es ist doch ein großes Glück für Ihre Tochter ...« sagt sie.

Ihre Stimme ist wieder ganz ruhig. Es dämmert. Herr Nielsen kann ihr Gesicht nicht genau sehen.

»Das kann ich Ihnen sagen«, antwortet er und streift die Asche seiner Zigarre ab, »Sven Poulsen ist viel älter als meine Tochter, und meine Tochter ist sehr unerfahren, sie weiß gar nichts vom Leben. In einem Jahr würde sie glauben, sie hat ihr Leben, das sie sich aus eigenen Launen und Idealen zurechtzimmern wollte, versäumt. Sie würde unzufrieden sein und unglücklich und sich scheiden lassen. Sie geht mit kindlichen Eheidealen Sven Poulsen entgegen, der genau weiß, daß die Ehe ein Kompromiß zwischen Immer-Alleinsein und Immer-Zuzweitsein ist. Glauben Sie nicht auch?«

Thesi senkt den Kopf. Kluger alter Zirkusdirektor. Ich war jung und wußte nichts von Kompromissen, genau so wie Karen. Ich war in Sven verliebt, genau so wie Karen. Es ist schiefgegangen und Sven will es noch einmal versuchen.

»Ich kann nichts dafür, daß Ihre Tochter noch so jung ist und wahrscheinlich unglücklich sein wird. Aber warum sollte ich ein Interesse daran haben, diese Verlobung zu zerstören?«

»Weil Sie Ihren Mann liebhaben«, antwortet Papa Nielsen.

Thesi zuckt auf. Einen Augenblick schaut sie so aus, als ob sie dem alten Herrn ins Gesicht springen wollte. Dann greift sie nur mit zitternden Händen in seine Tabatiere und zündet sich eine neue Zigarette an.

Steht dann auf. Geht langsam die zwei Stufen in den kleinen Garten hinunter, geht langsam rund um das rote Tulpenbeet. Sven ist in Karen verliebt und Sven will Karen heiraten. Langsam rund um das rote Beet. Sven denkt nicht mehr an Thesi, er ist liebenswürdig und höflich, wenn er mit ihr zusammentrifft, liebenswürdig – das ist das Schlimmste. Er hat alles vergessen, er ist nicht mehr enttäuscht, er ist nicht mehr wütend, er will Karen heiraten. Langsam rund um das rote Beet. Wenn diese Verlobung nicht hält, dann wird Sven eben eine andere heiraten, irgendeine blonde Karen. Aber nie wieder Thesi.

Thesi geht schnell auf Papa Nielsen zu und bleibt knapp vor ihm stehen.

»Sie sollten glücklich sein, daß Sven Ihre Karen nimmt!« schreit sie ihn an. »Ich sage Ihnen, daß Sven der wunderbarste Mann ist, den es überhaupt gibt. Vielleicht wird die Ehe schief gehen, weil Ihre Karen nicht gut und nicht gescheit und nicht lieb genug für Sven ist. Möglich. Karen wird dann sterbensunglücklich sein. Aber sie wird vorher mit ihm ein paar Wochen zusammen gelebt haben, und diese paar Wochen werden so schön sein, daß die ganze Scheidung dafürsteht! Verstehen Sie mich?«

»Ich will aber nicht, daß meine Tochter Sven Poulsen heiratet!« schreit Papa Nielsen zurück. »Ich habe in diese Verlobung einwilligen müssen, weil Karen und meine Frau und Tante Ottilie mich Tag und Nacht damit gequält haben. Ich will aber nicht – verstehen Sie?«

»Oh, Ihnen ist Sven nicht gut genug als Schwiegersohn? Aber ich sage Ihnen, wenn er für mich gut genug war, dann ist er es für Ihre Tochter noch lang!«

Tief atmend setzt sich Thesi wieder. Der alte Herr ist wie erschlagen. Nach einer Weile sagt sie: »Pardon, Herr Nielsen, ich hätte nicht so schreien sollen.« Dann starren beide auf die roten Tulpen, und dann kommt endlich Ulla und fragt, ob die Unterredung beendet sei.

»Ja«, sagt Thesi schnell, »und ich muß jetzt gehen, ich soll um neun im Strandhotel sein.«

Papa Nielsen begleitet Thesi zur Gartentür, er ist sehr verärgert, und Thesi lächelt hilflos, Sie möchte ihm gern etwas sagen, aber sie traut sich nicht.

Sie geht zwei Schritte, dann dreht sie sich um, steht wieder an der Gartentür: »Herr Nielsen!«

Papa Nielsen kommt zurück und schaut Thesi erstaunt an. Thesi schreit nicht mehr, ihre Stimme ist klein und zerbrochen: »Ich wollte nur sagen – vielleicht macht Ihre Tochter wirklich eine Dummheit. Aber – es ist für Karen nicht schlimm, sie hat doch einen – einen Vater ...«

Sie dreht sich ganz schnell um und läuft die blühende Gartenstraße entlang. Papa Nielsen hört noch ein Weilchen ihre Absätze klappern, der Abend ist still und Thesis Straße ist leer.

V

... und jetzt geht es senkrecht in die Tiefe, in irrsinnigem Tempo stürzt man ab, hinunter, hinunter – es geht wahnsinnig schnell – und jetzt wieder steil hinauf. Thesi reißt den Mund auf und schreit. Es ist so wundervoll, man stürzt in einen Schacht und wird wieder hinaufgeschleudert, es ist herrlich, man muß schreien.

»Ist es so schön?« brüllt ihr John ins Ohr. Sie fahren Rutschbahn. In Dyrhavsbakken, dem Vergnügungspark von Kopenhagen, fahren sie Rutschbahn – ein langerZug mit kleinen Wägelchen wird über die verrücktesten Schienen geschleudert, jetzt geht es aufwärts, kerzengerade, unten schwimmen grüne Bäume und tausend Menschen und grellbunte Lichter. Die Luft dröhnt. Drehorgel und Ringelspielmusik und quäkendes Grammophon und Negerjazz in der Bude nebenan.

»Es ist himmlisch –!« schreit Thesi und lacht über John, der steif neben ihr sitzt und die Lippen zusammenpreßt. Die Luft saust, er sagt etwas –

»Was?« schreit Thesi ihn an.

»Mein Magen rutscht hinauf«, brüllt John verzweifelt.

Thesi lacht und dreht sich um, hinter ihnen sitzen Gary und Betsy. Betsys Gesicht ist grünweiß, man stürzt wieder in die Tiefe, sie hat weit aufgerissene Augen, der Mund ist offen, aber sie schreit nicht, sie ist ganz gelähmt, arme Betsy, die orangeroten Lippen sind ein Farbfleck in ihrem grünlichen Gesicht. Gary drückt Betsy an sich und lacht Thesi zu, natürlich, der alte Veteran fürchtet sich nicht, sein Magen rutscht ihm auch nicht in den Hals.

»Gary ...«, jubelt Thesi, Rutschbahn ist herrlich – rauf, runter, rauf –, jetzt sanft und langsam wieder hinunter, ganz langsam, gleich ist es vorbei –

John sitzt noch immer steif und krampfhaft da, Betsy knickt mit einem Aufstöhnen zusammen, Gary lacht, und Thesi ist traurig, weil es schon aus ist.

»Ich möchte noch einmal fahren«, bettelt sie.

»Ich möchte kotzen, aber Gary darf nicht zuschauen«, stöhnt Betsy neben ihr und hängt sich schwer an ihren Arm.

»Wartet einen Augenblick!« ruft Thesi den Männern zu und schleppt Betsy hinter den riesigen Holzbau der Rutschbahn. Man hört das Johlen der Leute im nächsten Zug, die Glücklichen –

denkt Thesi und redet Betsy gut zu: »Tief atmen, dann geht es vorüber ... Machen Sie die Augen zu und – los, tief atmen –!«

Betsy setzt sich ins Gras und Thesi steht aufmerksam neben ihr. Jetzt kriegt Betsy wieder Farbe in ihr armes Käsegesicht, komisch, daß manche Menschen nicht Rutschbahn fahren können. Übrigens muß Betsy ernsthaft in Gary verliebt sein. Sie ist ein amerikanisches Sportmädchen und schämt sich vor einem Mann, weil ihr schlecht ist, das hat tiefe Gründe, ganz tiefe –. »Geht es schon besser?« fragt Thesi. Es geht schon viel besser, Betsy kramt in ihrem Tascherl und pappt noch mehr Orangerot auf ihre Lippen, steht dann auf und flucht und ist wieder ganz in Ordnung.

»Du hast uns ein Lokal mit Rotwein versprochen«, fordert John.

»Es ist ein komisches Lokal«, gesteht Thesi, »es ist eigentlich gar kein Lokal, sondern eine Bude, Lazi spielt dort ...«

Sie schieben sich an den Buden vorbei, Rummelplatz, die feinen Damen wollen hier wie Ladenmädchen ausschauen und die Ladenmädchen wie feine Damen. Es gibt viel Staub und Leuchtbuchstaben in allen Farben und viele Matrosen und ganz dicke Huren, die nicht wie feine Damen ausschauen wollen, es ist herrlich ordinär hier. Und trotz Staub und Biergeruch und Würstchendampf spürt man noch die Kastanienbäume zwischen den Buden.

Thesi führt zu einem windschiefen Lokal, außen grell bemalt, man kann kaum hinein, soviel Gedränge und Gedrücke gibt's beim Eingang. Drinnen ist es heiß und qualmig und –.

»Scheußlich«, stöhnt Gary. »Müssen wir da hinein?« Aber Thesi drängt sich durch, und John, Gary und Betsy schieben hinterher. Auf den Tischen flackern Kerzen, alle Tische sind besetzt, die Mädchen kleben hier an den Burschen.

»Au –«, schreit John, und Thesi sagt: »Das ist das Klavier, hast du dich sehr daran angehaut? Hallo, Lazi – Servus, wie geht es?« Lazi ist der Mann am Klavier. Es gibt eine große Begrüßung mit Thesi, und Lazi verlangt, daß noch ein kleiner Tisch aufgestellt wird, gleich neben ihm.

»So wie immer, gnädige Frau«, sagt Lazi auf deutsch, und Thesi ruft »Ausgä-zeichnet!« und macht Lazis ungarischen Akzent nach.

»Es stinkt hier, aber ihr werdet euch schnell daran gewöhnen«, tröstet Thesi und denkt einen Augenblick, daß es vielleicht doch keine gute Idee war, die anderen zu Lazi zu führen. Die drei haben unglückliche, erschöpfte Gesichter, sie bemerken vielleicht gar nicht, wie schön Lazi spielt, vielleicht schmeckt ihnen auch der Wein nicht, vielleicht können sie sich nicht an den Gestank gewöhnen. Hier sitzen junge Burschen, die ihren Mädchen Lazis Musik eingeben, die Mädchen sind dann schneller bereit, mit ihnen zu schlafen. In der Ecke trinken die Matrosen vom englischen Kriegsschiff, das gestern im Hafen angelegt hat, sie wollen englische Lieder hören und mitsingen. Lazi ist klein und ausgetrocknet, er hat traurige Zigeuneraugen und schmutzige graue Haare, er kam vor undenklichen Zeiten aus Budapest und spielt seitdem in den Kneipen der ganzen Welt, erster Hofkapellmeister aller Heimatlosen. Seit zwei Sommern spielt er hier, jetzt klimpert er englische Volkslieder für die Matrosen und plaudert mit Thesi.

»Vorige Woche war der Herr Gemahl mit einer jungen Blonden da«, berichtet er.

»Lazi – ich hab dir doch schon so oft gesagt, daß wir geschieden sind.«

John schaut mißbilligend den kleinen Lazi an. Lazi im ungebügelten blauen Hemd trinkt zwischen dem Spiel aus einem Bierglas roten Wein, die Gäste duzen ihn, er kennt alle Melodien, die man von ihm verlangt, und singt in allen Sprachen. Jetzt ist es Dänisch, wahrscheinlich ordinär, die Leute grölen vor Lachen und pusten beinahe die kleinen Kerzen aus.

Sie trinken Rotwein aus schweren grünen Gläsern, ganz altmodischen Gläsern. Thesi trinkt schnell, mit geschlossenen Augen. John wundert sich sehr über sie.

»Woher kennst du dieses Stinklokal?« fragt er.

»Ich war mit Sven sehr oft hier«, erzählt Thesi und wendet sich wieder an Lazi. »Ich gehe vielleicht nach Amerika, Lazi!« ruft sie ihm zu.

»Mit wem?« fragt Lazi, ohne sein Spiel zu unterbrechen.

»Mit mir«, sagt John und schenkt wieder Wein in alle Gläser. Jeden Tag fragt er, ob Thesi ihn heiraten will und ob man sich nicht ein Haus in Kalifornien bauen sollte und Romane schreiben und Privatleben haben. Und jetzt reagiert Thesi darauf, zum erstenmal. Sie hat glänzende Augen, das kommt vom Kerzenschimmer, und Lazi spielt »Im Prater blühn wieder die Bäume ...«

Thesi hört zu und erinnert sich, daß er das Lied immer für sie spielt. Schon damals, als sie zum erstenmal mit Sven hier war, dann jedesmal, wenn sie mit Sven kam, vorigen Sommer war sie mit einem Norweger hier – ja, er hat Knud geheißen und wie ein Knud ausgeschaut, blond, er konnte nur über Skilaufen und Essen reden. Sie schämt sich sehr, weil sie sich nicht mehr an sein Gesicht erinnern kann.

Es ist unanständig, wenn man sich nicht einmal merken kann, wie dieser Herr vom vorigen Sommer ausgeschaut hat, denkt Thesi. Es ist unappetitlich, so ganz modern zu leben. Ich werde nach Kalifornien gehen und immer bei John bleiben.

Thesi rückt ganz nahe zu John, er legt den Arm um ihre Schultern, und Thesi wundert sich, daß es nicht ein bißchen aufregend ist, sie hat doch einmal gedacht –

»Prost, John!« – daß mit John alles so werden könnte, wie es mit Sven war.

Übrigens wird Sven gleich hier sein, fällt ihr ein. Sven kommt oft hierher, Lazi läßt für ihn immer diesen Tisch neben dem Klavier aufstellen. Heute darf Thesi hier sitzen, aber es ist Svens angestammter Platz. Sven könnte auch heute kommen und hier sitzen, Wein trinken und, wenn er genug getrunken hat, mit Lazi Duette singen. Vielleicht wird Lazi auch müde sein und Sven bitten, ihn am Klavier zu vertreten. Dann sitzt Lazi hier am Tisch und Sven spielt für die Matrosen und die Ladenmädchen und die feinen Damen und die Huren. »Gnädige Frau – Achtung!« ruft Lazi am Klavier. Er steigt fest auf das Pedal und spielt feierlich wie einen Choral:

»Reich mir zum Abschied noch einmal die Hände, Schön war das Märchen, jetzt ist es zu Ende –«

Lazi, ein Mann ohne Taktgefühl, haut in die Tasten und grinst Sven begeistert entgegen.

»Ihr Tisch ist besetzt, Herr Poulsen!« schreit er ihm zu.

Sven schiebt sich näher, er kann nicht recht verstehen, was Lazi ruft. Sven hat Karen im Schlepptau, Karen, die sich angewidert umsieht, Karen im dunkelblauen englischen Kostüm, weiße Bluse, weißer Hut. Mein Gott, wie brav – weiße Glacéhandschuhe, mein Gott, wie komisch.

»Wir rücken zusammen, dann hat er noch Platz«, sagt Gary, ohne seinen Arm von Betsys Schultern zu nehmen. Gary findet das Lokal herrlich, und Betsy ist auch herrlich, es ist vielleicht doch ganz gut, daß man in Spanien nicht vergast worden ist; Gary ist gut aufgelegt und möchte allen Leuten gefällig sein, soll er sich dahersetzen, der lange Architekt, man rückt zusammen –

»Schau, Sven – da ist Lord Mounteroy!« sagt Karens helle Jungmädchenstimme, Sven sieht sich erstaunt um, und Karen pflanzt sich vor Gary auf. Seine Lordschaft blinzelt das Mädchen in Dunkelblau an, Karen reicht ihm die Hand. Gary hat aber gerade keine Hand frei, eine liegt auf Betsys Schulter, mit der anderen streichelt er Betsys Arm.

»Guten Abend«, sagt er höflich, »ich habe leider keine Hand frei. Ich weiß auch nicht, wer Sie sind, aber bitte, setzen Sie sich nur zu uns!«

»Wisch dir Betsys Lippenrot von der Wange«, ermahnt ihn John. Karen wird steif wie ein Stock, sie erkennt jetzt Thesi und wird wütend.

Unterdessen ruft Lazi: »Kellner, noch zwei Stühle und zwei Gläser!«

»Schauen Sie nicht so bös, setzen Sie sich«, sagt Thesi zu Karen, das Mädchen verpatzt ja den gemütlichen Abend, »Servus, Sven, kommt – setzt euch!«

Plötzlich sitzt also Sven neben Thesi, an seiner anderen Seite Karen, dunkelblau und sehr feindselig. John will freundlich sein und sagt: »Fräulein Nielsen, man gewöhnt sich an den Gestank!« Die Gläser für Karen und Sven kommen, man stößt an, die Gläser klirren, Thesi trinkt hastig und Karen nippt.

»Wo ist denn Ihre liebe Tante?« erkundigt sich Gary, ihm ist plötzlich eingefallen, wo er Karen getroffen hat.

»Wir wollen auch manchmal allein ausgehen, meine kleine Karen und ich –«, antwortet Sven freundlich und will den Spott überhören, »genug Familie, nicht wahr, Bumsi?«

Beim Wort ›Bumsi‹ zuckt Thesi. Sven hat ihr einmal erzählt, daß er als kleiner Bub alles Bumsi nannte, was er liebhatte. Seinen Teddybären und seine Mutter, und später gab es einen Hund Bumsi und – ja, Thesi nannte er auch einmal Bumsi. Nur eine kleine Zeitlang. Und jetzt heißt Karen Bumsi. »Es tut mir leid, daß – daß du den Abend nun doch nicht mit Fräulein Nielsen allein verbringst«, sagt sie, und Sven sieht sie erstaunt an, ihre Stimme klingt fremd und leer.

Lazi hockt über die Tasten gebeugt, er spielt ohne Pause, englische Matrosenlieder und dänische Operettenmusik, dabei beobachtet er interessiert seine Freunde, den alten Sven und seine junge Frau, ach so, sie sind nicht mehr verheiratet...

Die junge Frau hat ein mechanisches Lächeln aufgesetzt, Sven drückt das blonde Mädchen an sich, jetzt sagt der Amerikaner neben Thesi etwas zu Sven und hebt sein Glas. Sven ist sehr überrascht, er sieht Thesi an, Thesi nickt und und lächelt, mein Gott, ihr Lächeln tut einem ja weh –

»Lazi, spiel einen Tusch, Thesi hat sich verlobt!« ruft Sven zum Klavier.

Lazi haut auf die Tasten. John strahlt und bestellt neuen Wein.

»Also, Herr Poulsen, es ist ja nicht so förmlich verlobt, so wie Sie es feiern, mit Tante und Onkel und Segen von Papa und Mama, das –«

»Das habe ich doch alles schon einmal mitgemacht«, sagt Thesi freundlich und sieht John an, »darauf kommt es nicht an...«

»Wir fahren zusammen nach Amerika, und drüben – oder sollen wir gleich hier im Rathaus heiraten?« fragt John.

»Hier natürlich, wir wollen auch unseren Spaß haben!« ruft Betsy.

»Im Prater blühn wieder die Bäume...« spielt Lazi noch einmal für Thesi. Er spielt leise und eindringlich, und Thesi hat auf einmal nichts als Heimweh. Ich möchte nach Haus, spürt sie, ich möchte noch einmal von vorn beginnen, ich möchte mit Oma im Prater Kaffee trinken und die eleganten Damen anschauen und mir ausmalen, in welchen Mann ich mich verlieben werde, und noch gar nichts wissen von Sven und diesem Knud und – John. Aber ich werde nach Amerika gehen, ich fange wieder eine Ehe an, wir fangen beide wieder an, alter Sven.

»Wir fangen wieder von vorne an, Sven«, sagt Thesi und wendet ihm ihr Gesicht zu. Sven weiß eine Sekunde lang keine Antwort, er schaut Thesis Gesicht an, sie ist ja nicht mehr jung, denkt er erschrocken, sie hat zwei ganz dünne Falten von der Stupsnase zum Mund eingeritzt, es muß weh getan haben. Sie hat auch ein paar winzige Fältchen um die Augen, aber das gibt es doch nicht. Thesi ist doch erst – »Mit siebenundzwanzig hat man noch viel Zeit, nicht wahr?« sagt Thesi zu ihm, sie nimmt ihre Puderdose und fährt mit einer großen gelben Quaste über ihr Gesicht. Alles wischt sie fort, die winzigen Fältchen, die noch gar keine sind, die nur andeuten, wo die fünfzigjährige Maria Theresia einmal Falten haben wird, sie wischt ihre Angst vor der neuen Ehe fort und allen Ärger mit der früheren, sie blickt aufmerksam in den kleinen Spiegel ihrer Puderdose und sagt so nebenbei zu Sven:

»Es war doch so nett, verheiratet zu sein, nicht wahr? Jetzt wollen wir es zum zweiten Male versuchen, und jetzt wissen wir auch, worauf es ankommt.«

»Worauf denn, du schrecklich kluge Thesi?«

Thesi klappt die Puderdose zu und schaut Sven erstaunt an: »Ja – aber das weißt du doch!«

Lazi ist vollkommen närrisch geworden oder besoffen, er hat ja schon so viel Rotwein in sich, er fetzt eine ungarische Rhapsodie herunter, prügelt die Tasten und ist ganz verrückt von Musik und Heimweh und Rotwein.

Sven neigt sich geheimnisvoll zu Thesi: »Es kommt nur darauf an, daß man sich nicht scheiden läßt, wenn man die gegenseitigen Fehler erkannt hat, sondern – na?«

Und wie eine brave Schülerin antwortet Thesi: »Sondern wartet, bis man sich an sie gewöhnt hat und nicht mehr wütend aufeinander ist. Ich hab gar keine Wut mehr auf dich, Sven ...«

Dabei sieht sie Sven mit ernsthaften Kinderaugen an. Svens Augen werden schmal, er schaut Thesi an, wie Sven Frauen ansieht, die ihm gefallen.

»Du Bumsi«, lächelt er und hebt das Glas. »Skaal!« »Skaal!« erwidern Karen, Betsy, Gary und John höflich. Dann sagt Karen schnell: »Sven, wir wollten doch noch ein bißchen auf Bakken herumlaufen, ich glaube, wir gehen jetzt!«

Sven steht sofort auf, großes Händeschütteln fängt an und ein Disput zwischen Sven und John, beide wollen die ganze Rechnung bezahlen.

»Ich darf nochmal auf die Rutschbahn, ihr habt es mir so gut wie versprochen«, sagt Thesi unterdessen zu Gary.

»Rutschbahn!« ruft Sven begeistert, vergißt seinen Disput mit John, »ihr geht noch zur Rutschbahn? Wir kommen mit, Karen, wir fahren auch noch Rutschbahn!«

Stehen sie also wieder vor der Rutschbahn. John und Betsy streiken: sie wollen nicht noch einmal den Magen im Hals spüren. Steigt also Thesi mit Gary in einen kleinen Waggon, hinter ihnen sitzen Sven und Karen.

Thesis Haare fliegen, Thesi schreit, ihr Schrei geht unter im Gebrüll der anderen, sie dreht sich um und sieht Sven an. Svens

Gesicht ist ganz jung geworden, er hält Karen umschlungen, jetzt beugt er sich vor und packt Thesi an der Schulter: »Schön, Thesi, was?«

Thesi gibt keine Antwort, sie schaut Svens Gesicht an, alles ist vergessen, rauf, runter, vielleicht stürzen wir ab, aber – wir spüren, daß wir leben. Alles dreht sich, es ist herrlich, bißchen schwindlig zu sein, Svens Gesicht ist nah, wir fahren wieder Rutschbahn, Sven – jetzt kommt der dunkle Schacht, die Räder quietschen, wir gleiten langsam zu den bunten Lichtern zurück, schade – es ist schon aus. Sven steht auf und stützt Karen, Karens Gesicht ist blaß und bös. »Scheußlich«, sagt Karen.

»Nun – komm schon, Thesi!« mahnt Gary. Aber Thesi rührt sich nicht, sitzt da und fühlt sich wohl. »Ich? Ich fahr noch einmal«, sagt sie zufrieden, der Rutschbahnkondukteur kommt vorbei – »Guter Mann, ich fahr noch einmal, und diesmal sausen wir noch schneller.« Dabei hält sie ihm fünfundzwanzig Oere entgegen. Fünfundzwanzig Oere, und das Leben wird wieder herrlich sein. »Natürlich, Thesi, alte – wir fahren noch mal«, ruft Sven und sitzt plötzlich neben Thesi.

Der Rutschbahnkondukteur pfeift wie ein richtiger Kondukteur, Karen steht fassungslos neben der Bahn, Gary nimmt sie am Arm: »Kommen Sie, wir warten unten.« Mit Gequietsch und Geschüttel geht es wieder los, Thesi winkt »Hallo, Gary! – Dort sind ja John und Betsy – hallo, ich fahr noooch maaal...!«

Rauf runter. Vor ihnen sitzt ein Liebespaar, das Mädel preßt sich an den Mann. Jetzt geht es langsam aufwärts, Thesis Gesicht ist zurückgeworfen, sie hat die Augen zu, die Nachtluft riecht nach Kastanienkerzen. Sie spürt einen Arm um ihre Schultern. Da läßt sie die Augen zu, es ist doch nichts dabei, es ist doch Sven, sie ist mit Sven schon hundertmal Rutschbahn gefahren, er wird auch nicht schwindlig und kriegt auch nicht genug. Jetzt sind sie oben – und jetzt sausen sie, sie sausen hinunter, Thesi reißt die Augen auf, der Mann vorn hat beide Arme um sein Mädel geschlungen, das Mädel quietscht begeistert, irgendwo tief unten sind John und Karen, irgendwo unten – nein, nirgendwo sind sie, ausgelöscht aus Thesis Erinnerung, es gibt nur Sven und Rutschbahn –

»Au, Sven, du bist verrückt!« lacht Thesi, weil Sven seine Finger in ihren Arm krallt, er tut das immer, wenn ihm etwas Spaß macht. Jetzt geht es zum letztenmal hinunter, und jetzt kommt noch der kleine dunkle Schacht, hier wird der Mann vorn sein Mädel schnell bissel knutschen. In Ordnung – im Schacht kichert das Mädel vorn erfreut auf. Thesi ist ganz still. Sie gleiten ins Dunkle und sie rückt von Sven etwas ab, sie preßt die Lippen zusammen – da spürt sie Svens Mund. Ganz hart fällt er auf ihren Mund und Thesis Lippen geben nach.

Sie kommen aus dem Dunkel in die roten und gelben Lichter, da sind Karen, John, Gary und Betsy, sie erwarten mit höflichem Lächeln die kleine Bahn. Thesi und Sven sitzen steif und fremd nebeneinander.

»Karen, es war so lustig!« ruft Sven, und Karen nickt ihm fröhlich zu. Sie ärgert sich nicht mehr, daß Sven ohne sie Rutschbahn gefahren ist, Sven gehört doch ihr, Sven hängt sich in sie ein und kümmert sich überhaupt nicht um Thesi.

Thesi steigt viel langsamer aus, wie im Traum geht sie zum Ausgang, sie hat ein starres kleines Lächeln aufgesetzt – ein ungläubiges Lächeln.

»War's schön?« fragt John väterlich.

»Ich weiß nicht«, sagt Thesi zerstreut, »es war – es war eher komisch...«

Wann werden Sie eigentlich heiraten?« erkundigt sich Karen und sieht dabei John an, für Thesi interessiert sie sich nicht.

»Thesi, wann willst du heiraten?« fragt John.

Thesi sagt, daß es ihr egal ist, man soll irgendeinen Tag festsetzen. Sie geht zerstreut neben John, der Himmel ist hell und nah – ja, es ist wahrscheinlich herrlich, verliebt zu sein und John zu heiraten.

»Wann heiratet ihr beide – Sven und Fräulein Karen?« will sie wissen.

»In drei Wochen«, sagt Karen, »nächsten Dienstag in drei Wochen.«

An diesem Abend schläft John zum erstenmal bei Thesi. Sie haben vorher gar nicht darüber gesprochen. Aber als Thesi ins Haustor tritt, schiebt sich John hinter ihr her. Thesi geht die Stiegen hinauf, John trabt hinter ihr und sagt noch immer nichts.

Thesi möchte ihm etwas liebes sagen, aber es fällt ihr nichts ein. Ich möchte jetzt sehr gern allein sein und die Vorhänge fest zuziehen, spürt sie, es soll finster sein, ganz finster, und schlafen und gar nichts denken...

Aber John will heute nacht bei mir sein, und es ist auch richtig so, wir werden bald heiraten, ich will mich sehr freuen, weil ich einen hübschen amerikanischen Mann bekomme und ein neues Zuhause, ich freue mich auch, natürlich, es ist alles sehr gut. Korridor im zweiten Stock, die Schritte hallen, wieder Treppen –

Ich muß an Großmama nach Wien schreiben, daß ich wieder heirate, fällt Thesi ein. Jetzt haben wir Hochzeitsnacht, John und ich. Ich hab gar nicht ans Heiraten gedacht, als ich ihn zum erstenmal gesehen hab, er hat mir nur gefallen, er hat mir einen Moment lang sogar sehr gut gefallen ...

Sie stehen vor Thesis Wohnungstür. Thesi sperrt auf. Es ist sehr richtig, daß ich wieder heirate, denkt sie dabei.

»Willst du noch etwas essen, John?«

John will nichts mehr essen, John will küssen. Er reißt Thesi an sich und küßt ziellos drauflos, auf Thesis geschlossene Augen und ihren geschlossenen Mund, ihr Kleid ist rückwärts zugeknöpft, hastig tastet er nach den Knöpfen –

Thesi macht sich los und geht ins kleine Schlafzimmer und räumt die bunten Polster von der Couch fort, zieht die Lade unter der Couch hervor und beginnt die grüne Wiese in ein Bett zu verwandeln. Unterdessen hat John alles vergessen und spielt am Radio herum. Die meisten Männer vergessen alles, wenn ein Radio in der Nähe ist. John sucht die entferntesten Stationen, es gelingt nicht, das Radio knattert wie ein Maschinengewehr, und dann macht es hui – huii ...

»Ich werde aus dem Haus geschmissen, wenn du nachts so viel Lärm machst«, sagt Thesi.

»Das macht nichts, wir fahren nach Amerika«, meint John, »wann gehen wir hier ins Rathaus und erledigen alles?«

»Geh morgen hin und erkundige dich nach den Formalitäten und besprich mit den Beamten einen Tag. Willst du einen Kaffee?«

»Nein, ich will keinen Kaffee«, sagt John, und dann ist eine Pause.

John sucht einen Weg ins kleine Schlafzimmer, aber Thesi sitzt im Fauteuil, raucht eine Zigarette und schaut ihn merkwürdig zerstreut an. Er findet nicht den Weg ins Zimmer nebenan.

Plötzlich steht Thesi auf.

»Du kannst im Badezimmer noch eine Dusche nehmen – ich meine, wenn du eine Dusche nehmen willst –«, sagt sie verlegen und lächelt verzweifelt wie ein Kind, das eine Prüfung bestehen möchte und dem die Antworten entfallen sind.

Das Badezimmer ist eine Rettung. John verschwindet im Badezimmer, und Thesi nimmt ihr feinstes Nachthemd aus dem Kasten, es ist noch ganz neu, hellgelb mit süßen blauen Blümchen und ganz durchscheinend. Sie hat es immer für eine besondere Gelegenheit aufgehoben. Jetzt ist eine besondere Gelegenheit, jetzt ist wieder Hochzeitsnacht.

Sie zieht die Vorhänge im kleinen Schlafzimmer fest zu, es soll doch finster sein, sie dreht auch das Licht ab. – So – jetzt ist Nacht, ganz tief kriecht sie unter die breite Decke. Die Tür geht auf: John.

Es ist zwar finster, aber Thesi macht trotzdem noch die Augen zu, jetzt wird John gleich bei ihr sein – »Ich ziehe nur die Vorhänge auseinander, die hellen Nächte sind so interessant«, sagt John und hantiert am Fenster herum.

Thesi preßt die Augen zu, alles wird gut sein, man kann alles vergessen, man heiratet und wird wahrscheinlich sehr glücklich sein.

Es kommen Augenblicke, in denen man alles vergißt und überhaupt nicht nachdenken kann, ob man glücklich ist oder nicht. Augenblicke – wie Rutschbahn. Sie reißen ins Nichts empor, schleudern zurück ins Nichts, man lebt, man lebt.

John schläft, er atmet zufrieden, seine linke Hand liegt auf Thesis Schulter. Thesi neben ihm ärgert sich, weil die Vorhänge offen sind und die helle Nacht hereinkommt. Sie kann nicht einschlafen, wenn sie den grünen klaren Himmel sieht, die Gedanken gehen kreuz und quer.

Ich muß wirklich an Großmama schreiben, fällt ihr wieder ein. Und – ich brauch ein neues Kleid für die Hochzeit, vielleicht ein glattes schwarzes. Nein, schwarz sieht so ernst und traurig aus. Also hellgrau... Ich werde die Frau eines berühmten amerikanischen Journalisten, Sven ist sicherlich erstaunt, daß ein berühmter Mann mich heiratet. Dabei habe ich mich um John gar nicht richtig bemüht. Immer heiraten einen die Männer, um die man sich nicht bemüht. Aber um Sven habe ich mich schon bemüht, damals war ich gar nicht mehr ich selbst, ich hab immer nur gespürt, ich geh zugrunde, wenn mich Sven nicht mitnimmt... Ich darf nicht vergessen, an Großmama zu schreiben, eigentlich könnte ich – leise schiebt sich Thesi zur Seite. Johns linke Hand gleitet von ihrer Schulter, nein – er spürt es nicht, ganz leise kriecht Thesi von der Couch. Bleibt dann einen Augenblick vor dem schlafenden John stehen. Schlafende Männer hat man fast immer lieb. Jetzt ist es ganz leicht, an Großmama zu schreiben. Thesi geht ins Nebenzimmer. Das schöne neue Nachthemd ist so zerdrückt, Männer passen gar nicht auf. Für eine Hochzeitsnacht sollte man ein Kindernachthemd aus festem weißen Leinenbatist anziehen...

Sie hockt auf dem Fauteuil und hält den Schreibblock auf den Knien, die kleine Lampe schimmert rötlich in der grünen Dämmerung, es ist ein sehr unwirkliches Licht und eine sehr unwirkliche Nacht.

Liebe Großmama!

malt Thesi mit großen steilen Buchstaben und kaut dann an der Füllfeder, um einen passenden Anfang zu finden. Man muß alles so sagen, daß es eine Großmama versteht und sich darüber freut. Liebe Großmama – so und jetzt Ausrufungszeichen.

Vor einem Jahr hat sie an Großmama geschrieben, ob sie vielleicht zu ihr nach Wien zurückkommen sollte. Nach Wien kommt man nicht zurück, hat Großmama mit ihrer beherrschten altmodischen Schrift geantwortet, von Wien fährt man nur fort. Aber ich sehne mich unendlich nach Dir, mein Kind...

Liebe Großmama!

Ich bin wahnsinnig glücklich. Denke Dir, ich werde wieder heiraten, wahrscheinlich schon in ein paar Wochen. Kann man in einem grauen Kostüm heiraten? Oder muß ich etwas Helles anziehen? Sonst geht es mir sehr gut, wir haben herrliches Wetter hier, sehr warm, und ich –

Thesi steckt wieder ratlos den Federstiel in den Mund. Sie hat ganz vergessen zu schreiben, wen sie heiratet, und das interessiert doch Großmama am meisten.

Nach »sehr warm« malt sie einen Punkt, und das »und ich« wird fest durchgestrichen. Also:

...herrliches Wetter hier, sehr warm. Mein Bräutigam –

Thesi setzt ab. Es ist komisch, daß sie wieder einen Bräutigam hat, er schläft nebenan und –

»Hello«!« kommt eine verschlafene Stimme aus dem Nebenzimmer.

Um Gottes willen, der Bräutigam ist aufgewacht! Thesi wirft

den Briefblock mit dem angefangenen Brief in die Tischlade und läuft zur Couch zurück. »John, Lieber –«, flüstert sie und kniet neben der Couch nieder und legt ihr Gesicht an seines, er hat doch ein liebes Gesicht, dieser blonde amerikanische Mann. Sehr lieb, sehr fremd.

»Da wacht man plötzlich in einer fremden Wohnung auf und noch dazu allein«, beschwert sich John verschlafen, »ich habe zuerst gar nicht gewußt, wo ich bin ...«

Thesi lacht, und John findet sich schnell zurecht, er drückt Thesi an sich und gibt schon wieder nicht auf das neue schöne Hemd acht.

Zehn Stunden später sitzt Thesi in einem Korbsessel vor dem Café Opera und schaut den Autos zu, die auf Platz Kongens Nytorv laut Verkehrsvorschrift im Kreis herumfahren müssen. In der Mitte ist ein Fleck Rasen mit einem Hortensienbeet. Thesi sieht die Autos und die Hortensien an und wartet auf John. John kommt, riesig vergnügt, er langt gleich nach der Speisekarte. »Hast du dir schon etwas ausgesucht, Thesi?«

»Nein, ich hab gewartet.«

Er schiebt Thesi die Speisekarte hin, und Thesi beginnt zu studieren.

»Du warst wohl im Rathaus und hast dich nach den Formalitäten erkundigt?« sagt sie und sieht dabei nicht auf.

»Ja, ich komme von dort. Was willst du essen?«

»Eine Portion Erdbeeren, ich – hab nämlich nicht viel Hunger. Und welchen Termin hast du verabredet?«

»Kellner, eine Portion Erdbeeren für die Dame und für mich ein Roastbeef mit Sauce tatare! So. Also Darling –« John neigt sein breites fröhliches Gesicht Thesi zu und sieht sie strahlend an: »Wir heiraten Dienstag in drei Wochen, zufrieden?«

Thesi weiß keine Antwort. Sie schaut John starr an, dann schüttelt sie verwirrt den Kopf, es muß ein Irrtum sein, sie hat falsch gehört, sie kann doch nicht am gleichen Tag – es ist ein häßlicher Gedanke, so geschmacklos –

»Das ist der früheste Termin, Darling. Wir haben heute Montag, der Beamte sagte mir, wir müssen drei Wochen lang aufgeboten sein. All right! – wir sollen also morgen in drei Wochen ins Rathaus kommen. Um zwölf, wir werden im kleinen Zimmer neben dem großen Saal auf meinen Wunsch in englischer Sprache getraut.«

Die Worte kommen für Thesi aus weiter Ferne, sie hört nur den

Klang und versteht sie nicht mehr, sie möchte gern sagen, daß man einen anderen Tag wählen soll, aber sie hat auf einmal überhaupt keine Kraft mehr.

John lobt sein Roastbeef und die Sauce und ist mit allem zufrieden. »Warum ißt du deine Erdbeeren nicht, Darling?«

Thesi bemerkt erst jetzt, daß die Schüssel mit den großen hellroten Beeren vor ihr steht. »Eigentlich habe ich überhaupt keinen Hunger«, sagt sie und wundert sich darüber, sie hat immer geglaubt, Erdbeeren kann man in jeder Lebenslage essen.

Ich muß mir eine angenehme Beschäftigung ausdenken, beschließt sie: »Was hältst du von Hellgrau?« fragt sie. »Ich werde jetzt Stoff für das Brautkleid einkaufen.«

»Herrlich«, nickt John mit vollem Mund, er vertilgt bedächtig Thesis Erdbeeren, »ich habe mir schon immer eine hellgraue Braut gewünscht. Kellner – zahlen! Komm Thesi, wir gehen Stoff aussuchen. Bist du glücklich?«

VI

Meine Halsschmerzen werden im heißen Bad besser werden, denkt Thesi. Sie liegt wieder einmal nachmittags in der Badewanne, hält einen Zettel in der Hand und grübelt angestrengt nach. Auf dem Zettel steht:

Ich	John
Betsy	Gary
Ulla	Andersen
	der alte Nielsen?

Eine alte Gewohnheit aus der Zeit mit Sven: bevor Gäste kommen, macht man eine Liste der Eingeladenen und überlegt dann die Tischordnung. Thesis Liste ist ganz blödsinnig, sie braucht keine Tischordnung, weil es kein Essen geben wird. Thesi spendiert Brötchen und Wein, Gary und John wollen Whisky und Kognak mitbringen. Thesi weiß einen Augenblick nicht, wohin mit dem Zettel. In der Badewanne hat man keine Taschen. Sie läßt den Zettel schwimmen und versinkt im heißen Wasser. Schluckt ein paarmal verzweifelt – es tut noch immer weh. Eigentlich eine Gemeinheit. Man hat ihre Halsmandeln längst herausoperiert, und der Doktor versprach damals, sie werde nie mehr Halsentzündungen haben. Und jetzt tut der Hals wieder weh, es ist scheußlich und ganz unverständlich, dabei –

Sie hat natürlich nicht im Traum daran gedacht, eine Gesellschaft zu geben. Schuld daran ist dieser verfluchte Doktor Aagaard und seine teuflische Honorarforderung. Hundert Kronen. Sie hat fünf Herbstkleider gezeichnet und ist verzweifelt zu Andersen gelaufen. Andersen muß die hundert Kronen bezahlen, sie will dem Zahnarzt nichts schuldig bleiben, man geht nicht mit Schulden in eine neue Ehe. Natürlich hätte John schon jetzt die Zahnarztrechnung bezahlt, aber es ist peinlich, mit John über Geldsachen zu sprechen. John ist doch schließlich – nein, er ist wahrscheinlich kein fremder Mann. In acht Tagen ist doch dieser Dienstag, und dann ist man verheiratet.

Also: Thesis Abendgesellschaft. Das kam so...

Thesi geht zu Andersen hinauf. Andersen ist diesmal ganz sonderbar. Irgendwelche Nielsens haben ihm von Thesis Verlobung erzählt. Wahrscheinlich Karen, die ihr Brautkleid in der Modellabteilung anprobieren war. Andersen gratuliert und sagt nicht mehr ›kleine Frau‹ zu Thesi und ist überhaupt nicht zärtlich, sondern nur besonders liebenswürdig. Thesi wird ja bald Mrs. Craven sein und viel Geld haben und selbst Modellkleider bei Direktor Andersen kaufen... Plötzlich spürt Thesi, daß sie den kleinen dicken Direktor ganz gern hat. Sie hat ihn als Erinnerung gern, als Erinnerung an ihre Junggesellenzeit, in der man jeden Abend mit einem anderen Mann nachtmahlen ging.

Kleiner dicker Direktor! »Wir sollten noch einmal einen Abend zusammen verbringen«, sagt sie unwillkürlich. Der kleine Dicke ist sprachlos.

»Sie haben jetzt so lange meine Miete bezahlt und die Radioraten und meine Strümpfe –« sagt Thesi wehmütig.

»Aber gnädige Frau!« empört sich Andersen.

»O ja«, nickt Thesi, »ich habe gut an Ihnen verdient, Herr Direktor.«

Thesis Rührung ist ansteckend. Der kleine Direktor schnauft, es ist selten, daß hübsche Frauen ihn menschlich behandeln, wenn sie nichts mehr von ihm brauchen.

»Kommen Sie übermorgen zu mir, um acht«, sagt Thesi. Im nächsten Moment bereut sie es. Das wird ein langweiliger Abend werden. Aber jetzt hat sie es schon gesagt.

»John Craven wird sich freuen, Sie kennenzulernen«, sagt sie noch schnell, damit der kleine Direktor nichts Falsches glaubt.

Während sie durch das Zimmer der Schreibmaschinenfräuleins in den Vorführsaal geht, fällt ihr ein, daß sie noch Gary und Betsy dazu einladen muß, sonst stirbt John vor Langweile, er hält einen Abend Unterhaltung mit Andersen bestimmt nicht aus.

Ich heirate in acht Tagen, überlegt Thesi. Da lade ich noch schnell einmal die paar Menschen ein, die in meiner verschnorrten Zeit nett zu mir waren. Es sind verflucht wenig, Andersen und –

»Ulla – übermorgen abend kommen ein paar Leute zu mir, wollen Sie nicht auch kommen?« sagt sie im Vorführsaal.

Ullas Greta-Garbo-Gesicht wird rot vor Freude. Thesi war einmal mit Sven Poulsen verheiratet, Thesi gehört zur sogenannten guten Gesellschaft. Die Herren dieser Gesellschaft soupieren bei Ulla. Aber die Damen laden Ulla niemals ein.

»Oh – so gern«, sagt Ulla etwas atemlos, »wirklich – Sie laden mich ein?«

»Ja«, sagt Thesi, »Sie waren doch immer nett zu mir ...«

Jetzt liegt Thesi in der Badewanne, schluckt und schluckt. Bei jedem neuen Schluckversuch hofft sie, daß der Hals nicht mehr weh tun wird. Und jedesmal tut er wieder weh. Vor einer Stunde hat Ulla angerufen. »Thesi, Herr Direktor Nielsen läßt fragen, ob er heute abend mitkommen kann. Er hat Sie so gern, läßt er sagen – er weiß noch nicht bestimmt, ob er sich frei machen kann, aber –«

Thesi malt auf ihren Zettel, ›der alte Nielsen‹. Mit Fragezeichen. Er soll nur kommen, denkt sie, er war zwar nie nett zu mir, aber er ist ein Vati. Ich habe für Vatis eine Schwäche.

Die Gäste kommen erst in zwei Stunden, Thesi wirft sich noch auf die Couch. Halsweh und Schüttelfrost. Aber man kann doch Ende August keine Grippe kriegen. Ihr fällt ein, daß ihre Hochzeit verschoben werden muß, wenn sie Grippe bekommt. Ich könnte John sagen, daß ich ihn eigentlich gar nicht gern heirate, geht es ihr durch den Kopf. Dann muß ich keine Grippe bekommen.

Thesi schläft ein und als sie die Augen wieder aufmacht und die Uhr anschaut, sind fünf Viertelstunden vorüber. Sie hat schreckliches Kopfweh und friert. Sie steigt in das neue Sommerkleid, es ist sehr schön und überhaupt noch nicht bezahlt. Schwarze verrückte Blumen auf weißem Leinen. Hochgeschlossen am Hals, gar nicht dämonisch und nicht ein bissel unanständig. Es wird gewiß ein schöner Abend. Die Zeit zwischen Thesis beiden Ehen ist bald vorüber, Thesi feiert Abschied und –

Sie schluckt und es tut entsetzlich weh.

31. August.

Der ganze Abend wird ein verrückter Fiebertraum. Thesi denkt später oft an diesen Abend zurück, sie versucht sich zu erinnern, was gesprochen wurde, sie preßt die Augen zusammen und ruft die Gesichter ins Gedächtnis. Bestimmt – alle waren da. Der Zirkusdirektor mit schneeweißen Gamaschen auf funkelnd polierten Schuhen, dieser Papa Nielsen mit dem kleinen Schnurrbart, der wie eine nagelneue Zahnbürste ausschaut. Ulla in großer tiefausgeschnittener Toilette, viel weißes Fleisch und dunkelroter Mund. Betsy, die Amerikanische. Gary, der meistens still neben Betsy sitzt und manchmal ganz normale Sachen sagt und nicht mehr Kriegsbilder sieht. Andersen, der vornehm wirken will und den kleinen Finger wegspreizt, wenn er ein Glas hält. Und John natürlich – auch John. Die Welt hält den Atem an, aber man spürt es nicht in Thesis Zimmer. Ein Abend wie alle Abende. Übrigens – es ist der Abend des 31. August.

Der Fußboden ist aus Watte. Manchmal dreht sich auch das Zimmer. Dann verschwimmen die Gesichter und die Stimmen kommen aus weiter Ferne. Man muß die Zähne fest zusammenbeißen, damit sie nicht aneinanderschlagen. Es ist schwer, ein Tablett mit vielen Gläsern zu tragen, wenn man Fieber hat. Man muß ein paar Schluck Whisky trinken. Ohne Sodawasser. Das hilft. Das Zimmer dreht sich nicht mehr, man weiß dann auch genau, mit wem man gerade spricht und versteht den Sinn der Worte. Thesi steht mit ihrem Tablett vor Ulla. Ulla bemüht sich, damenhaft zu sein, sie spricht langsam und durch die Nase und erzählt lauter langweilige Sachen.

»Die Scharlachepidemie!« sagt Ulla gerade. »Ich habe in der Abendzeitung gelesen, daß heute in Kopenhagen allein fünfundneunzig Fälle in die Spitäler gebracht wurden. Ist das nicht schrecklich?«

»Ja, sehr schrecklich«, nickt Thesi und geht zu John und Papa Nielsen. Die beiden tuscheln in einer Ecke. »Die Schiffsaktien werden steigen«, sagt Papa Nielsen gerade zu John, »sie steigen schon jetzt.« »Sie werden am Krieg gut verdienen, Mr. Nielsen.«

»So habe ich es nicht gemeint«, sagt Papa Nielsen schnell, »und was mein Barkapital anbelangt, so denke ich –«

»Noch etwas Whisky?« fragt Thesi dazwischen. Die Herren nehmen noch etwas Whisky. Direktor Andersen will den Warschauer Sender hören und schraubt verzweifelt am Radio herum. Dabei erklärt er Gary die große Weltpolitik. Fünfmal wiederholt er den banalen Satz: »Wir stehen am Vorabend eines Weltkrieges ...«

Diesen Satz hört man jede Woche. Thesi erinnert sich später manchmal an die hohe eifrige Stimme des kleinen dicken Andersen.

Später stellt Gary das Radio ab: »Verzeihung – es macht mich nervös.« Er sitzt bei Ulla und Betsy. Betsy hat einen amerikanischen Lippenstift, einen sehr interessanten Lippenstift, kurz und dick und versilbert. Der kommt angeblich aus Hollywood und Ulla schraubt ihn begeistert auf und zu. Gary dreht dann auch am Lippenstift herum, seine Gedanken sind wieder weit fort, weiß Gott wo. Vielleicht in Spanien. Vielleicht überlegt er, ob heute wirklich dieser Vorabend ist. Ulla sagt, daß Betsy immer orangerote Lippen tragen soll, es paßt ihr gut.

Soviel fremde Leute, denkt Thesi. Warum ladet man eigentlich fremde Leute ein?

Da läutet das Telephon.

Thesi ist zu müd, um zum Apparat zu gehen. Das Telephon soll nur läuten, es ist ganz egal, wer anruft. Sven ruft nie an, Sven wird nie mehr anrufen, alles ist sehr egal – Gary nimmt den Hörer. Dann: »Thesi, komm doch her, ich kann ja nicht Dänisch!« Thesi geht zum Telephon: »Hallo – wer dort?«

»Hier Doktor Aagaard, ich wollte nur fragen, ob –«

»Ich habe die Goldplombe schon bezahlt und warum rufen Sie deshalb um Mitternacht an und überhaupt –« fährt Thesi los. Sie ist wütend auf Doktor Aagaard. Erstens ist er ein Zahnarzt, zweitens ist er ihr eigener Zahnarzt und drittens hat er in ihrer Seele herumgebohrt, als er von Sven und Karen sprach.

»Liebe, verehrte gnädige Frau, verzeihen Sie –« kommt es aus dem Telephon, »ich bin hier mit einem Freund und mein Freund möchte Sie so gern besuchen und – hihihi, wir sind so lustig –«

»Was ist denn los?« erkundigte sich John und tritt neben Thesi. Thesi reicht ihm den Hörer. »Mein Zahnarzt. Ich glaub, mein Zahnarzt ist besoffen!« John nimmt den Hörer. Man hört ganz deutlich Jazzmusik durchs Telephon, der Zahnarzt scheint sich irgendwo zu amüsieren. John spricht englisch: »Hello – hier John

Craven. Was wollen Sie? Herkommen? Gut. Packen Sie den Freund in ein Auto und kommen Sie her! Ja, Sie können hier weitertrinken – also los!«

Ulla steht sofort auf und beginnt sich die Haare zu richten und die Nase einzupudern, weil zwei neue Herren erwartet werden. Ihr Blick fällt auf Thesi. Thesi lehnt an der Wand und ist sehr weiß im Gesicht. »Thesi – was ist mit Ihnen«, fragt Ulla erschrocken.

»Nichts, gar nichts –« sagt Thesi mühsam und schüttelt krampfhaft den Kopf, »es geht gleich vorüber – mir war nur so schwindlig –«

Ulla schaut Thesi aufmerksam ins Gesicht: »Ein Baby?«

»Ich – ich weiß nicht. Halsschmerzen sind doch kein Symptom dafür?«

Ulla lacht. Da läutet es an der Wohnungstür, Thesi nimmt sich zusammen und geht ins Vorzimmer. Die Knie sind wie aus Gummi und der Boden ist wieder ein Wattepolster. Sie macht die Tür auf.

In der offenen Tür steht Sven.

Dahinter Doktor Aagaard. Aber zuerst einmal Sven. Gelockerte Krawatte, Hut nach rückwärts geschoben. Halbgeschlossene Augen. Zigarette im Mund.

»Du bist ganz gut besoffen«, sagt Thesi zur Begrüßung.

»Herrlich besoffen«, nickt Sven.

»Verzeihen Sie, gnädige Frau – ich hab ja gemeint, aber – Sven wollte durchaus noch –« stottert Doktor Aagaard und tanzt verlegen hinter Sven herum. Er zwinkert fortwährend und hat lustig glitzernde Äuglein und kichert, als ob er etwas schrecklich Unanständiges sagen wollte. Er sagt aber gar nichts Unanständiges, er kichert nur: »Wir waren im Ambassadeur und haben – hihihi getrunken und dann hat Sven gesagt, wir gehen noch zu Thesi. Ja, das hat Sven gesagt und – hihihi, da hab ich angerufen –«

»Bitte, kommen Sie weiter«, sagt Thesi steif. Dann fällt ihr ein, daß drin im Zimmer Papa Nielsen sitzt. Vor lauter Schadenfreude vergeht ihr Halsweh. Daß Sven den Schwiegervater um Mitternacht in ihrem Wohnzimmer treffen soll, daß der alte Nielsen den zukünftigen Schwiegersohn um Mitternacht gerade – also, das wirkt herzerfrischend.

»Komm nur, Sven, komm nur weiter«, drängt sie liebenswürdig und macht die Tür weit auf und schiebt den besoffenen Sven und den kichernden Doktor ins Wohnzimmer. Drinnen ist es totenstill geworden.

»Darf ich bekannt machen – Sven Poulsen – und Doktor Aagaard, mein schrecklicher Zahnarzt«, meldet Thesi. Sven ist viel zu betrunken, um sich die Leute anzusehen. Er schüttelt Hände. Kommt auch zu Papa Nielsen.

»Ihre Braut sagte mir, daß Sie heute mit ihr zu einem Konzert gehen wollten«, bemerkt Papa Nielsen und bleibt mühsam ernst.

»So?« murmelt Sven, will schon weiter, dreht sich aber plötzlich zu Papa Nielsen um. Die Stimme kommt ihm bekannt vor. Er beugt sich etwas herunter, zieht den Zirkusdirektor zur Lampe und schaut ihm ins Gesicht. »Das ist aber nett, daß du auch meine Frau besuchst!« meint er dann und ist überhaupt nicht verlegen. Er klopft dem alten Nielsen sogar auf die Schulter: »Reizende Frau, diese Thesi, nicht wahr, Papa?«

Sven, Zigarette noch immer im Mund, Haare etwas wirr, beherrscht vollkommen die Situation. Die Leute rundherum sind ihm ganz gleichgültig. Thesi ist sehr begeistert von Sven: ihr sind die Leute auch ganz egal, und es ist sehr schön, daß Sven gekommen ist.

»Thesi, koch mir einen starken Mokka!« ruft Sven ihr zu, während er sich gemütlich neben Ulla setzt. »Ulla, du schaust heute wieder bezaubernd aus! Ach – da ist auch Betsy! Betsy, wann gehen wir wieder bummeln? Sie müssen einmal mit mir nach –«

Thesi kocht richtigen Mokka. Teuflisch starken Mokka. Sie füllt eine Teeschale voll, und Sven stürzt mit einem Schluck das schwarze Zeug hinunter.

»Teeschale Schwarzen, wie früher«, sagt Sven und sieht Thesi an.

»Ja, wie früher –« lächelt Thesi und verstaut den kichernden Zahnarzt in einem Fauteuil. Thesi kann Doktor Aagaards Gekicher nicht mehr aushalten. Mein Hals muß ganz dick geschwollen aussehen, überlegt sie, ich will nicht mehr reden und nicht mehr denken, jetzt kommt John auf mich zu, ich will nicht –

»Thesi-Darling, du bist so blaß?«

»Das kommt dir nur so vor, John, ich fühle mich sehr wohl. Es ist ein netter Abend, nicht wahr?«

John findet auch, daß es ein netter Abend ist und Thesi denkt: Ruhe, niederlegen und nichts mehr hören! Wenn ich noch länger hier herumstehe, dann fall ich hin, mir ist so elend. Aber, wenn ich mich auf die Couch nebenan lege, dann setzt sich John zu mir. Ich will irgendwo liegen, wo es still ist und – Badezimmer! Ja, das Badezimmer. Ich leg mich in die Wanne und schlafe, da ist es kühl und die anderen kommen nicht herein.

Thesi liegt in der leeren Badewanne. Sie hat kein Licht angedreht. Streckt sich aus und streicht das neue Kleid schön glatt – so, nicht reden, nicht schlucken – –

Svens Stimme: »Thesi – was ist denn los mit dir?« »Laß mich in Ruh – und mach kein Licht – ich will allein sein!«

Später macht Thesi die Augen auf und sieht ein rotglühendes Pünktchen: eine Zigarette im Finstern.

»Sven?«

»Ja.«

»Was machst du noch hier?«

»Ich sitze auf dem Korb mit der Schmutzwäsche und rauche eine Zigarette.«

»Ich will aber nicht reden, Sven.«

Stille.

»Sven?«

»Ja.«

»Du bist gar nicht mehr besoffen!«

»Nein, keine Frau kocht so starken Mokka wie du.« Darauf läßt sich nichts erwidern. Thesi möchte plötzlich schrecklich gern mit Sven sprechen, es ist so schön, daß es finster ist und daß Sven bei ihr ist. Sie könnte jetzt vieles sagen, ohne Svens amüsiertes überlegenes Gesicht zu sehen.

»Du, Sven – warum bist du eigentlich hergekommen?«

»Ich war mit dem Aagaard bummeln, ich hab so viel getrunken wie schon lang nicht. Seit unserer Scheidung hab ich nicht so viel an einem Abend gesoffen. Da bist du mir eingefallen –«

»Ach so«, sagt Thesi schnell. Weiß Gott warum, Svens Worte tun ihr weh.

Svens kühle sachliche Stimme: »Ich komme gerade aus der Stadt, Thesi, ich habe im Ambassadeur ein paar Abgeordnete gesprochen. Es schaut scheußlich in Europa aus. Ich weiß, du bist ein kleiner Idiot und machst alles mit dem Herzen und nicht mit dem Kopf – sei einmal im Leben vernünftig und fahr morgen mit John nach Amerika! Ich bin hergekommen, um dir das zu sagen. Verstehst du mich?«

»Ja«, sagt Thesi, »du hast wahrscheinlich ganz recht. Sieht es scheußlicher aus als sonst?«

»Ja. Hör zu –«

Aber Thesi hört überhaupt nicht mehr zu. Sie ist ein kleiner Idiot. Ihr Kopf funktioniert nicht, ihr Kopf tut weh. Sie spürt nur, daß Sven will, daß sie wegfahren soll.

»Hörst du mir zu, Thesi?«

»Nein.«

»Soll ich mit John Craven sprechen? Du mußt vorausfahren, wenn John beruflich in Europa zu tun hat, er ist doch – Kriegsberichterstatter.«

»Ja, ja –« murmelt Thesi, ihr ist es ganz egal, was Sven noch redet. Sven schickt sie endgültig fort.

Sven wird ungeduldig: »Du bist wirklich dumm, du erfaßt überhaupt nicht, was rund um dich vorgeht!«

»Es geht dich gar nichts an, was ich mache«, knurrt sie. Sie hat eine häßliche Rabenstimme und kann vor Halsschmerzen kaum reden.

»Du hast recht. Verzeih, daß ich nicht daran dachte«, kommt es aus dem Finstern. Sie kann Svens Gesicht nicht sehen, aber sie weiß, daß er jetzt amüsiert lächelt und eiskalt höflich bleiben wird.

»Du, Sven –« beginnt sie. Und bricht ab. Sven schickt sie nach Amerika. Da ist nichts mehr zu sagen.

»Möchtest du noch etwas sagen?«

»Nein – nein, wirklich nichts. Ich hab große Angst vor dem Krieg –«

»Du sollst keine Angst haben, du sollst nach Amerika fahren. Oder – willst du gar nicht nach Amerika?« Die letzten Worte klingen ganz gleichgültig. Sven spricht leise und sehr sachlich.

»Nein!« schreit Thesi auf und preßt dann schnell die Hände vor den Mund.

»Du, Bumsi –« kommt es aus dem Dunkeln. Gar nicht sachlich, sondern sehr überrascht. Thesi spürt Svens Hand auf ihrem Gesicht, die Hand tastet über ihre Haare, streichelt ihre Wange –

»Du hast ein sehr heißes Gesicht«, sagt Sven ruhig, »du hast bestimmt Fieber.« Und lachend: »Bumsi, du bist ein elendes Wesen. Du hast mir alle Nielsens auf den Hals gehetzt – sei ganz still, du hast doch der alten Nielsen erzählt, daß man mich nicht allein lassen soll und daß ich so gern in die Oper gehe. Bumsi, du bist ein häßlicher Zwerg. Heut hat mir die Alte gestanden, daß sie diese Ratschläge von dir hat – und ich bin her gekommen, weil ich dich auszanken muß. So, jetzt ist dir schon besser, nicht? Und jetzt wirst du Aspirin nehmen und ins Bett mit dir! Und morgen kauft dir der alte Sven sehr feine Kleider für Amerika, alle werden sehen, was du für ein schönes Bumsi bist. Du wirst eine ganz große Dame werden und den netten John Craven heiraten –«

»Nein, bitte nicht –«

»Willst du nicht Kleider vom alten Sven haben? Schau, ich hab einen Nerzmantel gesehen und –«

»O ja, Kleider möcht ich schon. Aber – den John? Du, Sven, ich – ich muß dir –«

Die Tür wird aufgerissen. Jemand macht Licht.

Thesi kauert in der leeren Wanne. Ihr Gesicht ist weiß wie die Badezimmerwand. Die Augen fiebrig, groß und glänzend. Sven sitzt auf dem Wannenrand und hält Thesi im Arm. Das kleine Badezimmer ist plötzlich vollgestopft: alle drängen sich herein.

Jawohl: Sven hält Thesi im Arm.

»Thesi war so lang verschwunden – ich dachte, ihr ist vielleicht nicht gut«, sagt Ulla.

»Thesi, ist dir schlecht?« fragt John. Es klingt sehr streng. »Sie hat Fieber«, sagt Sven, zieht Thesi in die Höhe und hebt sie aus der Wanne.

»Laß nur, ich kann sehr gut allein stehen«, sagt Thesi, obwohl ihr schrecklich elend ist. Dann gibt sie den Gästen mechanisch die Hand zum Abschied. – Auf Wiedersehen, Ulla, Adieu, Herr Nielsen, es war reizend, daß Sie gekommen sind, Adieu Doktor Aagaard, lebt wohl, Betsy und Gary, leb wohl, John ... Nein. John soll noch nicht fortgehen.

»John! Einen Augenblick – John!«

Sie hört ihre eigene Stimme aus weiter Ferne. Das ist so komisch, wenn man Fieber hat: man steht neben dem eigenen Ich. Man kann nichts überlegen, man braucht alle Kraft, um deutlich zu reden und Worte zu finden. Mit John ist noch etwas zu erledigen. Wenn es erledigt sein wird, kann man sich auf die Couch werfen und endlich richtig krank sein.

»Kann ich noch etwas für dich tun, Darling?« fragt John ganz sanft.

Er spricht meistens so sanft mit ihr und, weiß der Teufel, warum, in letzter Zeit macht Johns sanfte Stimme sie wütend.

»Nein, danke. Ich – ich wollte dich nur bitten, daß du morgen auf das Rathaus gehst und – bitte bestelle unsere Hochzeit wieder ab, ja?«

»Darling, du hast Fieber, geh schnell ins Bett! Soll ich noch Tee kochen?«

»Bitte – sei nicht traurig und nicht bös, aber – ich möchte dich viel lieber nicht heiraten.«

»Komm, ich bring dich jetzt zu Bett! Vielleicht solltest du dich vorher messen, hast du ein Thermometer?«

Thesi geht langsam auf John zu. Sie packt ihn an den Armen und lehnt den Kopf an seine Schulter. Ganz deutlich spürt sie den Anzugstoff an der Wange. Außer dem Anzugstoff spürt sie gar nichts mehr, wenn sie die Wange an Johns Schulter legt. »Bitte, versteh mich richtig –« sagt sie erschöpft, »ich möchte dich gar nicht gern heiraten. Und ich will auch nicht nach Amerika. Ich bleibe hier. Ich bleibe wahrscheinlich noch lange hier ...«

»Darling«, redet Johns sanfte Stimme, »du hast dir diesen Entschluß bestimmt nicht überlegt.«

Nein, nein – denkt Thesi, ich habe nicht überlegt. »In ein paar Tagen wird in Europa der Krieg ausbrechen. Aber du wirst mit mir in Amerika sein. Denk doch – die kleine Farm in Kalifornien, denk doch – wir zwei – Thesi!«

»Ich denke an alles«, sagt Thesis tonlose Stimme, »heute hat mir schon einer gesagt, daß Krieg ausbrechen wird. Ich bleibe trotzdem hier. Man kann seinem Schicksal nicht davonfahren.«

»Du –« zischt John wütend, seine Stimme ist nicht mehr sanft und zärtlich, John zischt erbittert auf: »Mach keine großen Worte! Schicksal? Du meinst ja – Sven! Du bist in Sven verliebt und du machst dich lächerlich, du – du.«

Thesi bleibt ruhig an seiner Schulter. Schrei nur, John schrei nur. Du bist jetzt enttäuscht von mir. Wenn man in der Ehe enttäuscht wird, schreit man noch viel lauter und bösartiger.

»Gute Nacht, John«, sagt sie freundlich, »ich danke dir für alles. Bitte, geh jetzt! Gute Nacht!« Sie läßt seine Arme los, das kleine Vorzimmer dreht sich, weil sie wieder frei steht. Thesi lächelt, obwohl ihr jetzt auch vom Magen her übel ist.

»Du lachst?« schreit John.

»Ja, weil ich dir jetzt alles gesagt habe. Ich hab nämlich Angst davor gehabt. Aber es ist gut gegangen, mir ist jetzt viel leichter ...«

»Wir sprechen morgen weiter darüber!« sagt John in der Eingangstür. Das sagt man meistens nach einer endgültigen Unterredung.

Thesi fällt auf ihre Couch. Im neuen Abendkleid, wie sie ist. Der Polster ist kühl. Ich hätte John heiraten müssen, denkt sie. Es wäre vernünftiger gewesen. Aber ich bin zu feig dazu, ich hab Angst, wieder einen wildfremden Mann zu heiraten. Sie preßt die Augen zu, die Augen brennen. Der Magen. Vielleicht ist alles nur verdorbener Magen, vielleicht wird es keine Halsentzündung ...

Svens Gesicht. Ganz nah. Aber dann ist Svens Gesicht plötzlich nur der Polster. Man kann mit geschlossenen Augen Nelson sehen, den alten toten Admiral aus dem Geschichtsbuch. Er schaut wirklich so aus wie auf dem Bild im Lehrbuch für Mädchenmittelschulen in Wien. Sven – denkt Thesi wieder. Sven – sie küßt den Polster. Sven kann helfen, der tote Admiral sagt: »Ihr werdet alle vergast! Alle! Auch du, alter Zirkusdirektor. Ja, dein Kapital wird schon gerettet, du hast es nach Amerika verschoben. Hahaha – Kapital gerettet, Nielsen vergast!« Thesi schlägt die Augen auf – das Zimmer ist grau und leer. Sie möchte gern aufstehen und Wasser trinken, der Hals brennt höllisch. Aber der Kopf ist wie eine schwere Kugel, wenn man den Kopf hebt, bricht der Hals ab. Und das Nachthemd ist komisch, so schwerer Stoff. Ach so, sie hat gar kein Nachthemd an. Das ist das Kleid von gestern abend. Thesi versucht zu denken: gestern abend waren viele Leute da. Und alle haben gesagt, daß sie Fieber hat. Man hat über die Kriegsgefahr geplaudert und über Scharlach. Ein Gedanke entsteht. Ein richtig klarer Gedanke. Thesi taumelt aus dem Bett, es geht ganz gut, nur der Kopf ist eine schwere Kugel. Sie macht den Bücherkasten auf. So – da ist das Lexikon. Warum hat ein Lexikon so schwere, schwere Bände?

Band XVII: Rio bis Schönebeck.

Thesi zieht Band XVII heraus und schleppt sich zum Fauteuil. Es ist schon hell, man kann ganz gut lesen –

›Scharkieh, ägyptische Provinz am Ostrand des Deltas, Scharlach (Scharlachfieber, Scarlatina), fieberhafte ansteckende Krankheit –‹

Thesi studiert aufmerksam den Abschnitt über Scharlach oder Scarlatina. Sie liest laut, um gut zu begreifen. Zuerst hat man das Gefühl brennender Hitze, steht im Lexikon. Allgemeine Schmerzhaftigkeit der Glieder, steht im Lexikon, der Schlaf ist gestört, und Brennen im Hals.

Stimmt. Bis jetzt stimmt alles.

Auf der Haut erscheinen zahlreiche dicht beieinanderstehende gerötete Punkte –

Thesi schleppt sich zum Fenster und schaut ihre Arme an. Kleine rote Flecken. Noch kaum sichtbar. Mit einem tiefen Seufzer klappt Thesi das Konversationslexikon, Band XVII, zu.

Jetzt kommt das Telephonbuch an die Reihe. Vor Thesis Augen flimmert die Rubrik ›Krankenhäuser‹. Ihr fällt das große Krankenhaus ein, an dem sie oft mit der Straßenbahn vorbeifährt. Es ist ein hübsches Krankenhaus. Vorn gibt es Rosenbeete. Ein so großes Krankenhaus hat sicherlich eine Infektionsabteilung, überlegt Thesi. Das Telephon steht auf einem niedrigen Tischchen. Thesi hat gar keine Kraft mehr, sie kann nicht neben dem Telephon stehen. Setzt sich also auf den Fußboden und lehnt den Körper an das Tischchen, so – das geht ganz gut, sie räuspert sich fest und nennt die Nummer. Sie ruft das Krankenhaus mit den Rosen an. Wenn ich wieder gesund sein werde, sind die Rosen längst verblüht, denkt sie. Eine Frauenstimme meldet sich.

»Guten Tag, ich rufe wegen Scharlach an –« sagt Thesi in ihrem schlechten Dänisch.

»Augenblick, ich verbinde Sie mit der Aufnahmekanzlei«, sagt die Frau im Krankenhaus.

Eine Männerstimme: »Aufnahmekanzlei!«

»Ich möchte – bitte, ich möchte den sechzigsten Scharlachfall melden«, sagt Thesi und findet alles sehr komisch.

»Gestern hat eine Zeitung geschrieben, daß neunundfünfzig Fälle waren. Und ich bin –«

Die Männerstimme wird ungeduldig: »Wer spricht?«

»Maria Theresia Poulsen«, sagt Thesi und wartet gehorsam auf die nächste Frage.

»Handelt es sich um ein Kind oder um einen Erwachsenen?«

»Bitte – es handelt sich um mich«, sagt Thesi ungeschickt und erklärt dann schnell: »Ich bin ein Erwachsener.«

Die Männerstimme fragt geschäftsmäßig: »Haben Sie bereits einen Arzt konsultiert. Sind Sie sicher, daß es Scharlach ist?«

»Nein, ich hab noch keinen Arzt konsultiert. Aber ich bin sicher, daß es Scharlach ist.«

»Woher wissen Sie es?«

»Aus dem Lexikon«, flüstert Thesi beschämt, »ich hab nachgeschlagen. Und alle Symptome stimmen ... Bitte, holen Sie mich gleich ab, mir ist schrecklich schlecht!«

Sie nennt ihre Adresse. Der Herr verspricht, daß in zehn Minuten ein Krankenauto vorfahren wird. Thesi hockt verzweifelt am Fußboden. Alle Kraft ist weg und sie muß noch vieles überlegen. Man muß der Aufräumefrau Nachricht hinterlassen. Und vielleicht muß man sterben. Großmamas Schwester ist auch an Scharlach gestorben. Aber Großmamas Schwester war damals noch ein Kind, hat Großmama erzählt. Vielleicht muß ich sterben, denkt Thesi, aber auf jeden Fall soll die Aufräumefrau einen Zettel kriegen. Und ich muß etwas ins Spital mitnehmen, vielleicht ein paar Nachthemden. Aber nach einem Scharlachfall wird alles verbrannt, was der Patient angehabt hat. Da sind meine Nachthemden zu schade. Es gibt sicher Spitalshemden. Sollen sie die Spitalshemden verbrennen! Aber das Kleid werden sie verbrennen, das neue schöne Abendkleid. Und dabei ist es noch nicht einmal bezahlt ... Bei dem Gedanken wird Thesi so elend, daß Tränen kommen. Wegen Schulden und Scharlach und Angst vor dem Spital. Sie schleppt sich in die Küche und trinkt Wasser und dann wird ihr so schwindlig, daß sie sich wieder auf den Fußboden setzen muß.

Auf dem Küchentisch liegt eine leere Schachtel. Thesi hat gestern Kuchen gekauft, sie waren in weißem Karton verpackt. Thesi nimmt den Karton und schleppt sich wieder ins Zimmer zurück, sucht einen Bleistift und malt ein paar Worte auf den Pappdeckel. In großen Blockbuchstaben, damit es die Aufräumefrau gut lesen kann. Dann holt sie noch ihre Zahnbürste aus dem Badezimmer. Und zuletzt kramt sie noch ein verblichenes Photo von ihrem Vater hervor. Das kommt auch mit, sie hat ihren Vater zwar nie gesehen, aber sie spricht oft mit dem kleinen Bild und fühlt sich dann nicht so allein.

Thesi ist reisefertig und wartet auf das Krankenauto. In einer halben Stunde ist alles gut, dann liegt sie in einem weißen Bett und eine Schwester wird ihr zu trinken geben und ein Doktor wird Medizin verschreiben und sie muß gar nichts mehr überlegen und ordnen. Es ist besonders scheußlich, ganz allein krank zu sein.

Die Glocke an der Eingangstür. Thesi taumelt hinaus, um aufzumachen. Es dreht sich wieder alles um sie, aber sie steht aufrecht und zwingt sich sogar zu lächeln.

Zwei dicke Männer mit einer Tragbahre stehen vor der Tür.

»Wo ist die Patientin?« fragt der eine Mann.

»Bitte – ich«, sagt Thesi ungeschickt und schaut erschrocken auf die Tragbahre.

Der Mann schüttelt ungläubig den Kopf: »Es muß ein Irrtum sein, wir holen einen Scharlachfall.«

Thesi bekommt es mit der Angst, daß man sie nicht mitnehmen will. »Aber ich bin doch der Scharlachfall, bitte – nehmen Sie mich schon«, sagt sie aufgeregt.

Der Mann zuckt die Achseln: »Sind Sie fertig? Vielleicht nehmen Sie sich ein paar Kleinigkeiten mit?«

Thesi hält ihre Zahnbürste hoch: »Da – mehr brauch ich doch nicht!« In der anderen Hand hat sie ihr Handtäschchen mit Puderdose und Lippenstift. »Muß ich – muß ich mich auf die Tragbahre legen?«

Die Männer überlegen. Es ist sehr komisch, daß der Scharlachfall vor ihnen steht. Es wäre aber noch viel komischer, wenn sich jetzt die Dame im zerdrückten Abendkleid behutsam auf die Tragbahre legen würde. Die Dame steht doch. Die Dame kann wahrscheinlich ganz gut zu Fuß hinuntergehen.

»Sie haben wahrscheinlich gar nicht Scharlach«, sagt der eine, »aber kommen Sie nur!«

Es sind wirklich große und dicke Männer, Thesi hat viel Respekt vor ihnen. Sie holt schnell die Pappschachtel mit der Botschaft an die Aufräumefrau. Dann schließt sie die Wohnung ab und stellt die Schachtel vor die Tür. Auf dem weißen Deckel steht in riesigen Blockbuchstaben:

> ICH BIN TODKRANK. DER GROSSE KAKTUS BRAUCHT JEDEN TAG WASSER. BIN IN SECHS WOCHEN ZURÜCK ODER GESTORBEN.
>
> THESI POULSEN.

Jetzt beginnt der Abstieg über die Treppe und Thesi schämt sich sehr. Zuerst gehen die beiden Männer mit der leeren Tragbahre. Hinter der Tragbahre kommt Thesi. Es ist sehr ungewöhnlich, hinter der eigenen Tragbahre daherzumarschieren. Thesi hält sich am Treppengeländer fest. Alles verschwimmt vor ihren Augen. Sie stolpert hinter den Männern daher, einmal dreht sich einer der beiden um und sagt: »Na – es geht ja noch!«

Vor dem Haustor stehen viele Leute, sie murmeln und glotzen neugierig ein Leichenauto an. Das große schwarze Auto wartet vor dem Haus und sieht wirklich wie ein Leichenauto aus. Aber es ist wahrscheinlich nur ein Krankenauto. Thesi sieht ein paar Gesichter, die ihr bekannt vorkommen – der Milchjunge und – ja, das Fräulein aus dem Zigarrengeschäft nebenan –, die Gesichter schwimmen und sind nur rosa Tupfen im Nebel. Die rosa Tupfen bewegen sich und machen Lärm. Jetzt kichern sie: die leere Tragbahre. Dahinter Thesi mit der Zahnbürste als Leidtragende. Die Tupfen kichern und die leere Tragbahre wird sehr behutsam in das Krankenauto hineingeschoben.

»Einsteigen!« befiehlt ein Träger.

Das Auto erscheint riesig. Ein schwarzes Ungeheuer. Der Eingang ist rückwärts. Die Bahre steht schon im Auto, Riemen hängen herunter, wahrscheinlich schnallen sie die Patienten auf der Bahre fest. Die Autoscheiben sind klein und aus Milchglas.

Thesi kriegt Riesenangst. Sie spürt, daß sie gar nicht mehr selbst denken kann und den zwei dicken Männern wehrlos ausgeliefert ist, das große schwarze Auto wird sie fortführen und –

Ihre Zähne schnattern aneinander, sie kämpft nicht dagegen. Das Fräulein aus dem Zigarrengeschäft will auf sie zu, aber die dicken Männer rufen: »Achtung – Scharlach!«

Da weichen die rosa Gesichter zurück und tuscheln erschrokken. Einer der beiden Dicken nimmt Thesis Arm und will ihr ins Auto helfen. Thesi macht sich steif. »Ich will nicht, es ist – ein Leichenauto!« stößt sie hervor.

Aber sie ist doch nur ein kraftloses Bündel und der Mann hebt sie hinein und legt sie auf die Tragbahre. Das Auto schwingt leise, leise, wahrscheinlich fährt es, aber man spürt es kaum. Es riecht nach Jodoform. Wieso riecht ein Auto nach Jodoform? Ach so, hier ist schon Spital, ein fahrendes Spital. Thesi muß plötzlich furchtbar weinen. Sie weiß gar nicht warum. Im fahrenden Spital ist es eigentlich ganz schön, man schwingt ganz leicht hin und her, man könnte gut einschlafen. Die Tränen rinnen über Thesis Gesicht und sie kann es nicht ändern. Es ist ganz schön zu weinen, sie hat keine Sorgen mehr, sie fährt zu einem Doktor, sie fährt zu einem weißen Bett. Die Tränen fließen und das Leichenauto schwingt und nichts tut weh.

VII

Zuerst bemerkt Thesi gar nicht, daß das Auto hält. Die Tür wird aufgerissen und einer der beiden Dicken packt sie am Arm: »Aufstehen!« Irgendwie schleppt er sie aus dem Leichenauto, sie gehen durch ein schmales Tor. Keine Rosen, keine schöne Auffahrt, es riecht nach Jodoform, es riecht nach Spital, der Dicke führt sie einen weißen Gang entlang, Thesi macht mechanische Schritte, ihr Gesicht ist noch immer naß von Tränen.

»Die Aufnahmekanzlei für die Infektionskranken«, sagt der Träger, und Thesi stolpert in einen Raum. Der Raum dreht sich um sie, irgend jemand drückt sie in einen Sessel, sie hört eine Stimme aus weiter Ferne – »Maria Theresia Poulsen.«

»Ich möchte in ein Bett«, murmelt sie. Dann sucht sie das dänische Wort für ›Bett‹, es will ihr nicht einfallen, sie ist schrecklich müd und muß fortwährend weinen.

»Ich verstehe sehr gut Deutsch«, sagt jetzt die Stimme. Thesi hört die deutschen Worte und macht die Augen auf. Ein junger Mann in Weiß steht vor ihr. »Ich bin der neue Scharlachfall«, sagt sie und möchte gern wohlerzogen wirken. Es geht nur schlecht, weil der Kopf eine schwere Kugel ist und immer nach vorn fällt. »Haben Sie Whisky hier? Geben Sie mir etwas Whisky –« sagt sie mühsam.

Der junge Mann in Weiß lacht. Thesi wird wütend. »Man lacht nicht, wenn andere Menschen todkrank sind!« sagt sie. »Vielleicht wird mir besser, wenn ich Whisky habe.«

»Sie kommen gleich ins Bett, Sie müssen mir nur ein paar Fragen beantworten«, sagt der junge Mann und findet den neuen Scharlachfall ausgesprochen amüsant. »Wie heißen Sie?«

»Maria Theresia Poulsen.«

»Stand?« Thesi sieht ihn hilflos an.

»Nun – ledig oder verheiratet?« hilft der junge Mann freundlich.

»Ich war schon einmal verheiratet«, sagt Thesi.

»Nun – und jetzt?«

»Es geht Sie nichts an. Aber wenn es Sie interessiert – jetzt ist alles aus«, sie macht eine Handbewegung – »aus, ganz aus.«

»Also geschieden?« erkundigt sich der junge Mann beharrlich.

Thesi nickt.

»Geschieden«, verkündet der junge Mann auf dänisch und schaut zur Seite. Thesi schaut jetzt auch zur Seite. Dort steht ein

Schreibtisch, am Schreibtisch sitzt eine Nonne und notiert Thesis Angaben. Nonnen bringen Unglück, denkt Thesi, wenn man eine Nonne sieht, soll man schnell von neun nach rückwärts zählen. Dann geschieht kein Unglück. Das machen alle Leute in Wien, in Wien gibt es viele Nonnen und –

Sie bewegt flüsternd die Lippen: »Neun, acht, sieben –«

»Was machen Sie denn?« fragt der junge Arzt erstaunt.

»Ich zähle schnell nach rückwärts, es geht schwer, weil mir schlecht ist. Sechs, fünf, vier –. Lassen Sie mir doch einen Whisky bringen!«

»Sie haben Fieber«, sagt der junge Mann.

»Natürlich. Deshalb bin ich doch hier. Und wenn Sie ein Doktor sind, dann bringen Sie mich endlich zu einem Bett«, krächzt Thesi bös. Sie möchte gern schreien, aber es wird nur ein schauderhaftes Krächzen.

»Staatsbürgerschaft?« quält der Doktor weiter.

»Dänisch.«

»Geboren?«

»Ja.«

»Wie meinen Sie das?«

»Ja, ich bin geboren«, antwortet Thesi erschöpft und denkt, er ist leider ein Trottel.

»Ich meine, wo – wo sind Sie geboren?«

»In Wien.«

»Wann?«

»1. Jänner 1912.«

»Wer sind Ihre nächsten Angehörigen?«

Thesi gibt keine Antwort.

»Nun ? Wen sollen wir von Ihrem Befinden verständigen?«

»Niemanden. Das heißt, wenn es mir gut geht, meine Großmutter in Wien. Übrigens – wenn es mir gut geht, kann ich auch selbst schreiben.«

Der junge Doktor wirft einen hilflosen Blick der Schwester zu. »Ja – aber wir möchten doch gern die Adresse Ihrer Frau Großmutter –« beginnt er wieder. »Meine Großmama darf sich nicht aufregen und deshalb gibt man ihr seit Jahren nur gute Nachrichten. Man sagt ihr nie, wenn jemand krank ist. Sie erschrickt dann zwar doppelt, wenn sie erfährt, daß der Betreffende gestorben ist. Sie glaubt, ihre Bekannten sterben so plötzlich. Aber in der Familie heißt es, daß man die alte Dame nicht aufregen soll.

Und jetzt will ich in ein Bett«, sagt Thesi und steht auf, sie macht zwei Schritte und dann wird alles schwarz vor ihren Augen.

Plötzlich liegt sie auf einem Sofa und der junge Mann sagt: »So – jetzt ist Ihnen wieder besser, jetzt werden Sie gleich zu Bett gebracht, Sie müssen mir nur noch sagen –«

Thesi liegt mit geschlossenen Augen.

»Bei welcher Krankenkasse sind Sie?«

In Dänemark müssen alle Leute bei einer Krankenkasse sein. Thesi ist auch bei einer Krankenkasse, aber sie ist seit drei Monaten den Beitrag schuldig. Jetzt wird die Krankenkasse bestimmt nicht für sie zahlen wollen.

»Ich möchte ein Einzelzimmer und werde privat bezahlen«, krächzt sie.

Sie hat überhaupt kein Geld. Und sie kann Spital dritter Klasse ebensowenig bezahlen wie erster Klasse. Da ist es schon besser, man bekommt ein Einzelzimmer und hat alles sehr gut und vornehm. Und jetzt tut der Kopf weh, sie kann nicht nachdenken, es ist auch egal, sie ist krank und wird alles später überlegen.

Die Nonne sagt in schlechtem Deutsch: »Schwester Theophania wird sie pflegen, Schwester Theophania ist auch aus Österreich.«

Das Zimmer ist schmal und weiß. Das Bett ist auch schmal und weiß. Schwester Theophania trägt weiße Nonnentracht, sie sitzt am Fenster und liest in einem kleinen schäbigen Büchlein.

Das Zimmer muß hoch liegen, wenn man durch das Fenster schaut, sieht man nur Himmel. An der Wand links hängt ein Vorhang. Dann gibt es noch einen Waschtisch. Und einen kleinen Tisch neben dem Bett. Das ist alles.

Thesi schaut abwechselnd den hellgrauen Morgenhimmel und den Waschtisch und Schwester Theophania an. Es ist sehr langweilig. So ist das also, wenn man Scharlach hat. Sie hat keine Uhr, aber sie hat schon schrecklich lange Scharlach, sicherlich schon drei Stunden.

»Schwester, warum ist ein Vorhang an der Wand?« Schwester Theophania sieht auf. Sie hat ein rundes rosa Gesicht und gar keine Falten. Die Nonnenhaube beginnt gleich über den Augen. Das stört, man bekommt keinen Eindruck von Schwester Theophanias Gesicht.

»Ach so – der Vorhang dort?«

Die Schwester spricht deutsch. Aber nicht wienerisch wie

Thesi, sondern so wie die Bauern in Tirol sprechen. Sie zieht den Vorhang zurück. Man sieht durch eine breite Glasscheibe auf den Gang hinaus.

»Zur Besuchsstunde dürfen Ihre Angehörigen an dieses Fenster treten und zu Ihnen hereinschauen«, erklärt sie, »ins Zimmer selbst darf niemand. Wegen der Ansteckungsgefahr!«

»Ich hab aber keine Angehörigen«, sagt Thesi und macht die Augen schnell zu, sie hat Kopfweh.

Fünf Minuten vergehen oder viele Stunden.

»Der neue Scharlachfall«, sagt ein Mann auf dänisch. Thesi macht die Augen auf und sieht zwei Herren in weißen Mänteln. Einen älteren mit grauen Haaren. Und einen kleinen jungen, der hinter dem älteren dahertanzt.

»Der Herr Primararzt ist da«, sagt Schwester Theophania und zieht Thesi unter der Decke hervor, setzt sie auf und beginnt ihr Hemd aufzuknöpfen. Thesi schaut sich jetzt erst ihr Hemd an. Ein scheußliches Hemd aus grobem weißem Stoff. So ein Hemd darf man wirklich nur anziehen, wenn man Scharlach hat und überhaupt niemand kommt, um einen anzuschauen. Der Herr Primararzt nimmt ein Hörrohr und horcht erst auf Thesis Rücken herum, dann legt er das Ohr auf ihre Brust.

»Kommen Sie mir nicht zu nah, ich hab Scharlach«, ermahnt ihn Thesi.

Der Herr Primararzt sagt nur: »Tief atmen!« und dann zur Schwester Theophania: »Temperatur?« »Achtunddreißig, neun«, sagt die Schwester. Sie hat übrigens eine angenehm leise Stimme.

»Ich hab gar nicht bemerkt, daß Sie mich gemessen haben, Schwester«, krächzt Thesi erstaunt. Thesis Halsansatz und ihre Arme werden betrachtet. Alles voll roter Flecken.

»Ich hab auch Gliederschmerzen und schreckliches Halsweh – im Lexikon steht, daß es Scharlach ist«, sagt Thesi. »Sie müssen still sein, wenn der Herr Primararzt Sie untersucht«, ermahnt Schwester Theophania.

Dann spricht der Herr Primararzt leise mit der Schwester, zuletzt sieht er Thesi an und legt ihr die Hand auf die Schulter: »Schön ruhig bleiben, nicht viel bewegen. Dann nimmt die Krankheit ihren normalen Verlauf. Verstanden!«

Thesi blickt erschrocken in seine Augen. Hinter einer glitzernden Brille sind Augen, die durch einen hindurchsehen. Plötzlich fragt er noch: »Übrigens – haben Sie Brüder in Wien?«

Er hat also Thesis Personalangaben durchgesehen und weiß, daß sie aus Wien ist.

»Nein, überhaupt keine Brüder«, antwortet Thesi.

»Können froh sein«, sagt der Herr Primararzt, dreht sich um und geht hinaus. Hinter ihm trippelt eifrig der junge Doktor, er hat kein Wort geredet, nur immerfort genickt. Der ist aber komisch, der Alte, überlegt Thesi. Brüder? Brüder haben nichts mit Scharlach zu tun. Er ist doch kein Nervenarzt. Nervenärzte sind nämlich meistens selbst verrückt. Aber er ist doch Scharlacharzt...

Schritte hallen auf dem Gang, laufen an Thesis Zimmer vorbei, und irgendwo geht eine Tür. Den Bruchteil einer Sekunde hört man eine halblaute Männerstimme. Dann wird die Tür wieder geschlossen.

Thesi richtet sich auf. Der Himmel ist glasklar und durchsichtig blau, durch das Fenster fällt Sonnenschein. Schwester Theophanias Stuhl ist leer. Auf dem Fensterbrett liegt ihr Büchlein. Mit großen erschrockenen Fieberaugen schaut Thesi sich um. Allein gelassen. Sie haben mich allein gelassen. Sie macht sich ganz klein im Bett, zieht die Decke bis ans Kinn und lauscht auf den Gang hinaus. Alles, was sie vorhin im Halbschlaf gehört hat, geschieht wirklich: Schritte, das Trippeln von Schwestern, hallende Männertritte, die Tür in der Ferne geht auf, die monotone Männerstimme, die Tür... Schwester Theophania kommt wieder ins Zimmer. Thesi lächelt ihr entgegen, sie ist froh, daß jemand hereinkommt. Aber Schwester Theophania bemerkt Thesi gar nicht. Sie hastet zum Fenster und stürzt sich auf ihr abgegriffenes Büchlein. Sie hebt es nah vor die Augen und bewegt flüsternd die Lippen. Ihre Lippen zittern. Schwester Theophania betet.

Thesi fühlt sich furchtbar allein. Viel mehr allein als vorhin. Schwester Theophania ist bei ihr und doch nicht bei ihr.

»Schwester! Ich hab vorhin eine Männerstimme gehört – immer, wenn draußen die Tür aufgegangen ist, hab ich die Stimme gehört – und ich glaub, ich kenne die Stimme –.«

Schwester Theophania blickt nur flüchtig auf: »Sie sollen schlafen. Drüben auf dem Gang ist das Zimmer vom Herrn Primararzt. Dort steht ein Radioapparat, Sie haben wahrscheinlich die Stimme des Ansagers gehört. Sie sollen doch schlafen!«

Nach einer Weile geht Schwester Theophania wieder hinaus. »Schlafen!« sagt sie noch zu Thesi und »ich bin gleich wieder zurück.«

Thesi will still und vernünftig daliegen. In ihren Schläfen hämmert es. Auch das Herz hämmert. Das kommt vielleicht vom Fieber. Thesis Angst kommt wahrscheinlich auch vom Fieber. Die Angst und dieses Gefühl, daß etwas Schreckliches geschehen ist. Dieses Gefühl – alle wissen es, nur ich nicht. Sie sagen mir nichts. Sie lassen mich allein. Man sagt kranken Leuten nie, wenn etwas geschieht. Und jetzt geschieht etwas – da, die Schritte auf dem Gang – die Schritte klatschen auf dem Linoleumboden auf. Alle laufen ins Zimmer vom Herrn Primararzt. Man läßt mich ganz allein. Thesi streckt den Arm aus. Tastet über den Nachttisch. Da liegt ihre Handtasche. Sie zieht die Handtasche aufs Bett, jede Bewegung tut weh, sie kramt aufgeregt in der Tasche, jetzt kugelt alles auf der Decke herum, die Puderdose, der Lippenstift – Thesi fingert aufgeregt – sie muß doch da sein. Im Seitenfach, sie hat sie doch hineingesteckt, ja – sie hat die kleine Photographie gefunden. Das Bild eines österreichischen Offiziers in der Uniform des Jahres 1914. Man muß diesen Offizier auf dem vergilbten kleinen Photo sehr gut gekannt haben, um seine verblichenen Züge zu erkennen.

Thesi hat ihren Vater gar nicht gekannt. Sie hält das Bild dicht vor die Augen und träumt sich ein Gesicht zusammen. Das Gesicht vom Vater. Sie legt das Bildchen an ihre Wange und hat etwas weniger Angst.

Aber plötzlich reißt sie sich in die Höhe. Sitzt einen Augenblick starr und aufrecht im Bett. Ihre Gedanken gehen wirr durcheinander: es ist gemein, mich allein zu lassen, kranke Menschen werden immer belogen, drüben gibt es gar kein Radio, es ist auch nicht die Stimme des Ansagers, ich will wissen, was es ist, ich will wissen –

Sie hebt die Beine aus dem Bett. Sie versucht zu stehen. Der Boden ist hier auch aus Watte, genau so wie gestern abend zu Haus. Aber es geht ganz gut, man muß nur richtige Schritte machen und sich gerade halten. Dann fällt man nicht um. So – da ist die Tür. Es ist furchtbar kalt im Zimmer. Dabei scheint doch die Sonne. Man kann die Tür sehr leicht aufmachen. Sehr gut – niemand ist auf dem Gang, niemand wird einen zurückjagen.

Eins, zwei – nur gerade halten und Schritte machen. So viele weiße Türen, alle ganz gleich. Durch diese kommt die Männerstimme. Man hört sie ganz deutlich. Thesi nimmt sich zusammen und macht die Tür leise, leise auf.

Im Halbkreis stehen Schwestern und Männer in Ärztekitteln. Sie stehen alle mit dem Rücken zur Tür. Sie hören nicht, daß sich jemand auf nackten Sohlen hereinschiebt. Sie wenden sich auch nicht um und sehen deshalb nicht das Geschöpf im weißen Krankenhemd, rote Flecken auf den Wangen, rote Flecken am Hals, erschrockene Fieberaugen. Schwestern und Ärzte hören nur die Stimme des Radioansagers und starren den dunklen Radioapparat an.

»Wie bereits gemeldet, hat heute in den frühen Morgenstunden das Bombardement auf –«

Gleichmäßige Stimme des Radioansagers. Bombardement hat begonnen. Bomben auf Städte und Eisenbahnen. Bomben auf Menschen und Tiere. Die Zahl der bisherigen Todesopfer ist noch nicht bekannt. Der deutsche Heeresbericht. Der polnische Heeresbericht –

Thesi begreift nicht, es sind doch nur Worte. »Das bedeutet wohl –« beginnt der Herr Primararzt und bemüht sich, den Lautsprecher besser einzustellen. Thesi neigt sich mit weit aufgerissenen Augen vor, sie will begreifen, das bedeutet also – ja, also –? »Daß der Weltkrieg wieder ausgebrochen ist.«

Weltkrieg. Wie ein riesiges schwarzes Tier kommt dieses Wort auf Thesi zu. Das Tier Weltkrieg überfällt sie, packt ihre Schultern und greift in die Brust. Greift ans Herz. Ich verstehe, schreit es in Thesi, ich begreife. Nur ich. Ich bin die einzige hier im Zimmer. Die Dänen wissen doch nichts, gar nichts vom Weltkrieg. Ich komme aus Wien. Im Krieg hat man Schuhsohlen aus Papier, der ganze Körper tut weh vor Kälte und Nässe. Vati hat Feldpostkarten geschrieben, zuerst. Alle Kinder haben ein Recht, einen Vati zu haben. Nur die Wiener Kinder nicht. Man kann sich gegen Krieg nicht wehren, der Krieg bricht aus und packt einen und schleudert –

»Sie schießen also wieder aufeinander«, bemerkt der junge Arzt und nickt wie immer, wenn der Herr Primararzt den Mund auftut. Der junge Arzt war beim letzten Weltenbrand ein Kopenhagener Knabe. Ich werde schreien, spürt Thesi, ich will nicht schreien, ich will nicht, aber ich – ich schreie, schreie – »Nein, nein – bitte, lieber Gott, nein!« schreit Thesi. Ärzte und Schwestern wenden sich mit einem Ruck zur Tür. Da steht ein mageres, bloßfüßiges Wesen im langen Hemd. Das Wesen schreit nicht mehr, es wimmert nur noch: »Bitte, nein –«

Dabei fällt eine kleine Photographie auf den Boden, weil das Wesen die Hände vor den Mund preßt.

»Der neue Scharlachfall!« ruft einer. Das ist der junge Arzt aus der Aufnahmekanzlei. Und da ist auch Schwester Theophania. Ihr Gesicht wird dunkelrot vor Schreck und Verlegenheit.

»Aber – aber sie hat doch so schön geschlafen«, murmelt sie hilflos und schaut verwirrt den Herrn Primararzt an.

Der Herr Primararzt kümmert sich jetzt nicht um Schwester Theophania. Er schiebt die Zunächststehenden zur Seite und geht auf Thesi zu. Thesi weicht vor ihm zurück, seine Brille funkelt, der Herr Primararzt wird sehr bös sein.

»Oh – bitte, entschuldigen Sie –«

»Komm nur«, sagt der Herr Primararzt einfach und legt den Arm sehr lieb und freundlich um Thesis Schultern. Thesi senkt den Kopf, ihre Stimme klingt ganz zerbrochen vor Angst: »Verzeihung – aber Sie wissen ja nicht –«

»Doch, ich weiß«, sagt der Herr Primararzt und öffnet die Tür, um Thesi hinauszuführen.

»Nein«, flüstert Thesi, »Sie wissen nichts. Im Weltkrieg schießen sie den Männern die Beine ab und die Arme. Bei uns in Wien stehen bettelnde Krüppel an allen Straßenecken – die Männer vom letzten Mal. Und Gary sagt, die Kinder brechen vor Hunger und laufen zu den Soldaten, neulich erst, sagt Gary. Herr Primararzt, wenn Sven auch in den Krieg muß, bitte –«

Der Primararzt hebt Thesi auf und hält sie wie ein kleines Kind in seinen Armen.

»Schwester Theophania – ein Pulver!«

Dann trägt er das fiebrige Bündel den Korridor entlang. Thesis Zimmer, die Tür ist nur angelehnt, der Primararzt stößt sie mit dem Fuß auf und legt Thesi behutsam in ihr Bett. Da steht auch schon Schwester Theophania. Sie hält einen Löffel mit einem weißen Pulver in der einen Hand und in der anderen ein Glas Wasser. Alles geht sehr schnell. Mund aufmachen. Pulver schlucken. Schnell Wasser nachtrinken. Das Pulver schmeckt etwas bitter.

Thesi wird sehr müd, das Bett ist angenehm kühl und sie wird gleich einschlafen. Es prickelt in ihren Gliedern, das kommt wahrscheinlich vom Pulver. Der Herr Primararzt ist wirklich ein sehr netter Mensch, Brillengläser täuschen manchmal. Sie möchte ihm gern das Fenster zeigen und versucht die Hand zu heben. Aber es geht nicht. Die Hand ist zu müd.

»Sie wollen mir noch etwas sagen?« fragt der Primararzt gütig.

»Die Sonne. Es ist ganz unverständlich, daß die Sonne noch immer scheint –« flüstert Thesi und lächelt, weil ihr so angenehm wird.

Später findet der Primararzt in seinem Zimmer eine kleine Photographie. Sie liegt auf dem Boden neben der Tür und ist zerbeult und schmutzig, weil viele Leute aus Versehen daraufgetreten sind. Der Primararzt hebt sie auf und erkennt, daß sie einen jungen Mann in Uniform darstellt. Er erkennt sogar, daß es eine alte österreichische Uniform ist.

Der Primararzt kommt auf seinem Nachmittagsrundgang wieder in Thesis Zimmer. Der neue Scharlachfall schläft, kleine Schweißperlen auf der Stirn und zuckende Mundwinkel. Schwester Theophania soll eine Fieberkurve auf kariertes Papier malen. Es wird aber keine Kurve, sondern eine ansteigende Linie.

»Schreckliche Kinderkrankheit der Menschheit«, bemerkt der Primararzt, »nicht wahr, Schwester Theophania?«

Es ist nicht klar, ob er den neuen Scharlachfall oder den neuen Krieg meint. Schwester Theophania fragt nicht, sondern dreht eine kleine Lampe an und liest den ganzen Abend Gebete. Sie hat das Gesicht eines freundlichen Bauernmädchens, das gar nicht neugierig auf die große Welt ist.

VIII

Diese Schwester Theophania! Man ist todkrank und sie behauptet, daß man trotzdem jeden Tag Zähne putzen muß. Manchmal muß man sich auch auf den Bauch legen und Schwester Theophania bestreut den Rücken mit Baby-Puder. Und alles ist doch ganz gleichgültig, man hat Kopfweh und die Polster sind immer feucht und zerdrückt, die Lippen sind rissig und ausgetrocknet und man ist schrecklich krank, wenn man so richtig Scharlach hat.

Drei Tage später, morgens, ist alles anders: Thesi will sich aufsetzen. Thesi will ihr Handtäschchen haben und Schwester Theophania gibt es ihr. Thesi zieht die Puderdose heraus, klappt sie auf. Und schaut erschrocken in den kleinen Spiegel. Gibt es ovale Tomaten?

Thesis Gesicht sieht nämlich wie eine ovale Tomate aus. Da sind nicht mehr diese kleinen roten Flecken auf Stirn und Wangen.

Das ganze Gesicht ist ein einziger roter Fleck geworden. Die Augen blinzeln fremd und glitzernd unter der komischen Tomatenstirn.

»Was gibt es Neues in der großen Politik, Schwester Theophania?« erkundigt sich Thesi, während ihr die Nonne das Hemd auszieht. Bekümmert betrachtet Thesi ihren nackten Bauch. Ein rotgetupfter Bauch ist komisch.

»Ich weiß nicht«, sagt Schwester Theophania und zieht Thesi ein sauberes Hemd über.

»Eure Nachthemden hier sind schauerlich«, klagt Thesi. »Weiß. Immerfort weiße Hemden. Rosa, Schwester?«

»Ich weiß nicht«, antwortet die Nonne geduldig.

»Ich hab ein hellgelbes Hemd zu Hause, hellgelb mit blauen Blumen«, sagt Thesi.

Die Nonne breitet die Bettdecke sorgsam über sie. Irgendwo im Bett treibt sich Thesis Puderdose herum. Schwester Theophania fischt sie heraus, dreht sie ungeschickt in den Händen und legt sie dann auf den Nachttisch.

»Da gibt es einen hübschen Amerikaner – John. Aber ich hab ihn beinahe vergessen. Ich war auch schon einmal verheiratet, Schwester. Mein Mann kann mich nicht leiden. Mein Mann – der wievielte ist heute, Schwester?«

»Montag, der 4. September.«

»Schwester! Morgen heiratet mein Mann ...!«

Schwester Theophania beugt sich gütig über Thesi, streicht ihr die Haare aus der Stirn und rückt die Kissen zurecht: »Sie haben hohes Fieber, Frau Poulsen.«

Aber Thesi kümmert sich nicht mehr um sie. Da liegt man in einem fremden Spital, steckt in einem schauderhaften Nachthemd, hat ein Gesicht wie eine ovale Tomate und einen getupften Bauch und ... Nein, man kann nichts tun. Sven heiratet. Man weiß es seit Wochen. Man hat es sich nicht vorstellen können. Sven heiratet morgen und man kann es sich noch immer nicht vorstellen. Sven hat graue spöttische Augen, Sven riecht nach Lavendelwasser, man kennt Svens Hemden und Svens Manschettenknöpfe und sein Gesicht, wenn er schläft und sein Gesicht, wenn er wütend ist, und sein Gesicht, sein Gesicht ... Man hat sich eingebildet, daß man sich selbst sein Leben einrichten wird. Ein bezauberndes Leben, neue Reisen und neue Musik, neue Cocktails und neue Menschen. Und da liegt man und hat eine blödsinnige Kinderkrankheit und morgen heiratet Sven.

»Heut nachmittag bekommen Sie Besuch«, sagt Schwester Theophania, »freuen Sie sich?«

Thesis Herzschlag stockt: »Wer – wer kommt denn?«

»Das weiß ich nicht. Gestern wurde angerufen und gefragt, wie es Ihnen geht. Ich soll ausrichten, daß heute nachmittag Besuch kommt.«

Ich werde die Decke bis ans Kinn ziehen, denkt Thesi, dann sieht man das scheußliche Nachthemd nicht. Ich werde mein Gesicht einpudern, ich werde ... Wieso weiß jemand, daß ich krank bin? John? Nein, nein – ich will John nicht sehen, ich will ihm nicht erklären, was man leider nicht erklären kann. John, schau – es waren nur die hellen Nächte. Wenn der Himmel silbern ist, kann man nicht einschlafen. Aber es gibt nur diese wenigen hellen Nächte im Sommer und – John, verheiratet wären wir dann das ganze Jahr! John, ein verheirateter Winter ist ein endlos langer Winter. Manchmal, du verstehst? Und Sven ...

»Die Haare, Schwester!« klagt Thesi.

Dauerwellen müssen etwas mit Scharlach zu tun haben. Thesis Dauerwellen sind nämlich aufgegangen, ihre Haare hängen glatt und langweilig bis zu den Schultern.

Am frühen Nachmittag.

»Die Puderdose, Schwester!« jammert Thesi.

Das Bett hat Räder und die Schwester schiebt es dicht an die Wand mit dem Vorhang. Sie zieht den Vorhang zurück.

»Sie können durch die Glasscheibe sogar hören, was man zu Ihnen sagt«, meint Schwester Theophania. Thesi zieht die Bettdecke bis ans Kinn und blickt auf den leeren Gang hinaus. Sie wartet. Der Gang bleibt leer. Sie wird müd, es ist so heiß im Bett, wenn man die Decke bis zum Gesicht zieht. Vielleicht kommt Sven, denkt sie.

Da klopft es an die Scheibe. Thesi fährt auf, die Bettdecke verrutscht, man sieht das häßliche Hemd, Schwester Theophania steht neben ihr und zieht Thesi etwas in die Höhe.

»Ihr Besuch, Frau Poulsen!« Gott sei Dank – nicht John. Und leider nicht Sven. Sondern – Gary.

Neben Gary steht Betsy und lächelt verlegen. Man lächelt immer verlegen, wenn man einen Krankenbesuch macht und der Kranke ganz anders ausschaut, als man ihn in der Erinnerung hatte. Das ist also Thesi ... Ein mageres Gesicht mit roten Flecken. Eine Kindernase und glatthängendes Haar. Schatten und ein paar feine Linien unter den Augen: ein kleines Mädchen, das schon einiges hinter sich hat. Das ist also Thesi.

»Geht es schon besser?« ruft Betsy, weil man doch irgend etwas sagen muß. Thesi nickt mechanisch. Sie muß immerfort Gary ansehen. Gary im grauen zerknitterten Anzug. Im Anzug, den er in Perpignan bekam, als er die Uniform auszog. Jetzt hängt noch ein Regenmantel über seinen Schultern. Gary lacht nicht wie Betsy. Er steht einfach da und schaut Thesi still an.

»John läßt dich grüßen, er ist abgereist«, ruft Betsy. Die Glasscheibe dämpft ihre Stimme, es klingt hohl und schrecklich weit entfernt. Thesi bemüht sich, ihre Gedanken zu ordnen. John ist abgereist. Wahrscheinlich nach Amerika. Sven sagte doch, man soll nach Amerika fahren.

»Nach Amerika?« fragt Thesi und sieht unverwandt Gary an. Sein Gesicht wirkt heute wieder sehr jung und sehr ruhig. Lieber Gary...

»Nein – Kriegsschauplatz!« ruft Betsy, »du weißt doch?«

Wie eine kalte Hand preßt eine Erinnerung Thesis Herz zusammen. Die Stimme des Ansagers, Bombardement, Bombardement... Die Erinnerung ist in den letzten Fiebertagen verschüttet worden. Aber jetzt – »Ach ja – nach Polen?« fragt Thesi. Betsy preßt ihr Gesicht ans Fenster, Thesi spricht so leise, man kann sie draußen nicht gut verstehen.

»Nein – an die Westfront!« ruft Betsy.

Es gibt also auch eine Westfront, überlegt Thesi.

Natürlich – Weltkrieg, sagte der junge Doktor.

»Ich habe gestern früh bei Ihnen angerufen und die Aufräumefrau hat mir gesagt, wo Sie sind«, schreit Betsy. »Sie weiß es von den Leuten im Nebenhaus. Die haben das Krankenauto gesehen und –«

Im Westen stehen die Franzosen gegen Deutschland, überlegt Thesi weiter. Sie fragt: »Hat sie meinen Kaktus begossen?«

Und denkt: die Franzosen und – Engländer. Gary ist Engländer. »Auf Wiedersehen, Gary!« sagt Thesi unvermittelt. Sie bemerkt nicht, daß Tränen über ihre Wangen laufen. Gary lächelt.

»Fahren Sie noch nach England oder – direkt?« sagt Thesi so laut wie möglich, ihre trockenen rissigen Lippen schmerzen.

»Ich stelle mich in London«, antwortet Gary. Auch seine Stimme klingt fremd und sehr fern durch die Scheibe.

»Diesmal werden Sie für Ihr Land –.«

Thesi stockt. Sie wollte ›für Ihr Land kämpfen‹ sagen, aber Garys vornehmes ruhiges Gesicht verbietet es. Gary war erst neulich im Krieg. Er sprach von hungernden Kindern und verdreckten Wunden. Aber niemals vom Kämpfen.

»Diesmal für Ihr Land«, wiederholt sie nur.

Gary schüttelt den Kopf: »Soldat ohne Vaterland, kleine Thesi. Soldat für Menschenrecht und Menschenfreiheit, kleine Thesi. Aber niemals – Soldat irgendeines Staates!«

Er spricht lächelnd und es klingt beinahe wie Konversation.

»Sie müssen bald gesund werden!« ruft Betsy.

»Ja – ja, natürlich«, nickt Thesi zerstreut. Ihre Oberlippe blutet, Sprechen zerreißt ihre fiebertrockenen Lippen. Betsy hängt an Garys Arm und lacht. Dabei schreit Verzweiflung aus ihren Augen. Sie hat Gary richtig lieb, denkt Thesi, sie hat John längst vergessen. Es ist sehr gut, wenn man einen Mann rechtzeitig vergessen kann.

»Gary – bitte, kommen Sie bald wieder«, sagt Thesi ungeschickt.

»Glauben Sie das wirklich?« fragt Gary und kneift ein Auge zu und sieht Thesi spöttisch an. Da kämpft Betsy eine kurze Sekunde, krampfhaft lächeln oder krampfhaft weinen? Man weint nicht auf Krankenbesuch. Sie läßt Garys Arm los und läuft den Gang entlang. Im Fenster steht Gary allein.

Thesi richtet sich auf, sie lächelt und Tränen laufen über ihre betupften Wangen: »Mylord –?« »Maria Theresia Poulsen – grüßen Sie Sven von mir! Die Zeit zwischen den beiden letzten Kriegen war leider sehr kurz. Aber wirklich reizend. Ich danke Ihnen!« Gary legt seine Hand an das Fenster. Da legt auch Thesi ihre Hand an die Scheibe. Sie preßt sie auf Garys Hand. Kalt, spürt Thesi im Fieber. So kalt. Die Scheibe dämpft Garys Stimme.

»Ich wollte noch gern ein bißchen hierbleiben«, sagt Garys Stimme aus der Ferne, »so gern ...«

Thesi hält noch immer die Hand an die kalte Scheibe. Der Gang vor dem Fenster ist leer. Thesis Hand krampft sich hilflos zusammen. Einen Augenblick glaubt sie, daß alles besser wäre, wenn sie mit der Faust das Fenster einschlagen würde. Aber es ist sinnlos, Fenster einzuschlagen.

»Nicht traurig sein«, sagt Schwester Theophania mild. Thesis Besucher haben englisch gesprochen und sie hat kein Wort von der Unterhaltung verstanden. Es scheint sich um eine Abreise zu handeln.

»Geht der junge Herr auf eine weite Reise?« fragt Schwester Theophania freundlich, um Thesi aus ihrer Erstarrung zu wecken.

»Ja – ich glaube, sehr weit«, sagt Thesi und starrt auf den leeren Gang hinaus.

»Der junge Herr wird bestimmt eine gute Fahrt haben«, tröstet Schwester Theophania mild. Sie zieht den Vorhang wieder über die Fensterscheibe und schiebt Thesis Bett zurück.

IX

»Bitte – heut kann ich nicht frühstücken, bitte nicht, Schwester!« klagt Thesi zeitig früh.

»Doch, Sie müssen essen«, sagt Schwester Theophania energisch und setzt ein Tablett mit Kaffee und zwei Schnitten Weißbrot auf Thesis Bettdecke.

»So – muß ich?« fährt Thesi auf und bewegt schnell ein bißchen die Knie, damit das Tablett auf der Bettdecke zu wackeln beginnt. »Ich hab keinen Hunger, ich kann nicht und ich will nicht!« beharrt Thesi bös.

»Ja, was ist denn?« fragt Schwester Theophania und stellt erschrocken das Tablett weg.

»Heut ist dieser Dienstag.«

»Also wenigstens ein paar Bissen, ja?« bittet Schwester Theophania.

»Ich kann nicht. Heut heiratet mein Mann. Heut bin ich aufgeregt ...«

Schwester Theophania sagt, daß sie sich beim Herrn Primararzt beklagen wird.

»Das ist mir ganz egal, Schwester. Heute passiert mir sowieso schon das Schlimmste. Verstehen Sie denn nicht? Mein Mann heiratet eine neue Frau! Mir kann nichts Schlimmeres mehr geschehen und ich will nicht Butterbrot essen!«

Thesi liegt den ganzen Vormittag unbeweglich auf dem Rükken und schaut die Zimmerdecke an. Die Zimmerdecke ist weiß angestrichen und viereckig. »Sie werden ein Loch in die Zimmerdecke starren«, scherzt Schwester Theophania.

Thesi wirft ihr einen wütenden Blick zu.

»Sie sind unglücklich, vielleicht – vielleicht sollen wir beten«, schlägt Schwester Theophania vor.

Thesi muß lächeln: »Das wird schlecht gehen. Ich weiß nicht mehr, wie man es macht. Es ist schon so lange her, daß ich –«

»Ich könnte mit Ihnen beten, Frau Poulsen«, sagt Schwester Theophania eifrig.

»Nein, danke, Schwester«, antwortet Thesi schnell und betrachtet weiter den langweiligen weißen Plafond.

Glatt und viereckig. Mein Leben schaut auch eckig aus, denkt Thesi. Heut bin ich gerade an der dritten Ecke. Und ich komm nicht herum, es geht nicht weiter. Die ersten zwei Ecken waren leichter. Aber – diese Ecke! Erstes Eck. Einem kleinen Mädchen stirbt die Mutter an Grippe, alle Leute sind unterernährt und verarmen. Manche Leute werden auch plötzlich reich, aber Thesis Familie kennt sie nicht. Über Thesis weißlackiertem Kinderbett hängt Vaters Bild. Jetzt hängt Großmama Mutters Bild daneben auf. Je mehr Photographien im Zimmer, um so weniger Menschen gehören zu einem. Thesi war noch klein, Großmama nahm sie an der Hand und brachte sie behutsam um diese erste Ecke, und Thesi erinnert sich kaum mehr daran.

Man sucht sich die Männer, die man liebt, nicht aus. Glücksfälle geschehen, Unfälle geschehen. Und genau so ist es mit den Männern: sie passieren einer Frau. Thesi ist neunzehn und da geschieht ihr – Sven. Man hat immer davon geträumt, täglich mit Sven zu soupieren. Aber man hat sich niemals das tägliche Frühstück vorgestellt. Beim Frühstück sind die Männer unrasiert und schlecht gelaunt und haben nur Büro im Kopf. Beim Frühstück ist Thesi unausgeschlafen und streitsüchtig. Das gemeinsame Frühstück war ein tägliches Fiasko. Es lag natürlich nicht nur allein am Frühstück. Aber bevor man alle Fehler überlegt hat, steht man schon an der zweiten Ecke. Und damals nahm kein Mensch Thesi an der Hand und zog sie vorbei. Die Kante war scharf und man haute sich scheußlich daran an. Man sah überhaupt nicht, wie alles weitergehen sollte. Die Welt hatte ein Eck ...

Man rannte von Sven fort und ließ sich scheiden. Es ist natürlich blödsinnig, wenn man von sich selbst sagt, das Herz brennt wie eine offene Wunde. Das sagt man nicht, das liest man nur. Und – das spürt man. Irgendwie schleppt man sich um dieses zweite Eck herum. Und das Leben geht weiter und man versucht auch alles, damit es schnell weitergeht.

Thesi sucht sich ein paar nette und ein paar weniger nette Männer aus und schiebt sie zwischen sich und Sven. Sie suchte sie sich selbst aus, sie passieren ihr nicht. Es war falsch. Zuletzt John...

Heut steht man vor dem dritten Eck und kommt nicht herum. Sven heiratet. Außerdem ist Krieg. Jeder Krieg geht einmal vorüber. Wenn man ihn überlebt, kann es nachher sogar noch recht nett werden. Aber man kann nicht mutterseelenallein einen Krieg durchwaten. Man kann nur leben, wenn man sich auf irgend etwas freut. Und – nein, wenn Sven endgültig verheiratet ist, kann man sich nichts mehr vorstellen, das Freude macht. Um diese Ecke kommt Thesi nicht herum, sie wird nie herumkommen.

Das Mittagessen wird hereingebracht. Thesi streitet mit Schwester Theophania. Es ist sehr langweilig, mit milden Leuten zu streiten. Deshalb gibt Thesi nach und löffelt die Suppe aus.

Im Spital gibt es schon um halb zwölf Mittagessen. Feine Leute heiraten um zwölf, überlegt Thesi. Jetzt zieht Karen gerade ihr Brautkleid an. Ich war altmodisch und hab ein weißes Kleid angehabt, denkt Thesi. Karen heiratet in Himmelblau, erzählte Ulla. Himmelblaue schwere Seide und ein kleines blaues Hütchen. Sven wird im Cut sein. Im selben Cut wie damals mit mir. Den hat er sich für unsere Hochzeit machen lassen. Er trägt ihn sonst nie, ich habe ihn seinerzeit in einen Mottensack verpackt. Hoffentlich hat Marie den Cut rechtzeitig herausgenommen und gelüftet.

Jetzt steigen sie bald ins Auto und fahren zum Rathaus. Wenn man im Auto sitzt und heiraten fährt, weiß man nie, was man reden soll. Ich habe mich unterwegs dreimal für die Blumen bedankt. Großmama hat gewünscht, daß Sven ein weißes Brautbukett bestellt. Es waren große weiße Nelken, Thesi erinnert sich genau. Die weißen Blüten waren auf Draht befestigt, damit das Bukett schöner ausschauen sollte. Die Brautblumen waren starr und steif, keine Blüten, sondern ein gräßlich formelles Brautbukett. Sven schaute interessiert aus dem Auto, er sah die Wiener Straßen an, eine hübsche Stadt für ihn. Er dachte natürlich nicht daran, daß diese Stadt Thesis ganzes bisheriges Leben gesehen hatte, daß es für sie ein großer Entschluß war, einen fremden Mann zu heiraten, so ganz einfach, es dauert zehn Minuten, höchstens eine Viertelstunde...

»Wie spät ist es, Schwester Theophania?«

»Drei Viertel zwölf, Frau Poulsen.«

Damals im Auto ...

›Ich heirate –‹ sagte Thesi plötzlich und sinnlos, es war so still – damals im Auto.

›Ja, es ist die beste Lösung, ich möchte dich bei mir in Kopenhagen haben‹, meinte Sven, ›wer war übrigens die aufgeregte Dame in Grün?‹

›Tante Minna, eine Schwester meiner Mutter. Wir haben von ihr die häßliche Kristallvase zur Hochzeit bekommen.‹

›Die Vase wird auf dem Transport nach Dänemark sicherlich kaputt gehen. Ich bin froh, daß wir schon heute abend reisen.‹

›Ja –?‹

›Ich habe viel Arbeit, ich baue in Charlottenlund ein großes Mietshaus.‹

Ich heirate, heirate, heirate – dachte Thesi. Ich weiß von ihm nur, daß er einen goldblonden Hund Peter hat und eine dicke Köchin Marie. Ich komme mir klein und machtlos vor, wenn er mich küßt, und ich könnte alles tun und alles verlassen und alles herschenken, damit er mich immer küßt. Auf dem Handrücken hat er ein kleines Muttermal, ein liebes hellbraunes Pünktchen. Ich werde dieses Pünktchen nie vergessen, dachte Thesi im Auto.

Auf welcher Hand hat er eigentlich das Pünktchen? versucht sich Thesi im Spitalbett zu erinnern. Rechts? Nein, ich glaube links. Das Pünktchen ...

»Wie spät, Schwester?«

»Fünf Minuten vor zwölf, Frau Poulsen.«

Die Zeremonie dauerte fünfzehn Minuten und das Essen bei Großmama nachher über zwei Stunden. Die Cousinen mütterlicherseits flirteten nach dem ersten Glas Wein mit den Cousins väterlicherseits. Sven hörte geduldig Tante Minna zu, die ihm Thesis alte Schulgeschichten erzählte. Thesi sprach nicht viel, die neuen weißen Satinschuhe drückten und die ganze Familie machte sie wieder einmal nervös. Sven sah blendend aus, braungebrannt von Kitzbühel, aufreizend höflich und gleichgültig. Die Cousins, die viel älter als Thesi waren und sich nie um sie gekümmert hatten, zogen sie plötzlich mit den Augen aus. Man sah, daß sie alle unappetitliche Gedanken über Thesis Hochzeitsnacht hatten. Thesi löffelte verlegen Vanille-Creme und dachte auch an diese berühmte erste Nacht, die erstens schon vorüber und zweitens ein

Nachmittag gewesen war. Ein Nachmittag im Hotel Bristol, Sven wohnte dort. Dieser Nachmittag war schrecklich aufregend und eigentlich gar nicht besonders schön. Und das nennen die Erwachsenen das größte Vergnügen, überlegte Thesi und nahm noch ein drittesmal Vanille-Creme.

›Vanille-Creme ist Thesis Lieblingsspeise‹, bemerkte Großmama gerührt.

›Ja, ich erinnere mich‹, plauderte die aufgeregte Tante Minna in Grün, ›unser Kind bekommt zu allen großen Gelegenheiten Vanille-Creme.‹

Tante Minnas süßlicher Ton ärgerte Thesi maßlos. Und das Kind im Brautkleid sagte laut und sachlich: ›Vanille-Creme ist doch das Zweitschönste im Leben, nicht wahr?‹ Es wurde plötzlich totenstill. Eine Cousine begann histerisch zu kichern, Tante Minna saß mit aufgeklapptem Mund da, die Cousins grinsten begeistert, ein Onkel grölte und Großmamas Gesicht war starr wie eine Maske.

›Nun – das Schönste?‹ prustete der fröhliche Onkel. Svens Augen wurden schmal, er sah interessiert Thesi an.

›Das Schönste? Ich glaube – Ski laufen‹, sagte Thesi aufreizend langsam.

Großmamas Gesicht lächelte ihr zu und alle Cousinen ärgerten sich, weil das Kind wirklich wohlerzogen und harmlos war. Eine Stunde später ging der Schnellzug in die Ehe.

In einer Stunde sitzt Sven wieder bei einem seiner Hochzeitsessen. Jetzt fahren sie zum Rathaus, Karen dankt ihm für die Blumen, und Sven spricht von dem Haus, das er gerade bauen will. Karen sieht ihn von der Seite an. Es ist die beste Lösung, sagt Sven, ich möchte dich bei mir haben, dich, Karen! Ja – sagt Karen, die Karen . . . Vielleicht denkt sie auch an mich. Ich spreche seine Sprache, denkt Karen, ich verstehe ihn vollkommen, ich bin nicht wie diese Wienerin, die er nie richtig geliebt hat. Sie war ein Irrtum, sagte Sven selbst einmal zu mir, zu mir – seiner Karen. Und Sven legt seine Hand auf Karens Hand, seine Hand mit dem Pünktchen –

Der Kirchturm in der Nähe schlägt zwölf. Thesi braucht nicht nach der Zeit zu fragen. Zwölf. Nobelhochzeiten sind um zwölf. Das Auto hält vor dem Rathaus, Sven steigt aus und hilft der Braut. Sie hält die Blumen im Arm –

»Schwester, ich möchte so gern –« beginnt Thesi leise und schaut dabei Schwester Theophania nicht an. Thesi ist so schwach wie nie in ihrem Leben zuvor. Ihre Hände liegen auf der Bettdecke, ausgestreckte, leere Hände.

»Sie wollen beten, Frau Poulsen, nicht wahr?« sagt die Schwester und tritt eilig an Thesis Bett.

»Nicht gerade beten«, flüstert Thesi. Ihre Augen sind weit offen, sie starrt ins Leere. »Nein – nicht gerade beten. Ich wollte den lieben Gott nur bitten – um eine Kleinigkeit bitten.«

Schwester Theophania zieht den Stuhl an Thesis Bett und faltet die Hände.

»Sie müssen auch die Hände falten, Frau Poulsen«, ermahnt sie.

Thesi legt die Handflächen wie ein bittendes Kind aneinander. Schwester Theophania weiß viele Gebete und spricht sie gern. Thesi schließt die Augen. Sie versucht, sich den lieben Gott vorzustellen. Schon als Kind hat sie es versucht, und Großmama sagte, das sei eine Sünde. In der Schule lernt man sogar, daß es eine große Sünde sei. Und es ist gewiß sehr dumm, wenn ein Erwachsener versucht, sich den lieben Gott auszudenken. Aber es ist schön, mit gefalteten Händen still dazuliegen, die Augen fest zu schließen und sich das Bild eines guten lieben Großvaters vorzustellen. Eines alten, alten Mannes mit weißem Bart und himmelblauen Augen, der sie ganz genau versteht und tief in ihr Herz sieht. Still liegen und bitten, lieber Gott, bitten –

Die Schwester unterbricht das Gebet, weil Thesi leise geschluchzt hat.

»Sie beten für das Glück Ihres früheren Gatten«, sagt sie eindringlich. »Die katholische Kirche erkennt zwar die Trennung einer Ehe nicht an, aber – es ist sehr groß von Ihnen, in dieser Stunde an das Glück von Herrn Poulsen zu denken.«

Thesi schüttelt ganz leicht den Kopf.

Da blickt Schwester Theophania verklärt auf Thesis armes scharlachrotes Gesicht: »Frau Poulsen, denken Sie an die junge Braut?«

Thesi nickt heftig. »Ja – ich denke an die Braut«, flüstert sie und schluchzt ein bißchen, obwohl sie doch lachen muß. Schwester Theophania beharrt: »Denken Sie an das Glück der jungen Braut –?«

»Nein, aber nein!« sagt Thesi erschrocken. »Ich denke an ein Wunder. Schwester – kann ein Wunder geschehen?«

Schwester Theophanias einfaches Gesicht wird ratlos.

»Was für ein Wunder?« fragt sie vorsichtig.

»Das Auto könnte mit einem anderen Auto auf dem Rathausplatz zusammenstoßen, es soll nichts Ernstes passieren, nur – Karens Kleid könnte ganz kaputt gehen und sie wird ohnmächtig und sie können nicht pünktlich im Rathaus sein und die Hochzeit muß verschoben werden. Oder, es könnte –«

Schwester Theophania steht energisch auf: »Aber, Frau Poulsen! So etwas darf man nicht beten, das ist ein großes Unrecht!«

»Ich wollte doch nur bitten«, entschuldigt sich Thesi. Schwester Theophania ist sehr unzufrieden mit Thesi, sie setzt sich wieder ans Fenster und liest in ihrem schwarzen Büchlein. Und Thesi wird vernünftig und fühlt sich elend traurig dabei. Einmal steht Schwester Theophania auf und schiebt den Vorhang vom Besucherfenster zurück.

»Die Besuchsstunde beginnt. Soll ich das Bett näher zur Glastür schieben?« fragt sie.

Thesi schüttelt den Kopf: »Nein, danke, heut kommt keiner.«

Thesi verkriecht sich kummervoll unter der Decke, ihre Augen richten sich auf das Fenster. Unverwandt. Ihre Augen beschwören dieses Stück Fensterglas, und plötzlich –

Plötzlich geschieht das Wunder. Dieses ganz verrückte unausdenkbare Wunder.

Thesi blinzelt: das Wunder bleibt. Thesi macht die Augen zu und klappt sie wieder auf: das Wunder steht noch immer vor dem Fenster. Steht da und beobachtet geduldig das Stückchen Thesi-Gesicht, das unter der Bettdecke hervorschaut. Thesi kann gar nicht atmen. So ein wunderbares Wunder ...

»Schwester – steht da nicht jemand vor meinem Fenster?« flüstert sie heiser vor Aufregung.

Schwester Theophania sieht auf: »Natürlich, ein Herr steht draußen. Ich werde das Bett doch zur Fensterscheibe schieben.«

Thesi wehrt ab: »Es ist eine Erscheinung, Schwester. Es ist ein Wunder, es ist nämlich – Schwester, der Herr da draußen schaut wie Herr Poulsen aus!«

»Herr Poulsen heiratet doch heute«, widerspricht Schwester Theophania nüchtern, sie weiß bereits genau Bescheid.

»Eben. Teufelsspuk, Schwester!« sagt Thesi und macht ein feierliches Gesicht. Schwester Theophania hört nicht auf sie, sondern rollt das Bett ganz nah an die Erscheinung hinter Glas heran. Sie will Thesi aufrichten. Aber Thesi verkriecht sich noch mehr unter der Decke. Schwester Theophania bleibt dicht neben Thesis Bett, zum erstenmal sieht ihr Gesicht wie das eines Bauernmädchens aus, das schrecklich neugierig ist.

Thesi versucht der Erscheinung auf dem Gang zuzulächeln. Sie hat keinen Erfolg: Svens Gesicht bleibt ernst. Svens Gesicht ist sogar tieftraurig. Thesis fieberheiße Hand kommt unter der Decke hervor und packt die Hand der Nonne.

»Das ist Sven...«, flüstert Thesi atemlos, ihr Mund zittert, sie weint: »Schwester, sehen Sie doch – Sven!«

Es ist, als ob der traurige Sven draußen auf dem Gang erst jetzt Thesi richtig bemerken würde. Er nickt ihr flüchtig zu und sagt sehr schnell: »Du, Thesi – unser Hund ist gestorben!«

Unterdessen hat Thesi etwas Fassung gewonnen. Sie konstatiert, daß Sven einen gewöhnlichen Anzug trägt. Sie kann überhaupt nicht begreifen, wie es kommt, daß Sven vor ihr steht. Natürlich – ein richtiges Wunder. Aber sie möchte sehr gern dem Wunder auf den Grund kommen.

»Sag mal, warum bist du denn nicht im Cut, Sven?« Flüchtiges Erstaunen draußen auf dem Gang: »Im Cut? Ich bin doch kein Narr, warum soll ich im Cut herumlaufen?«

»Ja, aber – Sven, du hast doch heut geheiratet. Du hast –«

Sven ist erstaunt: »Geheiratet?« Dann erschrickt er: »Aber, Thesilein –.« Es klingt zärtlich besorgt. Schwester Theophania teilt Thesis Verwirrung und will dem Herrn draußen klarmachen, daß Thesi nicht im Fieber phantasiert, sondern sehr berechtigte Fragen stellt. Sie beugt sich deshalb vor und sagt mit ihrer sanften Stimme: »Frau Poulsen meint, daß Herr Poulsen heute heiraten sollte.«

Sven sieht Schwester Theophania verblüfft an. Dann lächelt er. Wenn Sven lächelt, ist er wirklich unwiderstehlich. Thesis Qual löst sich in ein strahlendes Antwortlächeln auf, und Schwester Theophania – ja, Schwester Theophania beißt sich auf die Lippen, um nicht mitzulachen. Man bedenke – Schwester Theophania!

»Natürlich, meine Frau hat ganz recht, Schwester«, teilt Sven mit. Und zu Thesi gewandt: »Ich habe die Sache schon vor ein paar Tagen erledigt.«

»Ritterlich erledigt, Sven?«

»Nein, Bumsi, ich hab mich scheußlich benommen. Ich hab mein Jawort zurückgezogen, ich hab sehr gebeten, daß man mich herausläßt, aus – ja, aus dieser Verlobungsgeschichte, weißt du. Aber das erzähle ich dir, wenn du wieder gesund bist. Ich bin nur hergekommen –«

Svens Gesicht wird wieder tiefbekümmert: »Weil unser Hund tot ist.«

»Peterle –«, flüstert Thesi erschrocken. »Wie ist es denn passiert?«

»Eine Nierengeschichte. Der Tierarzt sagt, bei überzüchteten Boxern –«

Was der Tierarzt über überzüchtete Boxer sagt, versteht Thesi nicht genau. Sven spricht leise und bekümmert, durch die Scheibe muß man schreien. Thesi schaut auf ihre Bettdecke und schämt sich entsetzlich, weil sie spürt, daß ihr lieber ist, Peterle ist tot, als Karens Hund. Ein gemeines Gefühl.

»Jetzt gehe ich wieder, ich wollte dir nur das mit Peter sagen. Ich mußte mit einem Menschen darüber sprechen«, sagt Sven unvermittelt und wendet sich zum Gehen. »Du, Sven« ruft Thesi eilig, »woher weißt du, daß ich krank bin?«

»Wie? Ach so, woher ich das alles weiß? Ja – ich telephoniere doch täglich mit dem Primararzt. Ich wäre schon längst zu dir gekommen, aber die Besuchsstunde ist zu einer so blödsinnigen Zeit. Nach Tisch bin ich doch immer auf den Bauplätzen. Und man sagt mir, daß es dir ganz anständig geht, normaler Verlauf. Also, Bumsi – Wiedersehen, ja?«

»Du, Sven, wie hast du denn erfahren, daß ich krank bin und gerade in diesem Spital liege?«

»Aber, Thesi – ich bezahle es doch! Und du – wir wollen einen neuen Hund haben, ja?«

Sven winkt flüchtig zum Abschied. Er winkt mit der Hand mit dem Pünktchen. Es ist doch die rechte Hand, bemerkt Thesi. Und: ich hab das Pünktchen so schrecklich lieb, daß es beinahe weh tut.

»Es ist mir sowieso schon komisch vorgekommen, daß hier niemand Geld von mir verlangt hat«, meditiert später Thesi. »Keiner hat mich gefragt, ob ich das alles hier wirklich bezahlen kann. Schließlich – Einzelzimmer! Wie gut, daß mich niemand fragt, hab ich mir gedacht, ich kann es nämlich gar nicht bezahlen. Hier ist ein sehr nettes Spital, ein wohltätiges Spital, hab ich mir weiter gedacht. Und ich hab mich natürlich gewundert . . . Aber ich verstehe nicht, woher weiß Sven –?«

Schwester Theophania kombiniert: Frau Poulsen wurde mit hohem Fieber hierhergebracht und weigerte sich, die Adresse irgendeines Verwandten anzugeben. Sie wurde in ein Bett gelegt und die Spitaldirektion telephonierte mit dem Volksregister. In diesem sinnreichen Amt liegt das Einwohnerverzeichnis auf. Und in diesem Verzeichnis steht nicht nur, wo man wohnt und mit wem man verheiratet ist, sondern auch, wo man früher gewohnt hat und mit wem man früher verheiratet war.

»Es war sehr freundlich von der Spitaldirektion, sich so zu bemühen –« meint Thesi.

»Ja. Wenn nämlich ein Patient Einzelzimmer beansprucht, müssen vierhundert Kronen im voraus erlegt werden«, antwortet Schwester Theophania still. »Ein dreifaches Wunder«, sagt Thesi zuletzt verklärt.

»Erstens hat Sven nicht geheiratet. Zweitens ist er hergekommen. Und drittens hat er vierhundert Kronen bezahlt.«

Nach diesem aufregenden Tag – Thesi hat Svens zweite Hochzeit hundertmal durchlitten – schläft sie schon um sieben Uhr abends ein. Sie schläft tief und erschöpft wie ein Kind. Aber um elf Uhr fährt sie plötzlich auf:

»Schwester! Schwester Theophania . . .!«

Schwester Theophania beugt sich sofort über sie: »Ja, Frau Poulsen?«

»Nicht wahr, Schwester – er hat doch gesagt, ›wir wollen einen neuen Hund haben‹? Es ist doch sehr wichtig – hat er ›wir‹ gesagt?«

Schwester Theophania bestätigt, daß Herr Poulsen bestimmt ›wir‹ gesagt hat.

»Dann wird vielleicht noch alles gut«, murmelt Thesi zufrieden und dreht sich auf die andere Seite und schläft weiter.

X

Es gibt nichts Langweiligeres, als sich zu schälen. Thesi muß sich wochenlang dieser faden Beschäftigung widmen. Jeden Morgen betrachtet sie nachdenklich die Veränderungen im Spiegel: ihr Gesicht ist nicht mehr rot und glänzend wie eine Tomate, sondern fahl mit gelblichen Flecken. Die Flecken haben weißliche ausgetrocknete Hautränder und wenn man daran zupft – Thesi langweilt sich derart, daß sie natürlich den ganzen Tag daran herumzupft –, dann schält man sich. Es heißt, daß man nicht zupfen darf. Schwester Theophania ermahnt Thesi alle zehn Minuten und der Herr Primararzt jedesmal, wenn er in Erscheinung tritt.

»Schwester – ich bekomme eine nagelneue Haut«, konstatiert Thesi.

Schwester Theophania, die jahraus, jahrein zuschaut, wie rotgetupfte Gesichter einfarbig rot und dann fleckig gelb werden, nickt. Ja, natürlich, Thesi bekommt eine neue Haut.

»Vielleicht wird es eine besonders schöne Haut«, meint Thesi.

Schwester Theophania sagt: »Hoffentlich«, und dann mechanisch, »Sie sollen nicht so viel herumzupfen, Frau Poulsen!«

Am späten Nachmittag kommt der Primararzt wie an allen späten Nachmittagen zu Thesi. Diesmal fehlt sein Adjutant im weißen Mantel. Der Primararzt setzt sich sogar an Thesis Bett und scheint ein paar Minuten Zeit zu haben.

»Ich bekomme eine neue Haut«, teilt ihm Thesi sofort mit, »wird es eine schönere Haut sein als die frühere?« Der Primararzt kann nichts voraussagen. »Ich möchte eine dickere Haut bekommen, Herr Primararzt«, sagt Thesi. »Eine Elefantenhaut. Wenn einer nämlich viel aushält, dann sagt man in Wien – der hat aber eine dicke Haut! Ich möchte so gern, daß mir nichts mehr weh tun soll, ich möchte eine Haut kriegen wie ein alter, alter Elefant. Geht das, Herr Primararzt.«

Die scharfen Augen hinter der Brille heften sich auf Thesis fleckiges Gesicht: »Sie haben in letzter Zeit einiges durchgemacht, Frau Poulsen. Je mehr man durchmacht, desto dicker wird die Haut. Ich glaube, die neue Haut wird weniger empfindlich sein als die frühere.«

»Medizinische Erfahrung, Herr Primararzt?«

»Nein, Experiment am eigenen Leib, Frau Poulsen. Und – Sie haben doch bereits einiges hinter sich, was?«

Thesi lehnt sich in die Kissen zurück. Der Primararzt ist ein riesig sympathischer Mensch. Wenn ich mich nicht gerade schälen würde, könnte ich ein bißchen mit ihm flirten, überlegt Thesi.

»Ja – ich habe einiges hinter mir, Herr Primararzt. Zum Beispiel – Scharlach«, lächelt sie harmlos.

»Sie sind noch nicht ganz fertig damit, Sie müssen sich noch sehr ruhig verhalten.«

»Ich werde überhaupt schwer fertig mit gewissen Dingen. Aber ich kann mich nie ruhig verhalten«, antwortet Thesi und reibt nachdenklich an ihrer Wange herum. »Nicht zupfen!« rufen Primararzt und Schwester Theophania gleichzeitig.

»Ich glaube – das gehört Ihnen«, sagt der Primararzt unvermittelt. Knöpft den weißen Mantel auf, greift in die Rocktasche und zieht eine zerknitterte Photographie aus der Brieftasche. »Da – haben Sie das nicht in meinem Zimmer verloren?«

Thesi dreht verlegen das kleine verwischte Photo in den Händen und versucht, sich zu erinnern, wie das Bild in die Brieftasche vom Herrn Primararzt gekommen sein mag.

Der Arzt bemerkt ihren hilflosen Blick: »Ich glaube, beim Radio in meinem Zimmer haben Sie das Bild vergessen, nicht wahr?«

Über Thesis Züge fliegt Erschrecken. In den langen, langen Stunden des Gesundwerdens schiebt sie die Erinnerung an den Kriegsausbruch immer zurück. Sie will doch gesund werden. Und diese Erinnerung lähmt. Manchmal – nachts, denkt sie an Garys Abschied und Garys Reise. Dann beißt sie in ihre Hand, um nicht zu schreien. Und Schwester Theophania murmelt verschlafen: ›Nicht weinen, nicht zupfen . . .‹ Thesi schrickt auf: sie hat ganz vergessen, daß der Herr Primararzt an ihrem Bett sitzt und ein freundliches Gespräch mit ihr führen will. Sie nimmt sich zusammen.

»Ja, das Bild! Danke vielmals. Woran haben Sie denn erkannt, daß das Photo mir gehört?«

»Es stellt doch einen Soldaten in österreichischer Uniform dar. Die Züge sind schon sehr verblaßt, aber die Weltkriegsuniform erkennt man sehr deutlich. Der unbekannte Soldat – sagte ich zu mir.«

»Für mich bedeutet das Bild – der bekannte Soldat. Das Bild soll meinen Vater darstellen. Aber jetzt –« Sie hebt das Bild dicht vor die Augen, ihr Gesicht wird unendlich zärtlich: »Man kann doch gar nicht mehr genau erkennen, welche Uniform es ist. Mein bekannter Soldat – es könnte auch Gary sein. Gary, Herr Primararzt!«

»Ein Engländer?« fragt der Primararzt höflich.

»Mein lieber Freund. Wir sind im Sommer eine ganze Nacht auf einer Wiese gesessen und haben die Sterne angeschaut. Und ich weiß genau – wir haben beide gedacht, daß noch alles gut werden könnte.«

»Es wird auch alles gut werden«, sagt der Primararzt gewohnheitsmäßig, man muß Patienten immer beruhigen.

Thesi nickt: »Jetzt habe ich alle Kinderkrankheiten hinter mir. Masern und Schafblattern hab ich als Schulmädel gehabt. Und

Scharlach, die letzte Kinderkrankheit, ist auch bald vorbei. Jetzt sollte ich endlich erwachsen werden. Glauben Sie, Herr Primararzt, kann man in meinem Alter noch ein erwachsener Mensch werden?«

Der Primararzt versucht, ein ernstes Gesicht zu machen. Diese Frau Poulsen hat so ernsthafte Augen. »Tja – es kommt darauf an, ob Sie Ihre Pflichten erkennen«, sagt er, um sich würdevoll aus der Affäre zu ziehen.

Thesi seufzt: »Pflichten? Ich bin zu allem fähig und zu nichts wirklich brauchbar!«

»Nicht zupfen«, ermahnt der Primararzt und beendet die Nachmittagsvisite bei Maria Theresia Poulsen.

»Frau Poulsen – heute dürfen Sie auf eine halbe Stunde aufstehen!« verkündet Schwester Theophania eines Tages.

»Aufstehen?« fragt Thesi verständnislos und erschrickt ein wenig.

»Freuen Sie sich denn nicht darüber?« lächelt Schwester Theophania und meint, daß es am nettesten wäre, nach Tisch aufzustehen. Zur Besuchsstunde. Vielleicht kommt heute wieder das nette Fräulein Ulla oder Fräulein Betsy mit dem buntbemalten Gesicht. Vielleicht kommt auch der freundliche Onkel mit dem weißen Schnurrbart. »Ich hab Ihnen doch schon gesagt, daß es gar kein Onkel ist, sondern nur ein Herr Direktor Nielsen«, sagt Thesi müd und überlegt, ob sie sich eigentlich freut, daß sie aufstehen darf. Es ist so angenehm, in einem weißen Bett zu liegen und gepflegt zu werden und gar nichts zu überlegen. Gegen drei Uhr nachmittags tauchen manchmal bekannte Gesichter hinter der Scheibe auf, man lacht ihnen zu – und muß keine richtigen Gespräche mit ihnen führen, sie sind doch nur hinter Glas. Und später, wenn sie wieder verschwunden sind, hat man viel Zeit, über diese Gesichter nachzudenken. Man hat überhaupt viel Zeit, herrlich viel Zeit ...

»Es wird eine große Überraschung sein, wenn Sie zur Besuchsstunde aufstehen und selbst ans Fenster treten«, schlägt Schwester Theophania vor.

»Vielleicht kommt heute Sven«, sagt Thesi. Das sagt sie jeden Morgen. Vielleicht ... Sven kommt selten, Sven hat jetzt besonders viel zu tun. Warum hat eigentlich Sven gerade jetzt so viele Aufträge? Der Krieg hat doch erst begonnen, gibt es bereits Kriegsgewinnler?

»Ich hab keinen Schlafrock, Schwester«, wirft Thesi ein und denkt, daß man ohne Schlafrock nicht aufstehen kann. Es ist so warm und gut im weißen Bett. »Oh, Sie bekommen einen Spitalsmantel!« antwortet Schwester Theophania vergnügt.

»Und Hausschuhe?«

»Auch vom Spital.«

Darauf läßt sich nichts erwidern. Thesi soll eine halbe Stunde aufstehen. Sie bekommt einen Spitalsmantel. Hübsch wird das sein, so ein Spitalsmantel! Zehn Minuten vor drei zieht Schwester Theophania die Bettdecke fort. Thesi setzt sich auf und schiebt langsam die Beine aus dem Bett. Dann läßt sie vorsichtig die Beine auf den Boden baumeln und reibt nachdenklich mit der großen Zehe auf dem Fußboden herum. Aber da steckt Schwester Theophania Thesis Füße in große Filzpantoffeln. Die Filzpantoffeln sind braungrau kariert und sehr abscheulich. »Lassen Sie mich lieber im Bett«, schlägt Thesi vor. »Kommen Sie nur, Sie sind gesund!« muntert Schwester Theophania auf, zieht Thesi in die Höhe und stellt sie auf. Thesi steht. Knieweich zwar und fröstelnd und sehr ungern, aber – sie steht.

»Mir ist schwindlig, Schwester!«

»Das kommt Ihnen nur so vor, Frau Poulsen. Schnell den Spitalsmantel anziehen!«

»Mir ist sehr schlecht, Schwester!«

»Das kommt Ihnen nur so vor, Frau Poulsen!«

Der Spitalsmantel ist aus Barchent und grau in grau gestreift. Er ist viel zu groß für Thesi, sie steckt darin wie in einem weiten Sack. Und die Ärmel sind zu lang – und überhaupt!

»Kranke Menschen läßt man im Bett«, knurrt Thesi und schlurft knieweich zum Fenster. Man sieht in einen gepflasterten Hof mit drei mageren Bäumen. Die armseligen Bäume haben rotgelbe Blätter. Unter dem Baum rechts ist eine Bank, auf dieser Bank sitzt eine Frau. Die Frau hält das Taschentuch vor ihren Mund. Man kann ihr Gesicht nicht genau erkennen. Thesi, die fünf Wochen lang nur den Himmel anschauen konnte, interessiert sich sehr für die Vorgänge im Hof.

»Schwester, da unten sitzt eine Frau. Ich glaube, sie weint«, berichtet Thesi.

»So –«, sagt Schwester Theophania gleichgültig und hantiert mit Thesis Bettzeug herum.

»Vielleicht ist jemand gestorben«, meint Thesi und beobachtet die Frau unter dem trübseligen Bäumchen.

»Jetzt sind Sie wieder gesund!« sagt Schwester Theophania freundlich. Sie hat Thesi nicht zugehört, sondern das Bett in Ordnung gebracht.

»Ja – jetzt bin ich also wieder gesund«, nickt Thesi und wendet den Blick von der fremden weinenden Frau. Vielleicht hat die Arme auch nur Zahnweh, denkt sie, alles ist möglich, ich bin also wieder gesund, ich muß vielleicht bald fort von hier und irgend etwas Vernünftiges anfangen. Warum eigentlich etwas Vernünftiges? Es ist ein Vorurteil, daß erwachsene alleinstehende Menschen vernünftig sein sollen. Ich müßte mir etwas Nettes, Blödsinniges ausdenken, ich möchte mir gern eine Freude machen. Ich weiß nur nicht, was Freude machen könnte, ich –

»Besuchsstunde«, sagt Schwester Theophania. Thesi schlurft zum Besucherfenster und zieht selbst den Vorhang zurück.

Schwester Theophania stellt einen Stuhl vor die Scheibe: »Setzen Sie sich, Frau Poulsen, Sie sind noch schwach.«

Thesi sitzt vor dem leeren Fenster. Die Ärmel fallen über ihre Hände, unter dem komischen, grau in grau gestreiften Sack schauen riesige Filzpantoffeln hervor. Thesis Haare hängen glatt und strähnig bis zu den Schultern, und ihr mageres Gesicht ist nicht mehr gelb gefleckt, sondern einfarbig blaß. Sie schaut zu Boden, weil sie sich gerade ängstlich bemüht, die Filzpantoffeln unter dem Stuhl zu verstecken. Dann blickt sie auf – und gerade in Svens lachendes Gesicht.

Thesi kann sich nicht erinnern, Sven jemals so herzlich lachen gesehen zu haben. Es ist beleidigend. Kränkend. Es ist gemein und tut weh.

»Warum lachst du so?« fährt sie ihn an.

Sven beißt sich auf die Lippen und schluckt, um reden zu können. »Weil du so wahnsinnig komisch ausschaust, Bumsi«, bringt er hervor und lacht weiter.

»Du bist ein Scheusal, geh weg!« ruft Thesi.

Sie ist machtlos. Sven bleibt und lacht.

»Sven – ich bin wieder gesund, ich brauche einen Schlafrock!« sagt sie kläglich.

»Ja, wozu denn?« fragt Sven und amüsiert sich königlich.

Thesi denkt, daß sie um alles in der Welt eine schöne Frau sein will, wenn Sven sie durch ein Fenster anschaut. Aber das kann sie ihm doch nicht sagen. Lieber in diesem Sack zugrunde gehen als ihm das einfach zu sagen. Deshalb erklärt sie eifrig: »Schau, wenn Betsy mich besuchen kommt, oder Ulla, oder Papa Nielsen...«

»Was – der alte Nielsen hat dich besucht?«

Thesi nickt: »Natürlich. Betsy hat Ulla angerufen und ihr gesagt, daß ich Scharlach habe und möglicherweise sterben muß, und daß man durch ein Fenster zuschauen kann. Ulla kommt manchmal her, sie hat es wahrscheinlich dem alten Nielsen erzählt. Der alte Nielsen kommt ziemlich oft, er hat sogar einmal rote Rosen mitgebracht, der alte Gauner!«

Sven schüttelt den Kopf: »Ich verstehe das nicht. Die Nielsen sind doch bös mit uns.«

»Warum denn, Sven?«

»Aber, Thesi! Ich hab doch die Verlobung mit Karen gelöst. Und – seitdem sind die Nielsen bös!«

Jetzt lacht Thesi dem langen Sven ins Gesicht. Natürlich, wenn sich Herr Poulsen früher mit Leuten zerkrachte, dann war es selbstverständlich, daß diese Leute auch bös mit Frau Poulsen waren. Früher!

»Das ist doch widersinnig, Sven«, erklärt ihm Thesi ernsthaft, »warum soll irgendein Mensch bös mit mir sein, weil du Fräulein Nielsen nicht geheiratet hast? Ich kann doch nichts dafür. Und – jetzt hab ich meine eigenen Bekannten, sie haben nichts mit dir zu tun, wir sind doch nicht verheiratete Leute!«

»Also, das wird sich ändern«, wirft Sven zerstreut hin.

Zuerst hat Thesi einen Stich im Herzen, dann ist sie überzeugt, daß sie falsch gehört hat. Sie kann auch nicht weiter überlegen, weil Betsys Gestalt neben Sven erscheint.

»Hallo – Betsy!« »Hallo – Thesi!«

Draußen vor der Scheibe großes Händeschütteln. Betsy redet eifrig auf Sven ein, und Sven scheint sehr liebenswürdig zu sein, Betsy strahlt, und das Ganze ist für Thesi wie ein Stummfilm. Die beiden draußen schreien natürlich nicht miteinander, sie hört deshalb kaum, daß gesprochen wird. Thesi sieht nur Gesten und Lippenbewegungen und sitzt, in ihren Sack gehüllt, davor und schaut zu. Jetzt erinnert sich Betsy, daß sie eigentlich hergekommen ist, um Thesi zu besuchen:

»Herrlich, wundervoll! Sie sind aufgestanden! Sind Sie schon ganz gesund? Wann kommen Sie fort von hier?«

»Übermorgen«, sagt Sven.

»Wieso?« schreit Thesi aufgeregt.

»Ich hab heute früh mit dem Primararzt telefoniert, er sagt, du kannst übermorgen nach Hause«, berichtet Sven. Komisch, er telefoniert fortwährend mit dem Primararzt. Es ist sehr nett und aufmerksam von ihm, denkt Thesi.

»Ich habe Post, die Sie interessieren wird«, redet Betsys Stimme in ihre Gedanken, »von Gary und John!«

Thesi sieht Sven an. Sein Gesicht ist gleichgültig. Nicht einmal besonders gelangweilt, obwohl doch von anderen Männern die Rede ist.

Betsy preßt eine Ansichtskarte triumphierend an die Scheibe: »Die ist von John. Aus dem französischen Kriegspressequartier. Er schreibt nur vom Wetter und – ja, er läßt Sie grüßen, schreibt er zuletzt.«

Betsy macht eine Pause und wartet auf Thesis Antwort. Thesi, es ist sehr unhöflich, nicht zu antworten! Aber Thesi lebt seit Wochen in einer seltsamen weißen Welt, in der man keine Umgangsformen braucht und sich nie zusammennehmen muß. Thesi vergißt zu antworten. Sie hat einen Fuß vorgestreckt und studiert aufmerksam den grauenhaften Filzpantoffel. Plötzlich fährt sie auf – die Pause hängt bleischwer in der Luft – und lächelt verlegen: »Ja, natürlich, John läßt grüßen. Und was schreibt Gary?«

Betsy zieht eine Korrespondenzkarte hervor und erzählt, daß es schwer ist, von Gary Post zu bekommen. Er ist schon an der Front. Wieder als Freiwilliger, sein Jahrgang ist noch nicht an der Reihe. Er schickt seine Post an das amerikanische Konsulat in Paris, und die Herren haben ... Thesi schielt unterdessen nach Sven hinüber. Sie möchte gern wissen, wie die Erwähnung Johns auf ihn gewirkt hat. Sie schielt – und muß gleich wegschauen, weil sie Svens ironischem Blick begegnet. Sven hat nur darauf gewartet, daß sie zu ihm hinschielt. »Ich muß jetzt gehen«, sagt Betsy, die wahrscheinlich die ganze Zeit gesprochen hat.

»Soll ich Sie übermorgen vom Krankenhaus abholen?«

»Nein, danke –«, sagt Thesi schnell, »es ist dumm von mir, aber – ich möchte gern allein von hier fortgehen. Ich bin doch auch allein hergekommen. Ich weiß, es ist eine dumme Idee von mir«, fügt sie schüchtern hinzu.

Sie ist sehr verlegen, weil sie selbst nicht versteht. Aber sie hat das entscheidende Gefühl, daß irgend etwas Neues in ihrem Leben beginnen wird. Sie hat sich geschält, sie hat die große Kinderkrankheit überstanden. Sie möchte sehr gern allein durch das Tor treten.

»Ich werde deine Aufräumefrau verständigen, sie soll dir etwas Warmes zum Anziehen bringen und dich übermorgen in deiner Wohnung erwarten. Wann wirst du denn ungefähr hinkommen?« fragt Sven.

Thesis Gesicht wird ratlos: »Wann darf ich denn fort von hier?«

»Übermorgen, ab acht Uhr früh«, sagt Sven, als ob es die einfachste Sache der Welt wäre, dieses stille weiße Zimmer und die geduldige Schwester Theophania zu verlassen.

»Nun – wann kommst du also?«

Man ist gesund und muß wieder Entscheidungen treffen.

»Ich werde lange schlafen und dann lange frühstücken und dann großen Abschied von Schwester Theophania nehmen und gegen elf fortgehen«, entscheidet Thesi.

»Ich freue mich riesig auf Sie! Sie müssen mir viel erzählen. Warum ist Ihre Sache mit John eigentlich auseinandergegangen? Sie müssen mir alles sagen, es geht mich sehr viel an, Sie haben ihn mir ja eigentlich weggenommen und – ich bin so glücklich, daß Sie gesund geworden sind und –« Betsy redet viel und schnell und amerikanisch und freut sich aufrichtig. Sven steht daneben und sagt überhaupt nichts. Doch – zuletzt sagt er: »Also, leb wohl, Thesi!« Das ist wenig. Höflichkeit ist noch weniger als Grobheit. Ich bin ihm schon wieder ganz egal, denkt Thesi müde.

»Danke für den lieben Besuch – auf Wiedersehen!« sagt sie artig und hat nur einen Wunsch: zurück ins Bett!

Schwester Theophania schält sie sanft aus dem häßlichen Spitalsmantel und zieht ihr die großen Filzpantoffeln aus. Das Bett ist so weich und so vertraut. »Ich bin also gesund ...«, flüstert Thesi und wundert sich sehr darüber.

Thesi erwacht zum letztenmal im weißen Spitalsbett. Schwester Theophania stellt ihr zum letztenmal das Tablett mit dem Frühstückskaffee auf die Bettdecke und sagt zum letztenmal: »Vorher müssen wir brav die Zähne putzen.«

Später kommt der Herr Primararzt herein, es ist keine Visite mehr, sondern ein Abschiedsbesuch.

»Ich freue mich, daß wir Sie so schön durchgebracht haben, Frau Poulsen«, nickt er und schaut Thesi befriedigt an.

»Ich bin Ihnen sehr dankbar«, sagt Thesi und spürt, wie

plötzlich die gesunde Welt ins weiße Zimmer drängt. Man war todkrank und wurde gesund gepflegt und wechselt jetzt wohlerzogene Worte. »Wirklich – ich werde es Ihnen nie vergessen«, fügt sie artig hinzu.

»Ja, ja – und weiter alles Gute!« sagt der Primararzt zerstreut. Er denkt wahrscheinlich schon an einen neuen Scharlachfall. Gesunde Leute sind uninteressant.

Noch später kommen zwei junge Ärzte herein und sagen, daß sie sich freuen, weil Frau Poulsen gesund entlassen wird. Thesi erinnert sich, daß sie in der Fieberzeit diese beiden immer für ein und denselben gehalten hat, sie trippelten brav hinter dem Primararzt daher und hatten fröhliche glatte Gesichter. Es waren also zwei, nicht einer.

»Danke, danke für alles«, murmelt sie mechanisch.

Der eine der beiden erkundigt sich noch leise, ob Thesi manchmal tanzen geht und wohin sie tanzen geht. Ich bin wieder gesund, denkt Thesi, aber ich will nicht mehr mit fremden Männern tanzen und dabei nachdenken, über wie viele Hände eigentlich so ein einziger Mann verfügt. Plötzlich hat er überall zugleich Hände ...

»Ich bin schrecklich alt geworden, nicht mehr das Richtige für Sie«, lächelt Thesi dem jungen Arzt zu und ärgert sich, daß so einer in ihrem weißen Zimmer aus und ein gehen darf.

Und ganz zuletzt steht sie in ihrem alten grauen Wintermantel da, und Schwester Theophania sagt ihr, daß sie sich noch recht schonen müsse und achtgeben vor Verkühlung, und den Wollschal fest um den Hals binden.

»Das schöne Kleid, in dem Sie hergekommen sind, ist noch in der Desinfektionsabteilung. Es wird an Ihre Adresse geschickt!« meldet sie.

Das Kleid ... Welches Kleid? Richtig – weiß mit großen schwarzen Blumen und noch nicht bezahlt. In diesem Kleid wurde John Lebewohl gesagt. O ja, Thesi erinnert sich schon ... Und John läßt grüßen. So endet im günstigen Fall eine Sache, die man drei Wochen lang für die große Liebe halten wollte. Im günstigsten Fall. Manchmal endet so etwas auch mit Bösesein. Thesi kann es nicht leiden, man soll sich doch gern aneinander erinnern, man läßt von Zeit zu Zeit grüßen ... »Ich will das Kleid nicht mehr, man soll es nicht schicken«, sagt Thesi.

»Aber was sollen wir denn damit machen?« fragt Schwester

Theophania erschrocken und denkt an das verrückte Abendkleid, in dem Thesi eingeliefert wurde.

»Einem jungen Mädchen schenken, das wenig Geld und große Ambitionen hat«, entscheidet Thesi gleichgültig, »übrigens – ich schicke in den nächsten Tagen auch ein Nachthemd her. Hellgelb mit blauen Blümchen, sehr hübsche Seide. Ich mag es nicht mehr tragen. Es soll eine Stiftung sein, Schwester – von einer dankbaren Patientin.«

Schwester Theophania kann Thesis neue Art gar nicht begreifen. Frau Poulsen spricht so schnell, ihr Lächeln ist bitter und flüchtig.

»Sie sind sehr gut, Frau Poulsen«, sagt Schwester Theophania sanft.

Bei diesen leisen Worten zuckt Thesi zusammen und schaut erschrocken in Schwester Theophanias einfaches Gesicht. Schwester Theophania lächelt, sehr aufrichtig und vertrauensvoll.

Da macht Thesi zwei hastige Schritte auf die Nonne zu und wirft beide Arme um ihren Hals und drückt sich an sie.

»Schwester – spüren Sie denn nicht, wie schwer es ist, von hier fortzugehen –, hier ist alles so sauber und aufrichtig – und Sie denken zu gut von mir – und ich war gern hier, wirklich, ich hab sehr gern Scharlach gehabt –«

Mit einer schnellen Bewegung reißt sich Thesi wieder los. Auf dem Bett liegt ihr Handtäschchen. Wie eine Ertrinkende stürzt sich Thesi auf die Tasche – da, die Tabatiere, Feuerzeug. »Ich darf doch wieder rauchen, Schwester?«

»Natürlich, Sie dürfen wieder alles, was Ihnen Freude macht«, sagt Schwester Theophania und beobachtet, wie Thesi den ersten tiefen Zug raucht. »Sechs Wochen keine Zigarette –«, meint Thesi.

»Sie sollen sich wieder den Mantel ausziehen, wenn Sie noch nicht fortgehen«, ermahnt Schwester Theophania, »es ist zu warm im Zimmer.«

»Ich gehe ja gleich –« antwortet Thesi und lockert zerstreut den Wollschal. Mit großen Blicken schaut sie sich im Zimmer um. Die langweilige weiße Zimmerdecke, der Vorhang vor der Besucherscheibe, das Fenster mit dem Stückchen Himmel, auf dem Fensterbrett Schwester Theophanias schwarzes Büchlein, in dem die vielen Gebete stehen. »Ich gehe ja gleich –«, murmelt sie noch einmal.

»Ich glaube, es wird noch alles gut werden – zwischen Ihnen und Herrn Poulsen«, sagt Schwester Theophania plötzlich.

Thesi gibt keine Antwort, sie ist auf einem zerstreuten Rundgang durchs Zimmer. Jetzt steht sie am Fenster und blättert in Schwester Theophanias Büchlein.

»Es war so gut von Ihnen, daß Sie mit mir gebetet haben – damals«, sagt Thesi. Und zwischen zwei Zigarettenzügen: »Aber in Ihrem Büchlein gibt es leider nur Gebete um die himmlische Seligkeit! Wo darf ich denn die Zigarettenasche abstreifen, Schwester?«

»Im Waschbecken, ich mache nachher Ordnung. Wir haben hier leider keine Aschenschalen. Frau Poulsen, damals hab ich nur für Sie gebetet – und nicht um die himmlische Seligkeit...«

»Und – warum haben Sie für mich gebetet, Schwester?« fragt Thesi und sieht Schwester Theophania dabei nicht an.

»Für Ihre irdische Seligkeit«, lächelt Schwester Theophania.

Und nach einer Weile: »Aber jetzt müssen Sie gehen, Frau Poulsen, ich muß das Zimmer in Ordnung bringen. Nachmittags kommt ein neuer Fall herein.« »Scharlach?« erkundigt sich Thesi sachlich.

»Nein – Diphterie.«

Beim Abschied auf dem Gang sagt Thesi: »Ich möchte Ihnen gern sagen, Schwester, daß ich Ihnen dankbar bin. Für – alles. Aber ich finde keine richtigen Worte, ich bin ein sehr schäbiges Weltkind, Schwester!«

»Oh – ich glaube, es ist sehr schwierig, ein Weltkind zu sein«, antwortet Schwester Theophania still und tritt ins Zimmer zurück.

Herbst ist gekommen.
Krieg ist gekommen.

Thesi kauert in der Ecke eines Taxis und preßt das Gesicht an das Fenster, um die Straßen wiederzusehen. Das Taxi rattert durch den grauen Vormittag, die Frauen haben dunkle Wintermäntel an und Pelzcapes, die Sträucher am Parkgitter sind nackt, man friert, wenn man in den Nebel hinaussieht. Es ist Herbst geworden. Im Herbst hat man mehr Heimweh als im Sommer.

Komisch – fast keine Privatautos auf der Straße. Wie kommt das? Dafür viel mehr Radfahrer als früher. Thesi klopft an die Scheibe: »Chauffeur – wo sind die Autos?«

»Eingestellt, Fräulein, Benzinmangel. Lesen Sie keine Zeitungen?«

Thesi nickt: »Also deshalb die vielen Radfahrer!«

»Tja – die Herren Bankdirektoren radeln ins Büro«, grinst der Chauffeur.

Das Taxi hält an einer Kreuzung dicht neben einer Straßenbahn. Thesi schaut verblüfft die Straßenbahn an: den Fenstern sind Vorhänge gewachsen, fröhlich hellrote Vorhänge, und im Innern gibt es blaue Lampen. Es sieht sehr merkwürdig aus. Thesi denkt angestrengt darüber nach und klopft dann wieder an die Scheibe: »Warum haben die Straßenbahnen rote Vorhänge und blaue Lampen?«

Der Chauffeur schaut Thesi an, als ob sie vom Mond käme.

Thesi schämt sich: »Ich war lange krank –«, entschuldigt sie sich.

»Wir haben doch Krieg, Fräulein, wir verdunkeln abends«, sagt der Chauffeur vorwurfsvoll, Krankheit ist kein Entschuldigungsgrund für solche Unwissenheit.

Sind sechs Wochen wirklich so lang? Die Straßenbahnen haben rote Vorhänge, die Bankdirektoren radeln ins Büro, das ist alles nicht schlimm. Schlimm ist – ja, Thesi ist ein Kriegskind und Thesi weiß Bescheid. Sie schaut nicht mehr auf die Straße. Herbst ist gekommen, Krieg ist gekommen – ich weiß, ich weiß ...

Das Taxi hält vor ihrem Haus. Thesi zahlt und geht langsam die Stiegen hinauf. Es ist auf einmal ein ziemlich fremdes Haus. Im ersten Stock bleibt Thesi stehen und fühlt sich todmüde. Dann legt sie die Hand aufs Stiegengeländer und steigt langsam weiter. Ich werde mich gleich niederlegen, tröstet sie sich, ich freue mich auf meine Couch, liebe grüne Couch.

Die Wohnungstür mit dem Schild ›Maria Theresia Poulsen‹. Thesi erinnert sich an den Pappendeckelbrief, den sie vor langer Zeit für die Aufräumefrau geschrieben hat. Sie kramt im Täschchen, findet wirklich den Wohnungsschlüssel und sperrt auf.

»Frau Poulsen! Willkommen – ich warte schon die ganze Zeit! Und alle Möbel sind schon fort, Frau Poulsen, alle!« prasselt ein Redeschwall los.

Im kleinen Vorzimmer steht Frau Jensen, die Aufräumefrau.

»Es ist nett, daß Sie da sind, Frau Jensen. Sehen Sie, ich bin nicht gestorben«, lächelt Thesi ihr zu. »Ich bin sehr müde, ich muß mich gleich hinlegen.«

»Aber es ist doch schon alles fort! Die Sachen sind gestern abgegangen, ich hab nur noch das Porzellan –«

Thesi hört nicht zu, sie geht an Frau Jensen vorbei ins Wohnzimmer. Steht dann wie vom Schlag gerührt in der Tür: leer. Das Zimmer ist vollkommen ausgeräumt. Möbel fort, Lampe fort, Radio fort, Teppich fort. Alles fort. Auf dem Fensterbrett einsam und verlassen das Telefon. »Frau Jensen ...!« schreit Thesi auf, »um Gottes willen – Frau Jensen!« Da ist auch schon Frau Jensen: »Ich hab mich wirklich geplagt, Frau Poulsen, gestern abend sind alle Möbel abgegangen. Und die Koffer mit den Kleidern auch. Ich muß nur noch –«

Thesi stürzt in ihr Schlafzimmer: alles, alles weg. Sie lehnt sich an die Wand und überlegt, ob sie verrückt geworden ist. Sinnestäuschung. Sie reißt die Augen wieder auf, und das Zimmer ist noch immer kahl. Ganz kahl.

»Frau Jensen ...«, flüstert Thesi mit ersterbender Stimme, »ich bitte Sie, was ist denn –«

»Einen Moment! In der Küche ist noch ein Schemel, Frau Poulsen sind noch sehr blaß und müssen sich setzen!« ruft Frau Jensen, läuft davon und kommt mit dem Küchenschemel zurück. »Den hat mir Herr Poulsen geschenkt«, teilt sie mit. Thesi sinkt auf den Küchenschemel.

»Ich hab nur zwei Tage gebraucht, um die Wohnung auszuräumen«, verkündet Frau Jensen stolz. »Gleich nachdem Herr Poulsen telefoniert hat, habe ich –« Da schreit Thesi auf: »Ja – wo sind denn die Sachen?«

»Schon alles in Klampenborg, Frau Poulsen, schon alles in der Villa!«

»Haben wir vielleicht noch einen Aschenbecher im Haus?« fragt Thesi matt und zündet eine Zigarette an. Frau Jensen zaubert eine alte kaputte Teeschale ohne Henkel hervor und stellt sie vor Thesi auf den Fußboden.

»Bitte – sagen Sie mir jetzt ganz langsam und deutlich, was passiert ist«, bittet Thesi erschöpft.

Frau Jensen legt sofort los: »Also – vorgestern hat doch Herr Poulsen angerufen und hat gesagt, ich soll alles von der gnädigen Frau zusammenpacken und – ja, die Sachen werden am nächsten

Tag abgeholt, hat er gesagt. Und ich bekomme hundert Kronen für die Extraarbeit. Und seine Köchin, die Frau Marie, kommt her und wird mir helfen. Gestern haben wir den ganzen Tag gearbeitet, die Frau Marie und ich. Jetzt packe ich nur noch das Porzellan in die Kisten und –« Frau Jensen schlägt sich an die Stirn: »Verzeihung, das Wichtigste habe ich ganz vergessen! Herr Poulsen hat heute früh angerufen und gesagt, daß Frau Poulsen sich gleich wieder ein Taxi nehmen und in die Villa Klampenborg fahren soll. Die gnädige Frau soll sich draußen sofort niederlegen und sehr schonen, hat Herr Poulsen gesagt, und ich soll das Porzellan ...« Frau Jensen hört nicht auf. Sie soll noch das Porzellan einpacken. Es ist schon alles egal, die Wohnung ist leer, leer. Thesi preßt die Hände an die Schläfen und stöhnt auf. Es ist irrsinnig, wie ein böser Traum, man kommt nach Haus und will sich niederlegen, und die Couch ist weg, und die Sessel sind weg und alles, überhaupt alles ist weg.

»Frau Jensen –«, beginnt Thesi leise, »Sie sagen, Herr Poulsen hat vorgestern angerufen und den Auftrag gegeben, daß meine Sachen in seine Villa gebracht werden sollen, nicht wahr – so ist es?«

Frau Jensen öffnet schon den Mund und will lang und breit bestätigen. Thesi macht eine Handbewegung: »Sst, jetzt frage ich, und Sie antworten nur. Was ist Ihnen eigentlich eingefallen, daß Sie meine Möbel und Sachen wegtragen lassen? Hat man Ihnen gesagt, daß der Anruf in meinem Auftrag geschieht?«

»Nein, aber Herr Poulsen war doch selbst am Apparat. Und Herr Poulsen selbst hat gesagt –«

»Frau Jensen, das sind doch meine Sachen, es ist doch meine Wohnung, und Sie sind meine Aufräumefrau. Haben Sie nicht gewußt, daß ich von Herrn Poulsen geschieden bin?«

»Nein, das hat mir die gnädige Frau niemals ausdrücklich gesagt.«

Thesi seufzt: »Frau Jensen, ich wohne doch nicht mit Herrn Poulsen zusammen. Haben Sie sich nichts dabei gedacht?«

Frau Jensen grinst: »O ja – ich hab mir schon etwas dabei gedacht. Aber ich hab doch offiziell nichts gewußt!«

Wenn ich nicht so müde wäre, würde ich diese Frau Jensen ohrfeigen, denkt Thesi und schaut die Aufräumefrau an. Sie ist trotz allem ein gutes Tier, denkt Thesi weiter, sie glaubt, wenn Herr Poulsen etwas sagt, dann ist es auch Frau Poulsens Meinung.

Ich muß Sven anrufen. Oder nein – ich muß den Rechtsanwalt anrufen und ihm sagen –

»Jetzt gehe ich wieder in die Küche, die Porzellankisten werden nachmittags abgeholt!« meldet Frau Jensen und stürzt hinaus.

Thesi hockt auf dem Schemel und überlegt. Der Rechtsanwalt kann die Polizei nach Klampenborg schicken, und alles wird zurückgebracht und, es kommt vor Gericht und ich muß Sven wieder die ›Gegenpartei‹ nennen. Wenn man sich scheiden läßt, dann heißt der eigene Mann auf einmal die ›Gegenpartei‹, es ist blödsinnig, so eine Scheidung ist zum Kotzen. Ich will nicht wieder mit dem Anwalt telefonieren, ich – nein, ich verstehe nur nicht, was sich Sven bei der ganzen Sache gedacht hat. Mein Anwalt würde es wissen, er hat bei der ganzen Scheidung immer viel mehr gewußt als Sven und ich. Es ist ein Trick der Gegenpartei, würde er sagen – es ist ein schmutziger Trick, Sven, ich will meine Couch zurückhaben –

Thesi faßt einen Entschluß und geht zum Telefon. Nennt die Nummer von Svens Atelier.

»Hallo – hier Frau Poulsen, ich muß sofort meinen – ich muß sofort Herrn Sven Poulsen sprechen!«

»Herr Architekt Poulsen ist bei einer Konferenz, ich darf nicht stören«, meldet die Sekretärin.

»Zum Teufel noch einmal – rufen Sie mir sofort Herrn Poulsen!« schreit Thesi fassungslos.

»Einen Augenblick«, flüstert die Sekretärin erschrocken, an diesen Ton ist sie nicht gewöhnt.

Ich koche, denkt Thesi unterdessen, ich koche vor Wut. Und ich werde ihm sagen, daß ich kein Objekt für blöde Witze bin, ich sage ihm –

Die sanfte Stimme der Sekretärin: »Der Herr Architekt kann nicht abkommen, es ist eine Konferenz wegen der Bombenunterstände. Der Herr Architekt läßt Frau Poulsen bitten, sofort ein Taxi zu nehmen und in seine Villa nach Klampenborg zu fahren und sich niederzulegen, es ist schon alles vorbereitet, läßt der Herr Architekt sa –«

Thesi schmeißt den Hörer hin. Hockt wieder auf dem Schemel und beginnt dumpf zu brüten. Der Grund! Welchen Grund kann Sven – natürlich, die Miete! Diese Lösung ist sehr einfach und sehr schäbig: Thesi hat am letzten Ersten keine Miete bezahlt. Jetzt wirft der Hausherr sie hinaus. Man hat Sven davon verständigt, und Sven wollte wahrscheinlich die Miete nicht auslegen. Sehr einfach, sehr schäbig. Und nun hat er sich geschämt, weil die Möbel seiner ehemaligen Frau auf der Straße stehen sollten, und ließ alles in seine Villa schaffen.

Thesi wird todtraurig. Sie hat im ersten Moment geglaubt – es war so kindisch, was sie glaubte. Man muß die Dinge nüchtern sehen. Die Gegenpartei wollte nicht bezahlen.

In der Küche klirrt Porzellan. Frau Jensen wickelt Teller und Tassen in Zeitungspapier und Holzwolle ein und legt alles in eine Kiste. Thesi steht hilflos daneben.

»Ist jetzt alles klar?« fragt das gute Tier.

»Ja – alles klar«, antwortet Thesi und denkt – ich will auf meine Couch, ich werde schlafen und dann Kleider zeichnen und zu Andersen gehen und mit Andersen nachtmahlen und –

»Sie haben sehr brav gearbeitet, Frau Jensen, vielen Dank«, sagt sie mühsam. Dann fällt ihr ein: »Ich bin Ihnen auch noch Ihren Lohn vom Ersten schuldig, ich werde –«

»Herr Poulsen hat alles bezahlt, danke schön. Und Herr Poulsen hat auch gesagt, ich darf draußen in Klampenborg manchmal aushelfen. Nicht wahr, gnädige Frau?«

Thesi zuckt die Achseln: »Ich werde Sie ihm gewiß sehr empfehlen, Frau Jensen! Auf Wiedersehen!«

Thesi geht die Stiegen langsam wieder hinunter. Ein Taxi nach Klampenborg kostet sicherlich vier Kronen. Thesi zieht ihr Portemonnaie heraus: eine Krone fünfzig. Die Köchin Marie muß den Chauffeur bezahlen.

Das Taxi rattert, und Thesi denkt, daß es sich schließlich um eine besonders breite liebe Couch handelt. Es steht dafür, ihr nachzufahren.

Vor dem Gartentor steht die dicke Köchin Marie. »Ich habe wieder einmal kein Kleingeld bei mir, Marie«, sagt Thesi beim Aussteigen.

Die dicke Marie zieht ein großes abgegriffenes Portemonnaie aus der Tasche ihrer weißen Schürze und bezahlt. Thesi steht daneben, sie friert und wickelt sich eng in den alten Wintermantel und findet ihren Einzug in Svens Villa jämmerlich. Aus der Wohnung geschmissen. Kein Kleingeld, großes Geld schon gar nicht. Im alten Wintermantel. Und so müde und innerlich so durcheinander ...

»Kommen Sie ins Haus, gnädige Frau, ich hab schon alles hergerichtet«, sagt die Köchin Marie und nimmt Thesi leicht beim Arm. Marie ist sehr dick und freundlich, es kann einem nichts geschehen, wenn Marie da ist. »Kommen Sie nur, gnädige Frau, so – kommen Sie nur«, spricht Marie wie zu einem kranken Kind und führt Thesi langsam den Kiesweg entlang.

Vor der Haustür stockt Thesi.

»Kommen Sie, gnädige Frau – es ist wahrscheinlich so am besten«, redet die dicke Marie und schiebt Thesi ins Haus hinein.

Die Halle. Da kommt auch schon der Diener Ole herbeigeschossen, er grinst blöd und hat ja allen Grund dazu. Der geblümte Vorhang vor der Glastür –

»Nicht hier, wir gehen hinauf, Sie sollen sich gleich niederlegen, hat der Primararzt gesagt«, verlangt die dicke Marie und führt Thesi eine Treppe hinauf. Sven scheint fortwährend mit dem Spital zu telefonieren, denkt Thesi. Gut, gehen wir die Treppe hinauf. Oben sind wahrscheinlich Schlafzimmer. Wo haben sie nur meine Couch hinge –

»Hier, bitte, gnädige Frau«, sagt Marie und öffnet eine weiße Tür. Da steht die Couch, aufgebettet, die Decke zurückgeschlagen: Thesis Bett wartet. Und auf der Couch schön ausgebreitet liegt ein unbekanntes hellrotes Etwas. Thesi nimmt die fremde hellrosa Angelegenheit in die Hand. Ein Schlafrock. Ein – ja, der Traum eines Schlafrocks.

»Das hat unser Herr gestern nach Haus gebracht, ich soll es auf die Couch legen, hat unser Herr gesagt«, meldet die dicke Marie und zieht Thesi den Mantel aus, beginnt ihr Kleid aufzuknöpfen und schüttelt dabei immerfort den Kopf – »So mager – so mager ist die gnädige Frau.«

Thesi läßt alles geschehen, sie verlangt nur: »Ich möchte den Schlafrock anziehen!«

Dann liegt sie in hellrosa Seide im Bett, und Marie bringt eine Tasse Bouillon und die Suppe muß sofort gegessen werden.

Thesi löffelt folgsam. Nur einmal sieht sie auf: »Wo habt ihr mein Peterle begraben?«

»Im Garten, gnädige Frau«, sagt Marie. »Unser Herr kommt erst zum Nachtmahl nach Haus, soll ich ausrichten. Und – heute abend gibt es Vanillecreme, gnädige Frau!« Marie strahlt.

»Es ist sehr lieb von Ihnen, daß Sie an meine Lieblingsspeise gedacht haben«, sagt Thesi müde. Dann streckt sie sich aus und beginnt sich schrecklich wohl zu fühlen. Das Zimmer ist sehr hell und rund. »Ihr habt hier ein herrliches Gastzimmer, Marie – wirklich schön!«

»Es ist doch kein Gastzimmer, gnädige Frau«, erklärt Marie beleidigt. Gastzimmer! Das schönste Zimmer im ganzen Haus soll ein Gastzimmer sein! »Nicht? Was ist es denn?«

Es ist erstaunlich, wie verlegen die dicke Marie werden kann. »Na ja –«, ruckst sie herum, »es hätte eigentlich das Zimmer von unserem Fräulein Karen werden sollen. Aber es ist besser so, gnädige Frau, wirklich viel besser!«

»Jetzt wird es eben für ein paar Tage Gastzimmer sein«, sagt Thesi kühl. Die verlegene Marie geht ihr auf die Nerven. Sie schließt die Augen und wartet, bis Marie verschwindet. Dann schaut sie sich das Zimmer an. Es gibt auch einen breiten eingebauten Kasten, wirklich ein schönes und praktisches Zimmer. Unser Fräulein Karen hat es sich verscherzt, ich möchte wissen, was vorgefallen ist, denkt Thesi. Es geht mich nichts an, aber ich möchte es schrecklich gern wissen.

Marie fragt ein paarmal, ob Thesi etwas braucht. Aber Thesi braucht nichts. Thesi streichelt den rosa Seidenärmel und führt ein langes Gespräch mit Papa Nielsen. Papa Nielsen ist natürlich nicht da. Aber es ist trotzdem ein richtiges Gespräch ...

»Ich danke Ihnen, daß die Sache auseinander gegangen ist. Frau Poulsen«, sagt Papa Nielsen, »ich danke Ihnen, daß Sie in diesem schönen Zimmer liegen und nicht meine Karen. Verstehen wir einander, meine Gnädige?«

»Nein, wir verstehen einander nicht, alter Zirkusdirektor! Wir haben einander schon damals auf Ullas Terrasse nicht verstanden. Es ist nichts zu danken! Ist es vielleicht meine Schuld, daß die Sache auseinandergegangen ist?«

»Natürlich, Frau Poulsen! Und Sie wissen das ganz gut, Sie kleine Bestie!«

»Ich verbitte mir diese Ausdrücke, alter Herr! Und es ist nicht meine Schuld! Was habe ich dazu getan, daß es so gekommen ist?«

»Oh – meine Gnädige! Sie haben es sich gewünscht. Sie haben es sich von Herzen gewünscht, nicht wahr?«

»Sie sind lächerlich! Das soll genügt haben?«

»Jawohl, meine Gnädige. Sven hat genau gespürt, wie sehr Sie es wünschen.«

»Sven war in Karen verliebt ...«

»Aber, meine Gnädige! Soll ich Ihnen die Geschichte dieser Verlobung erzählen?«

»Ich bitte Sie sogar darum.«

»Eine alltägliche Geschichte. Ihr Sven trifft meine Karen in Norwegen. Und meine Karen verliebte sich in Ihren Sven. Meine Karen ist ein hübsches Mädchen. Ich weiß, Sie sind nicht objektiv, sie ist trotzdem ein hübsches Mädchen. Man tanzt, man trinkt und – meine Karen läßt sich verführen. Ich meine – sie verführt Sven dazu, sie zu verführen. Oh, ich bin nicht altmodisch und – verstehen wir einander jetzt, meine Gnädigste?«

»Vollkommen, Herr Direktor. Weiter?«

»Meine Karen kommt nach Hause und sagt, daß sie sich mit Sven verlobt hat. Sie ist neunzehn und sehr verliebt. Mit neunzehn denkt man immer an die Zukunft und macht große Oper aus der ersten Liebe. Mit neunzehn verlobt man sich leicht. Und nun – der Fehler Ihres Sven!«

»Ich bin gespannt, Herr Direktor –«

»Nicht nur, daß Ihr Mann mein Kind verführt! Nein – er will es nachher auch noch heiraten! Mein Kind soll unglücklich werden? Ich war empört, gnädige Frau! Aber ich konnte nichts dagegen tun, Sie wissen es ...«

»Es war doch sehr nett von Sven, Herr Direktor ...«

»Nett, gnädige Frau – und unüberlegt! Wenn ich mich erinnere, so sagten Sie einmal, daß auch Sie neunzehn waren, als Sven Sie heiratete. Er war sehr glücklich mit Ihnen, gnädige Frau.«

»Vielleicht anfangs.«

»Eben. In Erinnerung an diesen Anfang wollte er noch einmal – anfangen. Er scheint aber rechtzeitig erkannt zu haben, daß es ein zweites Fiasko geworden wäre.«

»Fiasko?«

»Wenn man bereits durch alle Enttäuschungen einer Ehe gegangen ist, kann man nicht eine neue Ehe mit einem jungen Mädchen beginnen, das keine Ahnung von solchen Enttäuschungen hat. Sven braucht einen Partner, der diese Enttäuschungen genau kennt und – die Ehe trotzdem wunderbar findet.«

Der alte Gauner hat recht, überlegt Thesi. Ich wollte auch keinen Neuling heiraten, ich bin zu feig dazu. Aber bei mir liegt der Fall ja anders, ich kann überhaupt nicht heiraten, ich bin verliebt –

»Herr Direktor! Finden Sie den Kompromiß Ihrer eigenen Ehe besonders richtig?«

»Bezeichnet die Gnädige Frau Ulla als Kompromiß?«

»Ich dachte daran, Herr Direktor.«

»Ich finde es taktlos, persönlich zu werden, gnädige Frau. Ich bin hier in meiner Eigenschaft als Vater. Es handelt sich nicht um mich. Auch nicht um Sie, verehrte Frau Poulsen. Wir sprachen doch nur von Ihrem Sven und meiner Karen...«

»Sie haben recht, es handelt sich nicht um mich. Aber jetzt beenden wir die Unterhaltung, es ist schon sehr finster. Sven wird bald zum Nachtmahl kommen. Und ich fürchte mich vor dem Zusammentreffen, ich fürchte mich so, daß ich mich überhaupt nicht auf unsere akademische Unterhaltung konzentrieren kann. Es ist sehr gut, daß Ihr Gesicht im Dunkel verschwindet, Sie interessieren mich augenblicklich gar nicht, ich kann –« Ich kann nichts mehr denken – ich muß fortwährend aufpassen, ob ich nicht Schritte auf der Treppe höre. Ich hab Herzklopfen, es ist so lächerlich, mein Herz klopft wieder einmal im Hals – ich schäme mich vor Sven, weil ich delogiert wurde, und dabei hab ich so eine Wut auf ihn, es war gemein, wie er einfach meine Sachen –

Tritte auf der Treppe, Sven – ich muß irgend etwas Wichtiges sagen, es muß überlegen klingen. Und ich hab keine neuen Dauerwellen – lieber Gott, die Tür geht auf –

Die Tür geht auf, und Lichtschein fällt ins Zimmer. Im Lichtschein steht Sven. Thesi kann seine Züge nicht unterscheiden, dunkel und groß steht sein Umriß im hellen Viereck.

Seine Stimme: »Thesi?«

Thesi gibt keine Antwort, sie liegt auf dem Rücken und starrt mit weit aufgerissenen Augen auf die dunkle Gestalt in der Tür. Ich muß jetzt energisch sein und ihm sagen, daß ich – nein, ich kann mir doch nicht gefallen lassen, daß er so einfach über mich verfügt, ich hätte den Anwalt –

Svens Augen haben sich an das Dunkel gewöhnt, er macht ein paar vorsichtig leise Schritte zur Couch: »Thesi – schläfst du?«

Wenn er seine Stimme so leise und weich macht, kann ich nicht so energisch sein, spürt Thesi. Es ist am besten, ich stelle mich schlafend. Wenn man nicht weiß, was man reden soll, dann soll man schlafen...

Sie preßt die Augen zu. Oh – jetzt hat Sven Licht angedreht, sie spürt es durch die geschlossenen Augenlider. Nicht zwinkern, er steht wahrscheinlich neben mir und schaut mir ins Gesicht. Ernst bleiben und die Augen fest zulassen und nicht lachen, es soll doch ausschauen, als ob ich schlafe... Man muß die Lippen aufeinanderbeißen, blödsinnig, es gibt doch gar nichts zu lachen...

»Bemüh dich nicht, ich sehe genau, daß du nicht schläfst«, sagt Sven dicht neben ihr.

Sie preßt noch eine Sekunde die Lippen aufeinander, und dann geht es nicht länger, die Lippen zucken, Thesi blinzelt und lacht los.

»Du bist ein dummes Wesen«, sagt Sven nachdrücklich.

»Sven, ich will dir gleich sagen –«, beginnt sie schnell, man muß recht energisch sein, wir sind doch geschiedene Leute, und du hast kein Recht – also: »Du, ich will dir gleich sagen –«

Sven setzt sich auf die Bettkante: »Nun, du, Bumsi?« Dabei streicht er ihr zerstreut die Haare aus der Stirn. Diese Berührung bringt Thesi aus dem Konzept. Sie rutscht schnell ein bißchen nach links, um seiner Hand auszuweichen, und murmelt: »– daß der Schlafrock schön ist, wollte ich sagen und – ich danke dir vielmals dafür.«

»Wir werden jetzt schnell nachtmahlen, ich bin sehr müde«, sagt Sven und steht auf und geht aus dem Zimmer. Er ist abgespannt, denkt Thesi, er ist zerstreut und verärgert. Es ist nicht gut, mit Männern zu nachtmahlen, die direkt aus dem Büro kommen. Marie erscheint und stellt einen kleinen Tisch vor Thesis Bett. »Unser Herr wird hier essen«, teilt sie mit, »die gnädige Frau bekommt das Essen ins Bett.« Thesi schaut zu, wie Marie den kleinen Tisch aufdeckt. Sven bekommt Huhn und Gemüse. Neben seinem Gedeck steht noch ein leerer Teller mit Messer und Gabel.

»Herr Architekt, es ist angerichtet!« ruft Marie draußen in der Vorhalle.

Sven setzt sich an den Tisch, und es riecht nach Lavendelwasser. Er reibt sich immer die Stirn mit Lavendelwasser ein, wenn er müde ist, erinnert sich Thesi. Sven zerteilt das Huhn und legt ein Haxerl – Haxerl ist auf wienerisch das Bein eines Huhnes, Haxerl schmeckt seelensgut –, also, Sven legt dieses feinste Stück auf den Teller, noch etwas Gemüse dazu, und – »da hast du, Thesi – iß brav, damit du wieder besser ausschaust!«

Thesi stochert herum und schaut dabei Sven an. Jetzt ist sein Gesicht im hellen Licht, sie kann es gut anschauen. Sven ist viel älter geworden, denkt sie. Er hat viel mehr graue Haare an den Schläfen und eine höhere Stirn als früher. Schade, die Haare fallen ihm über der Stirn aus, jetzt schaut es ja noch interessant aus, aber später ... Und um die Augen sind graue Schatten, die Tränensäkke wirken stärker.

Marie hat eine Zeitung neben Svens Teller gelegt. Sven liest beim Nachtmahl immer Zeitung. Es gab eine Zeit, da hätte ihn Thesi halb erwürgen können. Heute liegt die Zeitung zusammengefaltet neben seinem Platz.

»Du kannst ruhig Zeitung lesen, es stört mich nicht mehr«, sagt Thesi leise.

»Wirklich? Das ist lieb von dir«, bemerkt Sven. Legt Messer und Gabel hin und zieht eine Hornbrille aus der Westentasche.

»Du trägst Brille?« fragt Thesi ganz bestürzt.

Sven sieht auf: »Ach so, du hast mich nie damit gesehen. Ja – seit einiger Zeit bin ich weitsichtig. Ich brauche die Brille aber nur zur Arbeit und beim Lesen.«

»Wir werden alle alt und schäbig«, tröstet Thesi.

»Deine Bemerkungen sind geschmackvoll wie immer«, antwortet Sven scharf und liest erst recht Zeitung.

Thesi nimmt ihr Hühnerknöcherl in die Hand und beginnt begeistert es abzunagen. Hühner sollte man eigentlich nur essen, wenn man allein ist, denkt sie wieder einmal. Da sieht Sven auf – und sie nimmt schnell wieder Messer und Gabel. Es hat eine Zeit gegeben, da hätte Sven sie erwürgen können, weil sie gern Hühnerhaxerl in die Hand nahm.

»Laß nur, es stört mich nicht mehr«, murmelt Sven ganz freundlich.

Marie kommt herein, wechselt die Teller und stellt eine große Schüssel gelber Creme auf den Tisch. »Die Vanillecreme«, verkündet sie. Sven lächelt, und Thesi lächelt höflich zurück.

Zum erstenmal in ihrem Leben findet Thesi Vanillecreme nicht seelensgut. Zum erstenmal schmeckt Vanillecreme fad und zu süß. Ich bin kein Kind mehr, ich denke nicht, daß es ein reizender Abend ist, weil man mich mit gelber Creme füttert, konstatiert Thesi. Ich bin bei Sven zu Gast, er hat mich aufgenommen, statt meine Miete zu bezahlen, ich darf ein paar Tage hierbleiben und Vanillecreme essen, ich müßte wahrscheinlich auch mit Sven plaudern, natürlich Gäste müssen immer plaudern, auch wenn ihnen hundeelend zumute ist. Also Sven, ich plaudere –

»Du baust jetzt Bombenunterstände, Sven?«

Sven nimmt die Brille ab und schiebt die Zeitung beiseite. Es scheint ihm Freude zu machen, daß Thesi nach seiner Arbeit fragt.

»Deine Sekretärin sagte mir heute am Telefon, daß du eine Konferenz wegen Bombenunterständen –«

»Es sind hauptsächlich Luftschutzkeller. Ich richte sie in den großen Schulen und in ein paar anderen Gebäuden ein, und du kannst dir denken –«

Sven erzählt von Luftschutzkellern. Also deshalb hat er so viel zu tun, denkt Thesi, es sind Unterstände und nicht Kriegsgewinnlervillen. Heute abend hat sie weniger Angst vor dem Krieg als sonst. Vielleicht, weil sie bei Sven ist. Im Krieg muß man wissen, wohin man gehört, denkt sie und erschrickt.

»Ich habe schon in den letzten Tagen vor Kriegsausbruch mit dieser Arbeit begonnen«, sagt Sven, »aber Karen hat garnicht verstanden, wie traurig es ist, Luftschutzkeller zu bauen. Man denkt daran, daß reizende Landhäuser einstürzen werden und daß man eigentlich Kirchen und Rathäuser bauen wollte. Sie ist bei dem Gedanken an Krieg nicht verrückt geworden, sie kann sich so wenig vorstellen.«

Sven spricht eigentlich nicht zu Thesi. Zumindest schaut er sie nicht an. Er nimmt noch ein paar Löffel Creme.

»Karen ist doch so jung, erst neunzehn. Ein Neuling…«, lächelt Thesi.

»Guter Ausdruck – ein Neuling«, nickt Sven.

»Ich war auch einmal ein Neuling«, erzählt Thesi. Sie liegt flach da, verschränkt die Hände unterm Kopf und balanciert auf den Knien den Teller. »Nur über Krieg hab ich zufällig etwas gewußt. Wir Kriegskinder vergessen langsam, es gibt da ein paar Erinnerungen, die man uns eingebrannt hat. Papierschuhsohlen und Frostbeulen an den Füßen, weißt du. Und Fliegeralarm und – keinen Vater, nur einen Soldaten mit Heldentod. Aber im übrigen war ich doch auch ein Neuling, ich hab mir die Ehe als schrecklich schönen und ernsthaften Flirt vorgestellt, man ist immer verliebt und – ich sag dir, ich war ein Anfänger!«

Marie tritt ins Zimmer, räumt ab und stellt eine Mokkakanne und Täßchen auf den Tisch.

»Ich würde nie einen Neuling heiraten…«, fügt Thesi noch hinzu.

Marie geht wieder, Sven schenkt Kaffee ein und reicht Thesi

eine Tasse. Thesi stürzt sich auf den Mokka, sie möchte gern ganz wach sein. Ich rede zuviel, denkt sie, ich rede dummes Zeug, nachher wird mir alles leid tun. Es ist so schön bei Sven, mein Herz ist auf einmal weit offen.

Sven löscht die Deckenbeleuchtung aus und läßt nur die kleine Stehlampe in der Zimmerecke brennen. Die Stehlampe hat einen bunten Schirm und wirft rötliche Lichtflecken ins Zimmer. Es ist riesig gemütlich.

Sven zieht einen Sessel an Thesis Bett: »Erinnerst du dich an den Abend, an dem ich zu dir gekommen bin, Thesi? Am Nachmittag vorher sprach ich mit Karen über den Krieg. Und sie wollte nichts darüber hören, sie wollte das genaue Programm für die Hochzeitsreise zusammenstellen. Karen sagt, daß wir in einem neutralen Land leben und daß uns das Ganze vorderhand nichts angeht. Wir kämpfen doch nicht mit, sagte Karen und –«

»Du baust Luftschutzkeller für Kinder, und du hast bestimmt auch eine Meinung über diesen Krieg. Im Krieg sind wir doch alle Soldaten. Du bist Bürger eines neutralen Staates, das ist ein großes Glück. Aber das verpflichtet ganz besonders, eine Meinung zu haben. Es gibt doch keine neutralen Herzen ... Man sollte wissen, wohin man gehört. Im Krieg weiß man das plötzlich.«

»Und wohin gehörst du?« fragt Sven langsam.

Thesi kann sein Gesicht nicht sehr gut sehen, es ist zu dämmrig im Zimmer. Er lächelt spöttisch, denkt sie, und ihr Herz – Herzen sind komische Organe –, Thesis offenes Herz klappt wieder zu. »Nun?« erkundigt sich Sven noch einmal. Thesi gibt keine Antwort.

Das scheint Sven nicht weiter zu ärgern. Er meint ganz freundlich: »In diesen Zeiten weiß man auch, wohin man persönlich gehört. Das wolltest du doch sagen, nicht? Also ich habe erkannt, daß Karen viel zu jung für mich ist. Wie hast du doch so liebenswürdig gesagt? Alt und schäbig werde ich, ja – das war es. Karen erwartet noch zu viel vom Leben, ich kann ihre Erwartungen nicht erfüllen, und ich kann es nicht einmal versuchen, weil ich die historische Institution der Ehe kenne. Nein, wir sollen keine Anfänger mehr heiraten. Frau Poulsen, du bist gar kein so dummes Mädchen!«

Thesi schaut Sven an, und es macht nichts, daß sie sein Gesicht nicht deutlich sieht. Sie kennt dieses Gesicht auswendig. Svens Gesicht – wenn er lacht, wenn er wütend ist, wenn er sich langweilt, wenn er schläft... Sven muß zum Lesen eine Brille nehmen, Sven ist älter geworden, Sven wollte wahrscheinlich die blonde Karen ins Haus nehmen, um nicht mehr allein zu sein. Es ist blödsinnig, aber ihr ist so weh bei dem Gedanken, daß Sven älter wird und allein sein soll.

Narrischheiten, hat die Wiener Köchin Marie immer gesagt, die tschechische Marie. Narrischheiten, sagt sich Thesi, wir müssen jetzt sachlich sein. Die Miete! »Warum hast du eigentlich meine Miete nicht ausgelegt?« fragt sie unvermittelt.

Sven versteht nicht: »Welche Miete?«

»Ich war doch im Krankenhaus. Und da hab ich vergessen, daß am Ersten Miete zu zahlen ist. Für meine kleine Wohnung, weißt du. Und – ich hätte auch kein Geld gehabt, ich muß schnell wieder Modelle zeichnen. Es ist vielleicht eine Sünde, im Krieg Abendkleider zu zeichnen, aber ich werde morgen damit anfangen. Und die Miete – sicher hat dich der Hausherr angerufen, alle Leute belästigen dich meinetwegen, weil wir früher verheiratet waren. Dieser gemeine Kerl hat dir bestimmt gesagt, daß die Miete nicht bezahlt ist und daß er mich aus der Wohnung schmeißt, und die Möbel sollen abgeholt werden, sonst stellt er sie auf die Straße. Und das war dir sehr peinlich!«

»Ach so. Du meinst, ich habe deine Sachen herbringen lassen, damit sie nicht auf der Straße stehen und ein Verkehrshindernis bilden?«

»Ja natürlich. Aber, wenn du mir die Miete geborgt hättest... Ich weiß, mein Scharlach war schon sehr teuer! Wir müssen jetzt geschäftlich reden –«

»Wir müssen gar nicht geschäftlich reden. Deine Miete ist bezahlt und du hast sehr vornehm und freiwillig deine Wohnung verlassen. Ich habe in deinem Auftrag gekündigt und die Möbel herbringen lassen.« »Aber warum denn, Sven?« schreit Thesi und denkt mechanisch: alter Trick der Gegenpartei, ein Trick, ein Trick.

»Ich denke, es ist das beste«, sagt Sven sehr leise und sehr ruhig.

Thesis Herzschlag setzt aus. Sie macht die Augen zu und liegt, ohne sich zu rühren.

»Was soll denn weiter mit mir geschehen?« fragt sie nach einer Weile. Es klingt hilflos, sie preßt die Augen zu und spürt: das war schon einmal so, ganz genau so. Mir ist der Atem stehengeblieben vor lauter Glück, es war in den Bergen, Kitzbühel in Tirol, die

Sterne waren ganz nah, der Schnee war aus Silber, und Sven sagte – oh, Sven –

»Warum weinst du?« fragt Sven.

»Ich weine doch nicht, laß mich«, sagt Thesi und schämt sich, weil sie wahrscheinlich doch weint, sie hat es nur nicht gemerkt.

Sie spürt Svens Hand auf ihrem Gesicht. Der Sternenhimmel in Tirol und die Miete in Kopenhagen, alles wirbelt durcheinander. Sie schaut Sven an. Sven sitzt auf dem Bettrand und ist überhaupt nicht gerührt, er lacht sogar.

»Lach nicht! Und gib mir schnell eine Zigarette, ich bin sehr aufgeregt!«

»Warum bist du denn so aufgeregt?«

»Weil –« Mit einem Ruck wirft sich Thesi im Bett herum und bohrt den Kopf ins Kissen. Ganz tief hinein wühlt sie sich, und Sven hört komische Laute. Man weiß nicht recht, ob diese Thesi weint oder lacht, auf jeden Fall beißt sie in das Polster.

»Thesi, beiß doch nicht in das Polster!«

»Laß mich, ich muß in das Polster beißen –«, kommt es ganz erstickt.

»Du sollst aber nicht!«

Thesis Kopf taucht wieder auf: »Ich beiß immer in das Polster, wenn ich glücklich bin. Weißt du, so ganz wahnsinnig glücklich –«, sagt sie atemlos. »Sonst muß ich schreien ...«

»Nimm jetzt die Zigarette, und bitte schrei nicht!« sagt Sven und schiebt ihr die Zigarette in den Mund. »Ich möchte –«, beginnt Thesi leise nach einer Weile. »Ja, Thesilein, ich weiß – Dauerwellen. Morgen begleite ich dich zu einem Friseur«, sagt Sven, und es ist wie im Traum, weil seine Stimme so lieb klingt. »Nein, Sven, ich wollte nur sagen –«

»Du meinst natürlich, daß wir auch die Formalitäten in Ordnung bringen wollen. Wir werden wieder heiraten und –«

»Ja, das auch. Aber ich wollte dich eigentlich bitten – Sven, ich möchte so gern – könntest du mich nicht wieder einmal küssen?«

– Etwas später bittet Thesi: »Lösch doch die Lampe aus, ich küß so gern im Finstern!«

– Und noch etwas später Svens Stimme: »Ich werde dich jetzt allein lassen. Der Primararzt hat gesagt, du sollst dich sehr schonen und vollkommene Ruhe haben ...«

Nach einer zauberhaften Ewigkeit Thesi: »Siehst du, es ist ganz egal, was dieser Primararzt sagt ...«

XI

Auf dem Rathausplatz werden heute nacht oder morgen die Knospen der Kastanienbäume aufspringen, und die neuen Modelle aus Paris sind gekommen. Le dernier cri, schreiben die Modeberichterstatterinnen. Sie spielen Komödie, und ihre Leserinnen spielen mit. Denn diesmal handelt es sich wirklich um den letzten, den allerletzten Schrei.

Thesi schlendert über den Rathausplatz. Ihr Ziel ist der große Modetee im Restaurant Viwex. Jedes Jahr im Mai erscheinen dort alle Kopenhagener Damen und solche, die es werden wollen, und grüßen einander und schauen die Mannequins an, die der kleine dicke Andersen auf ein Podium hetzt, um die letzten Pariser Abendkleider und Strandanzüge vorzuführen. Und auch in diesem Mai sind die Damen getreulich aufmarschiert, lächeln mit sorgfältig gemalten Lippen, klirren mit den Teelöffeln, kneifen die Augen zu um besser zu sehen, und tun, als ob überhaupt nichts geschehen wäre. Dabei ist sehr viel geschehen. In der großen Welt und in der kleinen, in die diese Damen gehören. Die Stiefel der deutschen Besatzungstruppen stampfen über den Rathausplatz, durch die Bredgade, die Oesterbrogade entlang und exerzieren, wo es ihnen gefällt, und zertreten alles, woran diese Damen so felsenfest geglaubt haben. An ihre eigene Sicherheit zum Beispiel haben sie geglaubt. Und an den Erfolg ihrer Vogel-Strauß-Politik, bei der man den Kopf in den Sand steckt, mit Eifer fünf verschiedene Teesurrogate ausprobiert, Buttermarken an der Schwarzen Börse kauft und im übrigen glaubt, daß der Krieg einen nichts angeht. Aber noch halten die Damen den Schein aufrecht. Sie gehen zu Viwex, um die letzten Pariser Abendkleider zu sehen. Und es wird noch eine Weile dauern, bis die fremden Stiefel entdecken werden, daß diese Damen ihr bisheriges Leben nur nach außen weiterzuleben versuchen und sehr genau wissen, daß dieser Krieg auch sie angeht.

»Trägt man auch Abendkleider, wenn es keine Männer mehr gibt?« erkundigt sich Thesi bei Betsy. Thesi ist hierhergekommen, weil ihr Beruf es verlangt. Sie hat Betsy gebeten, ihr Gesellschaft zu leisten.

»Hören Sie auf – der Krieg wird gut ausgehen«, fährt Betsy auf und denkt an Gary.

Kriege können nicht gut ausgehen, überlegt Thesi und lächelt

Ulla zu, die auf dem Podium steht und sich in den Hüften wiegt. Alles, was der liebe Gott rund an einer Frau geschaffen hat, ist wieder modern geworden. Mit unendlich arrogantem Blick schaut Ulla über die Tee trinkenden Damen hinweg. Ulla weiß Bescheid über sie, Ulla kennt ja – die Gatten.

Thesi spürt, daß man sie fixiert. Sie wendet sich um: alle drei Damen Nielsen. Tante Ottilie zielt mit ihrem Lorgnon auf Thesi. Neben ihr sitzt Karen und blickt sofort auf ihren Teller, weil Thesi hinschaut. Dann gibt es noch Mama Elsbeth. Aber Mama Elsbeth hat keine Zeit für Thesi, sie starrt mit dem Blick eines weidwunden Rehs auf Ulla – weidwundes Reh paßt zwar nicht auf die dicke Frau Nielsen, aber Thesi fällt kein anderer Ausdruck ein, sie hat auch noch nie ein weidwundes Reh gesehen – so ungefähr dürfte es aber dreinsehen. Papa Nielsen packt das Ganze falsch an, denkt Thesi, man darf einem anderen Menschen nicht so weh tun. Nein, nicht weh tun, das ist die Hauptsache...

Da richtet Karen ihr Gesicht auf. Sie schaut Thesi an, und Thesi senkt den Kopf zum Gruß. Ich schäme mich, denkt sie dabei, ich kann ja nichts dafür, ich konnte ihr meinen Mann nicht lassen. Aber ich schäme mich trotzdem.

Und jetzt geschieht es, daß Karen sich großartig benimmt. Sie steht auf, zwängt sich zwischen den Tischen durch und geht auf Thesi zu.

»Ich habe gehört, daß Sie im letzten Herbst sehr krank waren, und ich will Ihnen nur sagen, daß ich mich freue, weil – weil Sie wieder gesund sind«, stößt Karen eilig hervor.

»Wollen Sie sich nicht zu uns setzen?« fragt Thesi und findet die Situation gräßlich.

»Nein, danke. Aber – ich möchte noch sagen, daß ich gehört habe, daß Sie wieder – verlobt sind und, ja – ich wollte Ihnen viel Glück wünschen.« Das ist zuviel.

»Fräulein Karen, brechen Sie mir nicht das Herz«, sagt Thesi, »setzen Sie sich zu uns und essen Sie ein Stück Kuchen.«

»Nein, ich muß zu meiner Mutter zurück, wir wollen gemeinsam die Modelle anschauen, ich brauche zwei neue Abendkleider«, antwortet Karen hastig und versucht davonzustürzen. Es geht schlecht, sie bringt das Nebentischchen in Gefahr, und alles ist sehr aufregend.

»Sie wollte Ihnen zeigen, daß sie sich nicht kränkt«, urteilt

Betsy. »Aber sie kränkt sich doch«, sagt Thesi, »und ich habe ein schlechtes Gefühl ihr gegenüber. Zuerst verlobt sie sich mit meinem Mann, dann verlobe ich mich mit ihrem Bräutigam. Und jetzt schütteln wir einander die Hände wie Gegner nach einem Tennismatch. Der Besiegte grinst womöglich noch mehr als der Sieger. Sie kennen doch die Bilder aus der Wochenschau. Aber bei mir geht es nicht um einen Pokal. Bei Gott, es geht um alles. Betsy – es ist scheußlich, daß wir so modern tun müssen.«

»Wie waren denn Sie mit neunzehn Jahren?« erkundigt sich Betsy spitz.

»Ich – ?« Thesi lacht. »Ich war ganz unmodern. Ich habe gedacht, ich sterbe, wenn mich Herr Poulsen nicht heiratet.«

»Erschütternd!«

»Warum? Ich habe doch gewußt, daß er mich heiraten wird. Oh – sehen Sie doch – dieses Kleid ist ein Traum! Ein Traum in Sonnengelb, nicht wahr?« »Le dernier cri de Paris«, sagt Betsy und starrt blicklos auf die sonnengelben Tüllwolken.

»Sie denken also auch die ganze Zeit daran?« flüstert Thesi. »Diese Kleider sind vor vier Wochen hier angekommen. Die übrigen Bestellungen, die Andersen in Paris gemacht hat und die längst hier sein müßten, kamen nicht mehr. Dieses sonnengelbe Kleid ist also das letzte wirkliche Pariser Modell...«

»Paris fällt morgen oder übermorgen«, sagt Betsy und zündet sich eine Zigarette an. Sie macht ein wichtiges Gesicht: »Unser Minister hat es heute früh selbst zu Papa gesagt.«

»Mir hat es kein Minister gesagt, aber ich konnte es mir selbst aus den Radiomeldungen zusammenreimen«, antwortet Thesi und macht gar kein wichtiges Gesicht. Urplötzlich – während die Musik einen Straußwalzer spielt – stützt sie völlig ungezogen beide Ellenbogen auf den Tisch, vergräbt ihr Gesicht in den Händen und heult.

»Weinen Sie über das sonnengelbe Kleid?« erkundigt sich Betsy und mustert ungeniert die herumsitzenden Damen, die ebenso ungeniert die weinende Thesi betrachten.

»Weinen Sie über – Paris?«

Keine Antwort. Aber jetzt nimmt sich Thesi zusammen. Sie putzt sich die Nase, fährt mit der Puderquaste über das Gesicht und legte Rouge auf und lächelt wieder leer und wohlerzogen.

»Wir können gehen«, sagt sie unvermittelt, »es ist sowieso egal, was Frauen anziehen, wenn Männer im Schützengraben liegen.«

Vor dem Ausgang bleibt Betsy plötzlich stehen: »Übrigens möchte ich Ihnen Lebewohl sagen, ich reise morgen.«

Thesis Herz stockt. Sie war mit Betsy niemals wirklich befreundet, der Zufall wollte es nur, daß sie beide in einigen sehr entscheidenden Monaten ihres Lebens oft zusammen waren.

»Die Gesandtschaft hat den Bescheid bekommen, daß alle Amerikaner Dänemark verlassen müssen. Amerika wird wahrscheinlich nicht mehr lange neutral bleiben. Aber Papa bleibt natürlich bis zum letzten Augenblick. Mama und ich fliegen über Stockholm nach England.«

Thesi nickt zerstreut. Warum soll Betsy nicht auch aus ihrem Leben verschwinden? So viele Menschen sind schon in ihrem Leben spazierengegangen und dann verschwunden. In welchem Kriegspressequartier sitzt John?

»Irgendwann und irgendwo werde ich John wiedersehen und ihn von Ihnen grüßen und ihm sagen, daß Sie Ihrem Schicksal in Dänemark nicht davonfahren wollten«, sagt Betsy. »Ich verstehe Sie, ich bin genau so ein Narr. Ich werde irgendwo in England sitzen und Tag und Nacht auf Nachricht von Gary warten. Dabei wird es in England bald Bomben regnen. Leben Sie wohl, Thesi!« – »Gute Reise, Betsy!«

»All right! Und – lassen Sie es sich gut gehen auf der Insel Dänemark!«

Thesi lächelt: »Werde mein möglichstes tun. Aber die Insel ist sehr klein und die deutschen Stiefel sehr groß. Auf Wiedersehen, Betsy!«

»Auf Wiedersehen – nach dem Krieg!«

Thesi behält Betsys Abschiedslächeln in Erinnerung. Orangerot gefärbte Lippen. Betsy hat einen großen, ausdrucksvollen Mund. Erinnert ein wenig an einen Clown. Millionen Frauen lächeln mit orangeroten Clownmündern verzweifelt und tapfer, wenn man sie nach ihren Männern fragt.

Sie holen Sven ...!

In der Sekunde, in der sie das große schwarze Polizeiauto mit der schwankenden Radioantenne vor der Villa erblickt, weiß sie: jetzt holen sie Sven! Es ist gegen sieben Uhr abends im Oktober und schon sehr dunkel. Das Auto hält vor dem Gartentor, und die Leute, die vorübergehen, möchten stehenbleiben und werden von einem Polizeimann weitergetrieben. Kein Aufsehen, weitergehen, was gibt es denn da zu sehen?

Nein, nichts Besonderes gibt es zu sehen. Ein alltäglicher Anblick in diesen Jahren. Ein schwarzes Auto, in dem ein Mann in Zivil sitzt und ein gelangweiltes Gesicht macht. Ein Däne? Oder ein Mann von der Geheimpolizei der fremden Truppen? Thesi geht langsam auf den Eingang der Villa zu, in der sie nun schon ein Jahr lang wohnt und noch immer nicht die endgültige Entscheidung getroffen hat. Irgendwie wartet sie immer auf ein Zeichen. Sie kann es nicht genau erklären. Aber sie spürt, daß sie Sven erst wieder heiraten wird, wenn sie genau weiß, daß es der einzig mögliche Weg ihres Lebens ist. Und das will sie nicht nur dumpf verwirrt fühlen. Sondern wissen – mit ihrem ganzen Körper und ihrer ganzen Seele. Nun ist sie dicht vor dem Eingang. Ich könnte umdrehen und fortgehen, überlegt sie, in Svens Papieren steht, daß er geschieden ist, kein Mensch wird sich daher um mich kümmern. Ja – ich sollte einfach weitergehen, denkt sie und weiß dabei ganz genau, daß sie das nie im Leben tun wird. Schritt für Schritt geht sie auf die Villa zu, mechanisch, verzweifelt und doch fest entschlossen. Sie klinkt die Gartentür auf. Aber da steht plötzlich der Polizist, der vor der Villa Ordnung hält, neben ihr.

»Lassen Sie mich durch, ich bin Frau Poulsen«, sagt sie und wundert sich, weil ihre Stimme so energisch klingt. Eine ganz fremde Stimme. Der Polizist starrt sie erstaunt an. Dann beugt er sich blitzschnell zu ihr hinab: »Drinnen ist Hausuntersuchung. Man wartet auf Herrn Poulsen!« Das ist eine Warnung. Er meint es gut, der dänische Polizist, er würde sie bestimmt weitergehen lassen und dem Mann in Zivil, der drinnen vor der Haustür steht, einfach erklären, daß sie ein Besuch für die Köchin war oder eine fremde neugierige Dame und – daß er sie weggeschickt hat.

»Danke«, murmelt Thesi, »es ist sehr freundlich von Ihnen, aber ich möchte ins Haus hinein.«

Sie geht den kleinen Kiesweg entlang und steht dann vor dem Mann in Zivil. Der Mann in Zivil mustert sie interessiert von oben bis unten und tritt überaus bereitwillig zur Seite und öffnet sogar die Haustür für sie, damit sie nur bequem in die Villa wie in eine Mausefalle schlüpft und nicht zögert und sich nichts überlegt.

»Guten Tag«, sagt der Mann auf deutsch.

Die Vorhalle ist leer. Thesi nimmt langsam den Hut ab und legt die Mappe mit den Zeichnungen schön ordentlich auf ein Tischchen. Sie zeichnet noch immer und verkauft ihre Entwürfe, sie bezahlt ihren Anteil zum Haushalt, sie will als »paying guest« behandelt werden, bis sie ihren großen Entschluß gefaßt hat. Und Sven läßt sie lächelnd gewähren. Sven. Ja – Sven ...

Einen Augenblick steht sie vor dem Spiegel. Sie sieht ein totenblasses Gesicht, auf dem Rougeflecke und Lippenschminke wie Farbkleckse liegen. Mechanisch fährt sie mit einem Kamm durchs Haar. Ich habe Angst, sagt sie zu ihrem Spiegelbild. Eine – Scheißangst. Das ist ein wundervoll ordinäres Wort, es paßt nicht zu einer richtigen Dame und erleichtert sie sehr.

Aber vielleicht kann ich Sven helfen, wenn ich hineingehe und mit den Männern spreche. Dann erfahre ich wenigstens, was sie von ihm wollen. Gibt es gar kein Mittel gegen diese verteufelte Angst? Vielleicht soll ich ein Aspirin schlucken, bevor ich die Glastür aufmache. Aber Aspirin hilft nur gegen Schnupfen. Nicht gegen Angst, es ist so eine Schande, daß ich gar kein Held bin ...

Aus der Halle dringen Männerstimmen und ein unterdrücktes Schluchzen. Das ist Marie, die da so jämmerlich heult, denkt Thesi. Arme Marie. Warum quälen sie denn Marie, die weiß bestimmt nicht, wo Sven steckt. Heute früh beim Abschied war ich doch allein mit ihm im Zimmer. Noch einen Schritt näher zur Tür.

Jetzt unterscheidet sie die einzelnen Stimmen hinter der Glastür. Eine schnarrende Männerstimme fragt in deutscher Sprache. Leise und höflich werden die Fragen übersetzt. Ich kann nicht hineingehen, denkt Thesi und legt die Hand auf die Türklinke. Ich habe solche Scheißangst, ich kann einfach nicht. Und damit drückt sie die Klinke nieder. Vier Herren, die schluchzende Marie und der blöd grinsende Ole starren wie gebannt auf die kleine totenblasse Thesi. Den Bruchteil einer Sekunde stehen alle wie regungslos. Wie eine Panoptikumszene. Das Bild prägt sich unauslöschlich in Thesis Gedächtnis ein. Die Herren sind in Zivil. Der Mann neben Marie trägt einen Regenmantel wie alle Dänen zu jeder Jahreszeit, und dazu einen ernsthaften dunklen Hut. Das ist also der Dolmetscher. Die drei anderen – zwei wühlen jetzt wieder in Svens Schreibtischfächern wie Maulwürfe und einer steht vor Marie und dem Regenmantelmann – sind bestimmt von der Geheimen Polizei der Deutschen. Sie tragen Zivil, um weniger Aufsehen zu erregen.

»Was geht hier vor?« fragt Thesi und wundert sich wieder über ihre Stimme. So energisch hat sie doch noch nie gesprochen.

»Gnädige Frau –« schluchzt Marie, »die Polizei sucht unseren Herrn Architekten!«

»Welche Polizei? Unsere oder – die andere?« fragt die neue energische Thesi-Stimme.

Der Regenmantel schießt sofort eine Gegenfrage auf sie ab: »Sind Sie die Gattin des Architekten Sven Poulsen?«

»Ja. Darf ich fragen, was die Herren in unserem Heim wünschen oder suchen?«

Bei Thesis »Ja« öffnet Marie den Mund. Aber Thesi macht eine Handbewegung und Marie schweigt. Es geht die Herren nichts an, daß sie momentan gar nicht Sven Poulsens Gattin ist. Hoffentlich finden die Schreibtischmaulwürfe nicht zufällig die Scheidungsurkunde. Dabei könnte sie sich doch so einfach aus der Affäre ziehen, sie müßte nur sagen: Ich bin geschieden, ich bin nur zufällig hier vorbeigekommen, ich wollte mit Sven Poulsen sprechen, der Bandit bezahlt nämlich meine Alimente nicht pünktlich. Und dann dürfte sie ruhig wieder fortgehen ... Thesis Handbewegung schließt der heulenden Marie den Mund. Ole grinst blöder denn je. Wenn ich geschickt bin und meine Angst hinunterschlucke, gewinnt Sven etwas Zeit, denkt Thesi.

»Wo befindet sich Ihr Gatte im Augenblick?«

Der deutsche Polizeiagent beugt den Kopf gierig vor, so viel Dänisch versteht er, er weiß, was gefragt wurde. Das Gesicht des Regenmantels ist wie eine Maske.

Da öffnet Thesi ihr Handtäschchen. Der deutsche Polizeiagent verfolgt jede ihrer Bewegungen. Plötzlich stehen auch die beiden Maulwürfe vom Schreibtisch dicht neben ihr. Irgend etwas blinkt auf: großer Gott – ein richtiger Revolver. Der Revolver wird blitzschnell auf sie gerichtet. Thesi fällt das Täschchen beinahe aus der Hand. Aber sie hält es noch im letzten Moment fest und führt mit zitternden Fingern ihre Absicht aus. Kramt nach einem Päckchen Zigaretten. Dann reicht sie die Tasche dem Mann mit dem Revolver: »Sie dachten wohl, ich habe eine Waffe darin? Bitte – untersuchen Sie die Tasche! Darf ich rauchen?«

»Selbstverständlich, gnädige Frau«, sagt der Regenmantel schleimig freundlich, »Sie müssen doch nicht erst fragen!«

»Doch. Ich nehme an, daß ich verhaftet bin. Und ich weiß noch nicht, wie man sich in einer derartigen Situation benimmt, ich habe bisher keinerlei Erfahrungen.«

Der Regenmantel reicht ihr Feuer. »Danke«, murmelt Thesi.

Die Zigarette tut gut. Der blinkende Revolver wird auf den kleinen Tisch vor dem Kamin gelegt. Wie gemütlich, denkt Thesi und schielt neugierig hin. Sie hat noch niemals einen Revolver gesehen, außer im Film natürlich. Unterdessen führen die beiden Maulwürfe die schluchzende Marie und Ole hinaus, und Thesi bleibt mit dem Regenmantel und der schnarrenden Stimme allein.

»Wollen wir uns nicht niedersetzen?« Sie zeigt auf die Lehnsessel am Kamin. Allgemeines Niedersetzen. Dann: »Es handelt sich um einen Zahnarzt Doktor Aagaard«, beginnt der Regenmantel.

»Der wohnt doch nicht hier«, antwortet Thesi prompt und überlegt dabei fieberhaft: Aagaard? Ich habe immer geglaubt, daß der Aagaard nur ein einziges Interesse im Leben hat. Nämlich, anderen Leuten riesige Löcher in die Zähne zu bohren und diese Löcher dann mit Gold oder Amalgan zuzustopfen und dafür Geld zu verlangen. Doktor Aagaard – ich habe Ihnen unrecht getan!

»Sie kennen also Doktor Aagaard?« schnarrt es in der fremden Sprache. Der Regenmantel übersetzt.

»Natürlich, er ist mein Zahnarzt«, antwortet Thesi. »Wo ist Ihr Mann mit Doktor Aagaard hingefahren?« schnarrt es.

Sven ist also mit Aagaard... Das habe ich nicht gewußt. Ich komme wahrscheinlich erst spät abends nach Hause, warte nicht mit dem Essen, hat Sven heute morgen beim Fortgehen zu ihr gesagt. Er hatte seinen Sportanzug an und packte den alten Overall in seine Aktentasche, daran erinnert sie sich. Machst du einen Ausflug? hatte sie erstaunt gefragt. Und Sven hatte gemurmelt, daß er nachmittags in der Nähe von Helsingör zu tun habe. Sie dachte, es handle sich um den Bau eines Sommerhauses. Also – mit Aagaard ist er zusammen! Snekkersten liegt bei Helsingör. Und in Snekkersten hat Sven ein Wochenendhaus. Von dort sieht man die Lichter der schwedischen Küste...

»Ich glaube kaum, daß mein Mann heute mit Doktor Aagaard zusammen ist«, antwortet Thesi nachdenklich. »Soviel ich weiß, wollte er nach Köge fahren. Dort baut er ein Zweifamilienhaus, er wollte sehen, wie es mit der Arbeit vorwärtsgeht. Ich weiß wirklich nicht, wann er zurückkommt. Vielleicht erst morgen früh. Aber in seinem Atelier wird man Näheres wissen, haben Sie dort angefragt?«

»Ihr Mann ist also mit Doktor Aagaard nach Köge gefahren?« schnappt der Schnarrende zu. Der Regenmantel übersetzt.

Köge... Köge liegt weit von Snekkersten entfernt, überlegt Thesi. Ich muß alles daransetzen, damit sie Sven und Aagaard nicht an der Helsingörküste suchen. Was wollen sie nur von Aagaard? Aagaard könnte das kleine weiße Ruderboot nehmen. Es hat sogar einen Außenbordmotor. Wie lange braucht er, um damit die schwedische Küste zu erreichen? Wenn er rudert, sehr lange. Vielleicht fährt Sven mit... Nein, Sven hätte mir doch Lebewohl gesagt. Aagaard rudert allein. Ich habe nicht gewußt, daß Zahnärzte Helden sind, ich habe immer geglaubt, das sind nur die Patienten...

»Doktor Aagaard hat heute nacht hier geschlafen, nicht wahr?« schnarrt es.

»Nein, wirklich nicht«, widersetzt sich Thesi mit dem Brustton der Überzeugung. Sven ging gestern abend noch spät aus, um Aagaard irgendwo zu treffen. Aagaard und Sven sind doch alte Schulkameraden. Aagaard wird nicht ausgerechnet bei Sven übernachten, wenn er gesucht wird. Sie sind bestimmt in Snekkersten, bei Einbruch der Dunkelheit startet das weiße Ruderboot mit dem Außenbordmotor, lieber Gott – laß Aagaard gesund die schwedische Küste erreichen und Sven nicht hierher zurückkommen... »Wo hat Doktor Aagaard die letzte Nacht verbracht?«

»Seine Adresse ist Aaboulevard, Nummer – warten Sie, ich schaue ins Telefonbuch, ich weiß die Nummer nicht auswendig, es ist ein graues Eckhaus, einen Augenblick –« Thesi will aufstehen und das Telefonbuch holen.

»Rühren Sie sich nicht!« Das Schnarren ist zum Brüllen geworden.

Mit zitternden Knien fällt Thesi in den Lehnstuhl zurück. Aber jetzt verändert der Schnarrende plötzlich seine Haltung. Väterlich wird er, geradezu väterlich: »Seien Sie doch vernünftig, kleine Frau Poulsen! Sagen Sie uns, wo sich Ihr Gatte befindet, und dann verlassen wir Sie, und Sie können sich ausruhen. Wir wollen von Ihrem Gatten ja nichts weiter als eine Auskunft über Doktor Aagaard.«

»Ich glaube, mein Mann ist in Köge«, antwortet Thesi und wundert sich, daß sie jetzt keine Angst mehr hat. Mein Mann... Klingt eigentlich schön. Mein Mann. Der Mann, der zu mir gehört.

»Wenn Sie nicht aufrichtig auf unsere Fragen antworten,

erkläre ich Sie für verhaftet«, schnarrt es. »Bitte – überlegen Sie es sich!«

Tonlos übersetzt der Regenmantel. Thesi hört ihm nicht zu. Der Schnarrende spricht ja ihre Muttersprache. Nein, es ist natürlich nicht ihre Muttersprache, er hat ja einen anderen Akzent, aber sie versteht die Worte, es ist wie im Traum, wie in einem sehr bösen Traum.

»Wo wird ›Frit Land‹ gedruckt?« schnarrt es.

›Frit Land‹? Ach so, die illegale Zeitung, für die Sven Artikel schreibt. Aagaard scheint unter die Zeitungsherausgeber gegangen zu sein...

»Ich weiß es nicht. Was ist das – ›Frit Land‹?«

»Sie behaupten also, die Zeitung nicht zu kennen?«

»Nein, ich habe sie nie gesehen«, sagt Thesi und steht auf.

Der Schnarrende packt sie an der Schulter: »Sitzenbleiben! Verstanden?«

»Nein. Ich kann Ihre Fragen nicht beantworten, und Sie können nicht aufhören, zu fragen.«

Sie spürt, daß Tränen über ihr Gesicht laufen und schämt sich. »Ich habe keine Angst vor Ihnen –« schluchzt sie wütend. »Aber – Gott helfe mir, Sie machen mich nervös!«

»Wo wird ›Frit Land‹ gedruckt?«

»Lassen Sie meine Schulter los!« schreit Thesi.

Aber der Griff krallt sich fest. »Wo befindet sich Sven Poulsen?«

»In Köge. Lassen Sie meine Schulter los!«

»Gut. Sie kommen mit uns. Wenn Ihr Mann aus Köge zurückkehrt, sind Sie frei«, schnarrt es höhnisch. Der Regenmantel übersetzt.

Thesi putzt sich die Nase. Gottlob – die Fragerei ist überstanden. Jetzt ist sie also verhaftet. Nachdenklich reibt sie ihre Schulter, in die der Schnarrende seine Finger gebohrt hat: »Was soll ich mitnehmen? Ich meine, was braucht man, wenn man verhaftet wird? Zahnbürste und eine andere Bluse und –?«

Der Regenmantel schlägt vor: »Warmes Unterzeug. Rufen Sie das Mädchen, und sagen Sie ihr, sie soll Ihnen etwas zusammenpacken. Sie dürfen sich nicht rühren.«

»Marie!« schreit Thesi.

Marie erscheint, bewacht von einem der Maulwürfe. »Packen Sie meine Skiwäsche zusammen und eine Zahnbürste und ein Paar Strümpfe und ein Bild von Herrn Poulsen. Ich bin verhaftet.«

Worauf Marie wie eine Luftalarmsirene zu heulen beginnt. Sie heult so laut, daß man die Haustür nicht hört. Plötzlich wird sie beiseite geschoben. Und es kommt zu einem kleinen Handgemenge, weil der Maulwurf die Tür nicht freigeben will. Dann steht Sven mitten im Zimmer.

Thesis Herzschlag stockt. Aber dann reißt sie sich zusammen: »Sven – du bist schon aus Köge zurück? Viel früher, als ich dachte ...« plappert sie los.

Sven blickt sehr ruhig von einem zum anderen. Sein Blick streift den Regenmantel, ruht dann interessiert auf dem Gesicht des Schnarrenden, der dicht neben Thesi steht, fliegt hinüber zum durchwühlten Schreibtisch.

»Guten Tag. Die Herren wünschen?«

»Sven – ich bin verhaftet«, teilt Thesi mit. »Ich weiß nicht, wo Doktor Aagaard ist, weiß nicht, wo ›Frit Land‹ gedruckt wird, ich wußte nur, daß du in Köge bist«, sagt sie. Sie spricht so schnell wie nur möglich, Sven soll doch informiert sein. »Ich habe noch eine Flasche Vorkriegs-Whisky im Haus, bring Gläser und Tonic-Water, Thesi«, sagt Sven und ladet die Herren mit einer Handbewegung zum Sitzen ein.

Der Regenmantel trinkt in langen Schlucken seinen Whisky. Der Schnarrende gießt ihn in einem Zug hinunter. Sven berührt sein Glas kaum. Thesi sitzt auf der Armlehne seines Fauteuils und lehnt den Kopf an seine Schulter. Sie ist todmüde und sehr wach zugleich. Über Doktor Aagaard berichtet Sven folgendes: »Mein Jugendfreund hat gestern früh telefonisch von mir Abschied genommen und gesagt, daß er auf vierzehn Tage nach Schweden fährt. Ich habe nicht daran gezweifelt, daß es sich um eine völlig erlaubte Reise handelt. Er sprach von einem Zahnärztekongreß in Upsala.«

»Können Sie das beweisen?« schnarrt es.

»Nein, ich kann verflossene Telefongespräche nicht beweisen. Aber ich kann beweisen, daß ich heute den ganzen Nachmittag an der Baustelle in Köge war. Sie können mit den Arbeitern sprechen, auch mit Doktor Mortens, dem Arzt von Köge, den ich zufällig auf der Straße traf. Er ist ein Bekannter von mir. Kann ich Ihnen noch mit irgendeiner Auskunft dienen?«

»Wo wird ›Frit Land‹ gedruckt?«

»Ich ahne es nicht. Hatte Aagaard etwas damit zu tun?«

»Wir fragen und Sie antworten«, schnarrt es, und Sven schenkt Whisky nach. Einer der Maulwürfe telefoniert unterdessen mit

Köge. Dann folgt eine halbe Stunde Warten plus Whisky. Endlich ein Rückanruf aus Köge: die Angaben des Architekten Sven Poulsen wurden überprüft und stimmen. Er wurde an der Baustelle gesehen, und er traf Doktor Mortens auf der Straße.

In der Flasche ist noch ein kleiner Rest. Den gießt jetzt Sven in sein Glas. Thesi will ihm die Flasche mit Tonic-Water reichen, aber er schiebt sie zurück. Schüttet den starken Whisky in einem Zug hinunter. Der Schnarrende schlägt die Hacken zusammen, der Regenmantel zwingt Sven seine Hand zum Abschied auf.

»Bin ich nicht mehr verhaftet?« fragt Thesi und lächelt.

»Aber, liebe gnädige Frau«, sagt der Schnarrende und steckt den Revolver, der noch immer wie zufällig auf dem Tischchen liegt, zu sich.

»Nimm deinen Mantel, wir gehen spazieren«, sagt Sven.

Es ist beinahe Mitternacht, aber auch Thesi erscheint es die natürlichste Sache der Welt zu sein, noch nicht schlafen zu gehen. Sie wandern durch die schwarzen Villenstraßen, die Beleuchtung ist wegen der Verdunkelung nicht der Rede wert, es ist kalt, und man sieht deutlich die Sterne. Ein Motorrad mit einem Soldaten in deutscher Uniform rattert vorüber.

Schweigend nehmen sie den Weg an den Strand. Vor dem Strandhotel Bellevue zieht sich eine lange Mole hinaus aufs Wasser. Sie wandern die Mole entlang und setzen sich dann draußen auf eine kleine Bank und hören den Wellen zu und blicken hinüber zu den Lichtpünktchen am anderen Ufer. Die Lichtpünktchen sehen wie Perlen an einer Kette aus. Dort drüben liegt Schweden. In klaren Nächten erscheint das helle Ufer des Oeresundes dem schwarzen Ufer so nah zu sein.

»Vielleicht rudert er noch immer«, flüstert Thesi und horcht auf den Schlag der Wellen und versucht, sich alles vorzustellen: ein Mann allein in einem winzigen Ruderboot auf schwarzem Wasser. Vielleicht benutzt er weit draußen den Motor. Dann geht es schneller, dann kommen die Lichter von Schweden immer näher ...

Ein Scheinwerfer flammt auf. Streift suchend über das Wasser, streift über den Himmel. Thesis Hand umklammert Svens Arm. Der Scheinwerfer erlischt. Schwarzer Himmel, schwarzes Wasser, Lichtpünktchen in Schweden ... Wie allein muß er sich in seinem Ruderboot fühlen, denkt Thesi. Nichts hat er bei sich außer einem alten geliebten Feriensweater, einem Paß ohne

Ausreiseerlaubnis und einer Flasche Schnaps gegen die Kälte. Und er ist auch kein Zahnarzt mehr und kein eleganter Junggeselle, und nicht einmal ein politischer Kämpfer. In diesem Augenblick ist er nur ein ganz hilfloser, sehr einsamer Mensch mit Blasen an den Handflächen vom Rudern, und die Wellen erscheinen ihm übermächtig und die Lichter von Schweden unerreichbar fern.

Und wieder tanzt der Scheinwerfer über den Strand, leuchtet die dänische Küste ab, zuckt über das schwarze Wasser, zuckt über den Himmel und überstrahlt alle Sterne.

»Wie bist du nur auf die Idee mit Köge gekommen, Bumsi?«

»Du hast doch neulich erwähnt, daß du jetzt in Köge ein Zweifamilienhaus baust. Und du warst doch gestern dort, nicht wahr?«

»Ja, das stimmt. Ich war gestern in Köge. Hatte mit den Arbeitern an der Baustelle zu sprechen. Und mit dem Arzt. Sonst hätte er doch nicht gewußt, daß er mich heute auf der Hauptstraße von Köge treffen sollte.«

»Das Boot im Badehaus von Snekkersten ist doch weiß. Ein Wahnsinn, in einem weißen Boot in die Nacht hinauszufahren, man muß ihn ja meilenweit sehen ...« überlegt Thesi.

»Du bist eines der gescheitesten Bumsi, die ich jemals getroffen habe. Wir haben heute den halben Nachmittag lang das Boot angestrichen. Jetzt ist es dunkelgrün.«

»Du – Sven. Ich möchte dir etwas vorschlagen: Glaubst du nicht, daß wir wieder heiraten sollten?«

»Wieso?‹ Wir sind doch verheiratet.«

»Nein, wir sind geschieden.«

»Sind wir noch immer geschieden? Ich habe mir doch fest eingebildet, daß – natürlich, du hast recht, Bumsi – die Formalitäten sind nicht in Ordnung. Seinerzeit wolltest du doch unbedingt eine neue Verlobungszeit haben oder eine Bedenkzeit, oder was weiß ich. Aber jetzt ist es wirklich kein Vergnügen, mit mir verheiratet zu sein. Willst du nicht lieber noch etwas warten?«

Thesi schüttelt den Kopf: »Nein. Ich habe heute den Polizisten gesagt, daß ich deine Frau bin. Und ich bin wirklich nicht der Typ, der diesen Scheusalen falsche Auskünfte gibt. Ich will mit dir wieder richtig verheiratet sein, verstehst du?«

»Wir wissen ja nicht, was morgen geschieht ...« beginnt Sven und fühlt Verantwortung für den kleinen Menschen an seiner Seite.

»Eben, deshalb. Das einzige, was ich weiß, ist die Tatsache, daß ich zu dir gehöre.«

»Und das hast du früher nicht gewußt?«

Thesi legt die Wange an Svens alten Sportmantel: »Nein, das habe ich nur gespürt. Aber jetzt weiß ich es.«

Wieder zuckt der Scheinwerfer über den Öresund.

»Sven – glaubst du, daß der Krieg noch lange dauert?«

»Warum?«

»Weil man doch mindestens einmal im Jahr zum Zahnarzt soll. Und ich hasse neue Zahnärzte. Im Frühling können wir vielleicht wieder zu Doktor Aagaard gehen, nicht wahr?«

»Vielleicht, Bumsi. Zuerst müssen wir den Krieg gewinnen.«

»Sven – vergiß nicht, unsere Hochzeit auf dem Rathaus zu bestellen.«

»Nein. Aber mach zur Sicherheit noch eine Anmerkung auf dem Notizblock auf meinem Schreibtisch.« Eine halbe Stunde später schreibt Thesi mit Rotstift auf Svens Notizblock: Hochzeit (mit Thesi) bestellen. Und drei Ausrufezeichen daneben.

Bevor man heiratet, soll man in allen Schubfächern Ordnung machen.

Großmama hat von dem kleinen Mädchen Thesi jedes Jahr im Sommer großes Ordnungmachen verlangt. Bevor man in die Sommerfrische fährt, müssen alte Ansichtskarten, Bonbonniere-Bändchen und Silberpapier und überhaupt alles, was man wegwerfen will und trotzdem aufhebt, geordnet werden. Das ist ein Großmamagesetz. Und deshalb hat Thesi seit jeher nach jeder Reise das Gefühl, daß irgend etwas Neues beginnt: die Schubfächer sind in Ordnung. Vor ihrer letzten Hochzeit war auch großes Ordnungmachen. Diesmal sind die Kommode und der Tisch mit ungeräumten Fächern übergesiedelt worden. Morgen wird geheiratet, Thesi hat plötzlich das dringende Gefühl, daß man Ordnung machen sollte. Sven ist im Architektenverein. Wenn Thesi an die Abende ihrer ersten Ehe zurückdenkt, so war Sven meistens im Architektenverein. Das kommt ihr natürlich nur so vor, er geht nur einmal in der Woche hin. Aber sie hat sich jedesmal darüber geärgert, und deshalb erscheint es ihr nachträglich, als ob Sven die erste Ehe im Architektenverein verbracht hätte.

Morgen vormittag wird man wieder einmal den alten Sven heiraten und heute abend wird herumgekramt. Warum hebt man immer die Bänder von Zuckerschachteln auf? Wahrscheinlich, weil sie rosa oder hellblau sind. Dabei braucht man so selten rosa Bänder.

Die Tischlade ist eine Fundgrube. Massenhaft Photos kugeln herum. Thesi besitzt drei dicke Photoalben, früher wurden alle Bilder nett hineingeklebt. Sie hatte früher doch so viel Zeit, Sven lebte ja im Architektenverein... Thesi kramt die dicken Bände hervor. Sie wird die Photos sortieren und jedes in den entsprechenden Band legen, bald wird wieder geklebt.

Der Band: Fremde Leute. Da kleben Familienmitglieder, Reisebekanntschaften und Schulfreundinnen. Dann gibt es den Band: Nette Männer. Nette Männer tragen bunte Hemden, sie sind unkompliziert und machen reizende Komplimente.

Hallo – da schwimmt die komische Blitzlichtaufnahme vom Sommer herum. Eine Tischrunde verzerrter Gesichter im kleinen Weinrestaurant auf Bakken: Karen, Sven, Thesi, John, Betsy und Gary.

Thesi schaut ratlos das Bild an. Sie hatte ganz vergessen, daß damals ein Schnellphotograph auftauchte und daß John das Bild gekauft hat. »Zur Erinnerung an einen netten Abend –« sagte John. Es könnte in den Band für fremde Leute hineinkommen, überlegt Thesi. Betsy ist doch drauf. Und Karen, natürlich die blonde Karen. Es wäre aber auch etwas für den Band der netten Männer. John paßt so gut hinein. John ist blond wie die anderen. Ich bin immer für blonde Männer gewesen, konstatiert Thesi. Aber ich heirate immer einen dunklen. Und noch dazu immer denselben, es ist blödsinnig...

Das Bild paßt aber auch ins Ehrenalbum. Das Ehrenalbum ist für Großmama und Sven reserviert. Da klebt Sven von Anfang an: Reisebekanntschaft in Kitzbühel, Verlobungsfest, Hochzeitsessen, Hochzeitsreise, Autoausflüge, Sven und Thesi mit fremden Leuten in einem Landhaus, Sven und Thesi mit anderen fremden Leuten in einem anderen Landhaus...

Die Blitzlichtaufnahme muß ins Ehrenalbum. Nicht nur, weil Sven darauf. Es ist doch ein Bild von Gary, eine Erinnerung an einen, der nimmer wiederkehrt. Und dann – Karen!

Mit einem leichten Lächeln schiebt Thesi das Bild ins Ehrenalbum.

Zuletzt fischt sie aus der Tischlade noch einen Briefbogen hervor. Ein angefangener Brief an Großmama. Um Gottes willen, ich bin ihr seit Ewigkeiten einen Brief schuldig, fällt Thesi ein. Es ist eine Schande, wie lang ich ihr nicht geschrieben habe. Aber es war doch so viel los ... ich war verlobt, und ich war krank, und ich wäre beinahe gestorben, und jetzt heirate ich wieder.

Liebe Großmama!
Ich bin wahnsinnig glücklich –

Das könnte bleiben, überlegt Thesi. Das stimmt schon wieder.

Denk Dir, ich werde wieder heiraten –

Stimmt auch. Ich muß den Brief nur ein bisserl ausbessern, dann kann ich ihn abschicken. Es ist wirklich eine Ungezogenheit, wie lange ich nicht an Großmama –

– werde wieder heiraten, wahrscheinlich schon in ein paar Wochen.

Die ›paar Wochen‹ stimmen nicht. Thesi holt ihre Füllfeder, streicht die paar Wochen fest durch und schreibt ›morgen‹ darüber. So, das sieht ganz ordentlich aus.

– wieder heiraten, wahrscheinlich schon morgen ...

Jetzt kommt der Satz mit dem grauen Kostüm. Ob man im grauen Kostüm heiraten kann oder ob man etwas Helles anziehen muß? Kann alles stehenbleiben, rhetorische Frage, wenn sie den Brief bekommt, bin ich schon wieder verheiratet. Und ich soll das schwarze Nachmittagskleid vom vorigen Winter anziehen, sagt Sven. Was kommt weiter? Ach so, es ist herrliches Wetter hier. Das paßt auf jeden Fall. Daß es sehr warm ist, kann auch bleiben. Ich hab zwar den Brief im Sommer begonnen, aber Großmama wird denken, daß es hier sehr warm für Anfang November ist.
Ja – jetzt kommt das Wichtigste:

Mein Bräutigam –

Da hört der Brief auf. Thesi erinnert sich genau, John hat damals gerufen. Aber so genau will sie sich gar nicht erinnern. Sie schreibt den Brief schnell zu Ende. Also:

– herrliches Wetter hier, sehr warm. Mein Bräutigam heißt Sven Poulsen. Es ist derselbe Sven Poulsen wie bei der letzten Hochzeit. Du wirst mich für ganz verrückt halten, Oma, aber ich bin nur modern. Du hast mir erzählt, wie glücklich die meisten Frauen früher waren, die sich bis zur goldenen Hochzeit mit ihrem Mann

(und immer mit demselben) gestritten haben. Du warst auch gegen meine Scheidung. Wenn ich nachdenke, so sage ich mir, daß ich mit einem neuen Mann genau dieselben Enttäuschungen erleben würde wie mit Sven. Die ersten Jahre einer Ehe verbringt man doch damit, einander kennenzulernen. Man entdeckt alle Fehler der Gegenpartei und wird wütend und läßt sich scheiden. Mit der Zeit verzeiht man ja einander und gewöhnt sich an die gegenseitigen Fehler. Aber weißt Du, Oma, dann sind moderne Leute meistens schon geschieden.
Du mußt nicht glauben, daß ich plötzlich viel nachdenke. Ich bin schon wieder verliebt und schon wieder in unseren Herrn Poulsen.
Viele Küsse und herzliche Grüße

von Deiner Thesi

PS. Ich heirate in dem schwarzen Nachmittagskleid vom Vorjahr. Ich habe es ändern lassen, es hat einen breiten Gürtel gekriegt und ist wirklich eine Pracht.

PS. Ich bin wahnsinnig glücklich, man sollte jede Ehe zweimal beginnen und beide Male mit demselben Mann!

Martine Carton

Medusa und Die Grünen Witwen
Band 8023

Nofretete und Die Reisenden einer Kreuzfahrt
Band 8038

Victoria und Die Ölscheiche
Band 8067

Apollo und Die Gaukler
Band 8068

Martina oder Jan-Kees verliert seinen Kopf
Band 8113

Hera und Die Monetenkratzer
Band 8141

Fischer Taschenbuch Verlag

fi 263/4